古典文學研究輯刊

十六編

曾永義 主編

第 7 冊

唐前伍子胥故事流變與文化價值

洪佳伶 著

國家圖書館出版品預行編目資料

唐前伍子胥故事流變與文化價值／洪佳伶 著 ― 初版 ― 新北
市：花木蘭文化事業有限公司，2017〔民106〕
目 2+172 面；19×26 公分
（古典文學研究輯刊 十六編；第 7 冊）
ISBN 978-986-485-109-6（精裝）
1. 民間文學 2. 文學評論 3. 唐代
820.8   106013419

ISBN-978-986-485-109-6

古典文學研究輯刊
十六編 第 七 冊   ISBN：978-986-485-109-6

唐前伍子胥故事流變與文化價值

作　　者　洪佳伶
主　　編　曾永義
總 編 輯　杜潔祥
副總編輯　楊嘉樂
編　　輯　許郁翎、王筑　美術編輯　陳逸婷
出　　版　花木蘭文化事業有限公司
社　　長　高小娟
聯絡地址　235 新北市中和區中安街七二號十三樓
　　　　　電話：02-2923-1455 ／傳眞：02-2923-1452
網　　址　http://www.huamulan.tw 信箱 hml 810518@gmail.com
印　　刷　普羅文化出版廣告事業
初　　版　2017 年 9 月
全書字數　138329 字
定　　價　十六編 8 冊（精裝）新台幣 15,000 元

唐前伍子胥故事流變與文化價值

洪佳伶 著

作者簡介

洪佳伶，1991 年生於彰化縣，2017 年畢業於國立中興大學中國文學研究所碩士班，目前從事教職，主要耕耘於閱讀與書寫課程。

.

提　　要

　　伍子胥故事在《左傳》中有了基本雛型、在《史記》中得到完整架構後，逐漸開始發展。歷經長時間的綿衍與文體的變化，從史傳系統進入小說化的《越絕書》、《吳越春秋》，甚至演變成《伍子胥變文》中的複雜樣貌。在這樣的流變過程中，伍子胥故事不僅架構改變，情節安排、出場人物與細節描繪皆有了極大的差異，而故事的改變亦影響了伍子胥的形象與評價。

　　伍子胥故事隨時間推進而不斷變化，民間傳說與信仰、道教與佛教等宗教思想的滲入，更推動伍子胥故事的複雜化，形象也顯得更立體，而儒家忠、孝與復仇觀思想的展現也為伍子胥形象的塑造開發了一條不同的道路，不僅呈現出活潑的生命力，且為伍子胥故事蓄積了不斷流傳且創新的能量。

　　伍子胥故事發展至唐代，不僅承繼史傳系統中的描寫，更保有儒家提倡的價值。士大夫階層傳頌其「忠」之外，亦接受民間系統中對伍子胥民間性與神格化形象的塑造，使伍子胥形象呈現多彩且富含民間生命力的樣貌。歷經了長時變化，伍子胥故事的內容與形象的改變，皆蘊涵了深層的文化價值，在創作者接力式書寫與文化因素的推動下，造就了伍子胥故事的精彩，並塑造伍子胥成為被後世稱頌的歷史忠臣，其事蹟至今仍在文學、戲劇的演繹中綻放炫目光芒。

目

次

第壹章 緒 論

第一節 研究動機

　　伍員（B.C.559～484），字子胥，春秋時楚國人，受封申地故又名「申胥」，其父爲楚國大夫伍奢、其兄爲伍尙。伍子胥事蹟最早散見於《左傳》，分別出現於昭公十九年、二十年、三十年、三十一年；定公四年、哀公元年。其故事可分爲「在楚」與「在吳」二部分。在楚國時，伍子胥父伍奢因受費無忌所讒及力諫楚王而致禍，伍奢爲楚王所擒。費無忌謂平王伍奢有二子，若不除之將成爲楚王心頭大患，建議楚王以伍奢爲質，招伍奢二子以羅之，因此在伍尙前去應楚王之召時，令其弟子胥逃亡以伺機復仇。伍子胥輾轉到了吳國後，等待時機，並在十年後取得闔閭信任與重用，最終傾覆了楚國，爲父兄報仇。然器重伍子胥之闔閭因傷而死後，繼位的夫差屢次弗聽伍員之諫，伍子胥遭太宰嚭所讒，最終被吳王賜死。

　　春秋末期，伍子胥事蹟始廣爲流傳，《左傳》與《國語》爲其記事建構了基礎架構，成爲後代鋪衍伍子胥記事的依據，然受限於此二史書的記載形式，伍子胥記事缺乏連貫性，人物形象亦不夠飽滿。直至戰國時期，《韓非子》與《呂氏春秋》爲伍子胥事蹟增加了原來史書並未提及之情節，同時亦強化了人物形象，突出伍子胥之人物性格。

　　《左傳》塑造伍子胥爲報父仇之「仁」與「孝」、向闔閭獻策之「智」與「勇」，但卻不見《左傳》對其「忠」的明顯刻畫。然至戰國末期，先秦諸子於闡述己說時以伍子胥作爲事例，評價子胥之「智」、「賢」、「忠」等形象。

其中，又以「忠」的評價為最多，可知當時伍子胥作為敢於直諫而不畏死的忠臣，應是普遍認知。此後，與伍子胥相關的書寫亦多描繪其對吳國之忠，或以直言伍子胥為「忠臣」者，或以將伍子胥與「比干」、「屈原」等歷史賢臣類比，間接暗示伍子胥與比干、屈原皆為忠良之賢臣者。「仁」、「勇」、「孝」等價值受到之注目漸縮，反而「忠」形象逐漸受到偏重，成為後世給予伍子胥的主要評價。在情節變化與士大夫給予評價的相互作用下，更加突顯伍子胥的「忠臣」形象，並且成為後來伍子胥故事中甚為重要的發展焦點。

至西漢時期，司馬遷《史記》為伍子胥故事增加了「漁父義渡」、「中道乞食」等情節，而情節的豐富化亦影響了伍子胥形象。最初伍子胥形象在《左傳》與《國語》中所表現出的價值是多元的，透過記事材料的揀選與士大夫對伍子胥評價的「暗示」，伍子胥的「忠臣」形象逐漸被突出，「忠」價值更成為後世演繹伍子胥記事的重要核心。

至東漢《越絕書》、《吳越春秋》對伍子胥故事的改造，致使情節更臻複雜，伍子胥形象也更加鮮明立體。除了承襲《史記》而出現的「江上丈人」一角，更增加「擊綿女子」等角色，不僅使情節更有張力，二書對人物動作與話語的書寫，更可看出伍子胥故事逐漸小說化的現象。故事角色更擁有自己的意識與性格，將伍子胥形象烘托得愈顯豐富立體，甚至可看出伍子胥故事雜糅民間傳說的痕跡，而「先知」、「忠直」、「賢」、「正」等評價亦透過情節的展演被提出且強化，穩定地披掛於伍子胥身上。因著文體的差異與宗教信仰的涉入，伍子胥故事於此已展現由史傳系統過渡到民間系統的足跡。

東漢至魏晉南北朝時期，循著前代文本對於伍子胥故事的增補，伍子胥故事與其形象逐漸成熟，其事蹟更成為士大夫創作的素材。士大夫為自鳴心志、上書君主、炫逞文采，將伍子胥事蹟、形象、心志、思想等，依照自身的意識與需求揀選，作為典故應用於作品中。

唐朝時期，在士大夫文學領域，文人雅士同樣以伍子胥事蹟作為典故入詩、入文，強化伍子胥忠良不遇的形象，「忠」形象也在此時期因為文人創作而得到聚焦。而在通俗文學領域，《伍子胥變文》歸納前代伍子胥故事，並且雜糅民間傳說與宗教信仰等元素，成為伍子胥故事由春秋時代流傳以來之集大成者。同時，筆記小說中更顯現伍子胥「神格化」形象的完成。透過伍子胥「忠臣」形象的聚焦與變異出的神格化形象，開闢後世伍子胥故事及其形象發展的道路。

　　綜觀歷代伍子胥形象，相對於《左傳》中「忠」的淡化，伍子胥「忠」形象卻在後世得到顯揚，甚至壓縮原本在《左傳》、《國語》等歷史文本中所呈現出的多元形象，完全以「忠臣」面貌於存在於世人認知中。此情形至唐代亦然，不論情節發展的過程中歷經何種程度的複雜化，伍子胥在唐詩、唐文中所呈現出形象仍以「忠臣」為主。經筆者歸納與觀察，唐代是伍子胥形象的「聚焦及變異期」，「聚焦」者為「忠」形象，而「變異」則是指「伍子胥神」等神格化形象的出現。唐代後對於伍子胥形象的刻劃已趨於定型，伍子胥已成為一個亡命只為復仇、忠良不遇、不畏死的賢臣，活躍於唐後文學作品中，因此若要觀察伍子胥事蹟入典的情況，筆者認為透過唐代詩文對伍子胥事蹟的應用，應可歸納出當時代普遍流傳於世的伍子胥形象與故事的面貌究竟為何。

　　傅柯認為「論述」的構成會有一定的歷史條件，各種話語背後皆表現了每個時代知識的形成，以作為話語傳播的規則。〔註1〕除了話語的形成受歷史條件影響，傅柯更指出透過政治控制論述，如此論述已不再是單純的結構，而是隱含了社會與權力的拉扯。〔註2〕從先秦時期的《左傳》，發展到唐代的《伍子胥變文》、唐詩與唐文，伍子胥從一個智、仁、勇、孝兼備的歷史人物，轉變成了具有預知能力、善占卜的人，後人更為其立廟並祭祀。筆者觀察至此，不禁思索其記事與人物形象何以產生如此大的改變？其中是否反應了各時代之價值意識與風氣？還是僅是創作者針對目的與需求進行書寫？不同的記事中是否雜糅了民間傳說與當時代的宗教觀點？士大夫用伍子胥典故時是否亦為政治氛圍所牽動，進而在書寫時將伍子胥故事投射入自己的生命歷程中？是故，本研究所側重者為唐代以前的伍子胥故事的變化及演變下的伍子胥形象。從原始儒家觀點轉化到宗教觀的展現，從《左傳》中不見對伍子胥「忠」形象的書寫，到後世伍子胥已然成為無異議的「忠臣」，甚至將之神格化，其中轉化的過程究竟係因為何？歷代文人對伍子胥故事的書寫與評價所揉塑出的伍子胥形象又是何種面貌？如此揉塑又蘊含著什麼樣的文化價值？以上皆為本研究所欲探討者。

〔註1〕參考自〔法〕米歇爾・傅柯（Michel Foucault）著；謝強、馬月譯：《知識考古學》，第二章：話語的規律性，（北京：生活・讀書・新知三聯書店，1998年），頁20至76。
〔註2〕參考自〔法〕米歇爾・傅柯（Michel Foucault）著；劉北城、楊遠嬰譯：《規訓與懲罰：監獄的誕生》，（臺北：桂冠出版社，1998年），頁153至219。

　　為釐清故事改變、文人評價以及文人用伍子胥典故來創作，對伍子胥形象所產生的影響，本研究在蒐羅經、史、子、集部文本後，發現從先秦至唐代中記載伍子胥相關事蹟的文本有：《左傳》、《國語》、《公羊傳》、《穀梁傳》、《呂氏春秋》、《韓非子》、《戰國策》、《史記》、《說苑》、《越絕書》、《吳越春秋》、《伍子胥變文》。本研究透過羅列出不同文本間伍子胥故事的異同處，進行內容差異的比較，並從中觀察故事架構及典故使用對伍子胥形象塑造產生的影響，期望能將伍子胥形象演變的過程，梳理出清晰的脈絡。

　　目前以伍子胥作為觀察對象所發表的論文多著重於對《伍子胥變文》的研究，然對其故事內容的改變尚未作較深入且縱向的觀察。雖亦有分析故事情節改變的研究，然範圍較小，僅止於部份文本的比較，如《左傳》與《史記》的比較，或《韓非子》與《呂氏春秋》的比較，以及《越絕書》與《吳越春秋》的比較等，或僅揀選部份文本，並未進行全面性的分析。但若要觀察春秋末期至唐代期間，伍子胥故事、評價及入典情形致使形象變化的過程，雖目前針對此一主題所發表的論文已有相當程度的研究成果，卻仍不足以全面性地解決問題，主要係因目前研究成果都聚焦於《伍子胥變文》及民間講唱文學與戲劇。因此，本研究期望能觀察同時期各文本對於伍子胥所作的評價與記述方式，並對不同文本間的伍子胥故事做出具體分析與比較。

　　伍子胥形象在「經典」中被初步建構，發展到「文學」的呈現，不僅止是時間的綿衍促成文類擴大的過程，其背後的文化因素對伍子胥形象流變的推動亦是不可或缺的一部分。因此，伍子胥故事建構與改變的過程、故事與形象變化的文化原因以及其中所蘊涵的文化價值，皆是本研究的論述焦點。

　　本研究將研究範圍設定為唐代以前伍子胥故事的流變，係因學界先進已對《伍子胥變文》及明清後戲曲進行了深入的研究，且唐代後伍子胥形象已穩定，是故本文僅以《左傳》至唐代詩、文與《伍子胥變文》作為主要觀察及論述對象。

　　本研究冀望能透過橫向與縱向的觀察，梳理清楚伍子胥故事、形象、評價及典故使用下的相互作用，從中觀察出伍子胥形象歷經多元、成熟、聚焦，甚至出現變異的原因，是故本文將藉由歷代伍子胥故事及同時代文人的評價，分析伍子胥故事與形象從《左傳》到唐代期間所呈現的流變，並且梳理出伍子胥形象變化的脈絡與文化價值。

第二節　文獻檢討與前人研究成果回顧

　　台灣目前針對「伍子胥」所撰寫的碩、博士論文有四。以《伍子胥變文》作爲核心研究對象者有小野純子《敦煌變文主題及其相關問題之研究——以董永變、舜子變、伍子胥變文三篇爲主》〔註3〕、張瑞芬《伍子胥變文及其故事之研究》〔註4〕、陳欣怡《「左傳」對通俗文學的影響——以「伍子胥變文」與「趙氏孤兒」戲曲爲例》〔註5〕。以戲曲中的伍子胥形象爲研究對象者有童宏民《元明清戲曲小說中之伍子胥》。〔註6〕

　　《敦煌變文主題及其相關問題之研究——以董永變、舜子變、伍子胥變文三篇爲主》透過伍子胥傳說、伍子胥變文及史傳間的相互對照，觀察其中差異，接著分析「復仇」觀念，除了分析《伍子胥變文》的文學藝術，也探討民間傳說與思想的內容。言及變的作用，小野純子認爲，透過變文主題與其相關問題，可知中國歷代爲統治國家的需求而推行儒家的孝道，透過教育、法律與表揚孝子來教化人民，在這目的下「作成了多數的孝子傳，從民眾來講，因爲孝行本就基於發出在父母和子女之間的關係，所以廣泛而自然地深入民間」〔註7〕。但《伍子胥變文》的含意與《董永變文》、《舜子變文》不同，《伍子胥變文》顯現的是當時百姓的思想情感與心理需求，且因伍子胥傳說流傳廣泛，甚至成爲部份地區的信仰，因此在《伍子胥變文》中對於復仇及孝行的強調，不僅「代表民眾的思想感情」〔註8〕，更用以描寫「當時民眾對無道暴君的憎恨

〔註3〕　小野純子：《敦煌變文主題及其相關問題之研究——以董永變、舜子變、伍子胥變文三篇爲主》，國立政治大學中國文學研究所，碩士論文，1985年。

〔註4〕　張瑞芬：《伍子胥變文及其故事之研究》，中國文化大學中國文學研究所，碩士論文，1985年。

〔註5〕　陳欣怡：《「左傳」對通俗文學的影響——以「伍子胥變文」與「趙氏孤兒」戲曲爲例》，玄奘大學中國語文學系碩士在職專班，碩士論文，2007年。

〔註6〕　童宏民：《元明清戲曲小說中之伍子胥》，國立政治大學中國文學研究所，碩士論文，1986年。筆者於國家圖書館及國立政治大學圖書館皆無法調閱此碩士論文，二圖書館皆回報館內並無此論文之紙本，惟可見童宏民著：《伍子胥故事研究：以元明清戲曲小說爲中心》，（新北：花木蘭文化出版社，2011年），故後文將以此書作爲童宏民於元明清戲曲與小說部份之研究成果。

〔註7〕　小野純子：《敦煌變文主題及其相關問題之研究——以董永變、舜子變、伍子胥變文三篇爲主》，國立政治大學中國文學研究所，碩士論文，1985年，頁233。

〔註8〕　小野純子：《敦煌變文主題及其相關問題之研究——以董永變、舜子變、伍子胥變文三篇爲主》，國立政治大學中國文學研究所，碩士論文，1985年，頁235。

的思想及感情」〔註9〕，故小野純子認爲《伍子胥變文》主題的含意表面上是透過說唱描述伍子胥的孝行，但實際上是民衆思想的反映。

《伍子胥變文及其故事之研究》主要聚焦於《伍子胥變文》中藥名詩及隱語的研究，與變文成書與流傳的過程、伍子胥故事對後世戲曲、文學及民俗方面之影響。張瑞芬認爲《伍子胥變文》的精神「與宋之講史、元之評話、明之演藝最爲類同」〔註10〕，除了對人物形象及情節的精緻刻劃，亦可看出「儒、釋、道揉合之民間宗教精神」〔註11〕，除了有畫符、占卜、觀星、夢兆等民間道教內容，佛教思想中的因果報應、善惡輪迴及儒家孝觀，都展現了當時宗教多元的面貌。除了宗教多樣化，張瑞芬更梳理出錢塘海潮與子胥事蹟的連結，於江浙一帶仍有諸多與伍子胥相關的遺跡，且「多存於江北吳地，蓋以其功在吳國，吳人憐之敬之故也」〔註12〕，可見伍子胥事蹟不僅影響後世文學，其英雄形象早已深植民間。

《伍子胥故事研究：以元明清戲曲小說爲中心》中，將雜劇、傳奇、皮黃劇本、《列國志傳》、《新列國志》與《東周列國志》、〈十八國臨潼鬥寶鼓詞〉、〈吳越春秋鼓詞〉、〈禪魚寺大鼓書〉等皆列爲研究文本，透過戲曲、小說資料來看伍子胥的形象，並且分析戲曲及小說中互相借述的情形。童宏民整理宋代至清代講史、戲曲、小說中對伍子胥故事的記述，其認爲伍子胥故事可大分爲四：分別爲「臨潼鬥寶之事」、「受難以至復仇、報恩之事」、「忠而被禍、受賜屬鏤之事」與「死後爲神之事」，針對戲曲與小說中伍子胥故事的差異看下層百姓之心理。〔註13〕

《「左傳」對通俗文學的影響——以「伍子胥變文」與「趙氏孤兒」戲曲爲例》著重於討論《左傳》中的伍子胥故事及《伍子胥變文》所呈現的伍子

〔註9〕 小野純子：《敦煌變文主題及其相關問題之研究——以董永變、舜子變、伍子胥變文三篇爲主》，國立政治大學中國文學研究所，碩士論文，1985年，頁235。

〔註10〕 張瑞芬：《伍子胥變文及其故事之研究》，中國文化大學中國文學研究所，碩士論文，1985，頁300。

〔註11〕 張瑞芬：《伍子胥變文及其故事之研究》，中國文化大學中國文學研究所，碩士論文，1985，頁301。

〔註12〕 張瑞芬：《伍子胥變文及其故事之研究》，中國文化大學中國文學研究所，碩士論文，1985，頁305。

〔註13〕 參見童宏民著：《伍子胥故事研究：以元明清戲曲小說爲中心》，（新北：花木蘭文化出版社，2011年），頁136至142。

胥形象與寫作手法，對於通俗文學的影響，並且分析《伍子胥變文》及元雜劇《趙氏孤兒》的情節與其藝術特色。陳欣怡認爲《左傳》對於通俗文學的影響，從《伍子胥變文》及《趙氏孤兒》中已有跡可循，因爲變文作爲「小說、戲劇與《左傳》之間傳承的重要環節」〔註 14〕，透過藥名隱語、問答體等，都表現了《伍子胥變文》不僅是以《左傳》作爲依據，更廣泛接受民間傳說，「以活潑、清新，形式，從作品的主題、情節及藝術表現等，給了伍子胥故事嶄新的面貌」〔註 15〕，也反映了民意。

　　上述四本與伍子胥相關的碩、博士論文的論述重心在於《伍子胥變文》與戲曲中的伍子胥故事與形象，偏重從民間文學的角度進行探討，與本研究所欲觀察的核心仍有些許不同。然學界先進們對《伍子胥變文》研究的成果已相當深入且完備，因此使本研究得以藉由現有的研究成果進行跨時代的歸納與統整。

　　與伍子胥相關的期刊論文有簡宗梧〈左傳伍子胥的形象〉〔註 16〕、林思綺〈從伍子胥故事的演變論歷史知識的通俗化〉〔註 17〕、龔敏〈唐代伍子胥忠、孝形象研究〉〔註 18〕、王雅儀〈先秦至唐伍子胥故事演變之研究〉〔註 19〕、朱曉海〈讀「伍子胥列傳」〉〔註 20〕、魯瑞菁〈屈原仕進、隱逸與水死情結研究──以伯夷、彭咸與伍子胥三組人物爲參照系的討論〉〔註 21〕、洪靖婷〈「伍

〔註14〕陳欣怡：《「左傳」對通俗文學的影響──以「伍子胥變文」與「趙氏孤兒」戲曲爲例》，玄奘大學中國語文學系碩士在職專班，碩士論文，2007 年，頁163。

〔註15〕陳欣怡：《「左傳」對通俗文學的影響──以「伍子胥變文」與「趙氏孤兒」戲曲爲例》，玄奘大學中國語文學系碩士在職專班，碩士論文，2007 年，頁163。

〔註16〕簡宗梧：〈左傳伍子胥的形象〉，《孔孟學報》，45 期，1983 年 4 月，頁 213 至223。

〔註17〕林思綺：〈從伍子胥故事的演變論歷史知識的通俗化〉，此系列論文分爲上、中、下，分別刊於《人文及社會學科教學通訊》，5 卷 5 期總號 29（1995 年 2 月，頁 172 至 185）、5 卷 6 期總號 30（1995 年 4 月，頁 178 至 187）、6 卷 1 期總號 31（1995 年 6 月，頁 100 至 130）。

〔註18〕龔敏：〈唐代伍子胥忠、孝形象研究〉，《東方人文學誌》，1 卷 2 期，2002 年 6 月，頁 91 至 108。

〔註19〕王雅儀：〈先秦至唐伍子胥故事演變之研究〉，《雲漢學刊》，10 期，2003 年 6 月，頁 177 至 213。

〔註20〕朱曉海：〈讀「伍子胥列傳」〉，《文與哲》，9 期，2006 年 12 月，頁 109 至 119。

〔註21〕魯瑞菁：〈屈原仕進、隱逸與水死情結研究──以伯夷、彭咸與伍子胥三組人物爲參照系的討論〉，《興大中文學報》，（增刊）卷 23 期，2008 年 11 月，頁193 至 249。

子胥奔吳覆楚」文學記述研究〉〔註22〕。多數皆將論述焦點置於單一文本中的伍子胥形象，或是僅分析伍子胥故事的變化。

以《伍子胥變文》爲主要探討對象的期刊論文有金玉亭〈從伍子胥變文探討悲劇英雄的心理變動過程〉〔註23〕、David Johnson 著；蔡振念譯之〈伍子胥變文及其來源〉〔註24〕、歐天發〈隱語類型研究——兼論「伍子胥變文」的藥名詩、占夢辭〉〔註25〕、羅莞翎〈試論「伍子胥變文」儒家思想與宗教信仰〉〔註26〕、張曉寧〈論「伍子胥變文」中伍子胥之形象及其塑造〉〔註27〕、吳德玲〈「伍子胥變文」的思想義涵及人物特色〉〔註28〕、李玉珍〈從「伍子胥變文」看劍的隱喻符號〉〔註29〕、楊明璋〈講唱之劍——以敦煌本「伍子胥變文」爲中心的討論〉〔註30〕，以上皆爲與《伍子胥變文》相關的研究；而以戲曲中的伍子胥形象作爲研究對象的期刊論文有童宏民〈古典戲曲中的伍子胥形象〉〔註31〕一篇。

中國碩、博士論文中以「伍子胥」作爲論述主題並且與本研究相關者，

〔註22〕洪靖婷：〈「伍子胥奔吳覆楚」文學記述研究〉，《人文與社會學報》，2 卷 3 期，2008 年 12 月，頁 205 至 229。

〔註23〕金玉亭：〈從伍子胥變文探討悲劇英雄的心理變動過程〉，《新潮》，30 期，1975 年 6 月，頁 18 至 22。

〔註24〕David Johnson 著；蔡振念譯：〈伍子胥變文及其來源〉，此系列期刊論文共有五篇，皆刊於《中華文化復興月刊》，分別爲 16 卷 7 期總號 184（1983 年 7 月，頁 37 至 44）、16 卷 8 期總號 185（1983 年 8 月，頁 45 至 48）、16 卷 9 期總號 186（1983 年 9 月，頁 45 至 51）、17 卷 3 期總號 192（1984 年 3 月，頁 21 至 26）、17 卷 4 期總號 193（1984 年 4 月，頁 26 至 31）。

〔註25〕歐天發：〈隱語類型研究——兼論「伍子胥變文」的藥名詩、占夢辭〉，《嘉南學報》，26 期，2000 年 11 月，頁 250 至 275。

〔註26〕羅莞翎：〈試論「伍子胥變文」儒家思想與宗教信仰〉，《有鳳初鳴年刊》，2 期，2005 年 7 月，頁 381 至 394。

〔註27〕張曉寧：〈論「伍子胥變文」中伍子胥之形象及其塑造〉，《中正大學中國文學研究所研究生論文集刊》，9 期，2007 年 5 月，頁 27 至 51。

〔註28〕吳德玲：〈「伍子胥變文」的思想義涵及人物特色〉，《長庚科技學刊》，8 期，2008 年 6 月，頁 153 至 180。

〔註29〕李玉珍：〈從「伍子胥變文」看劍的隱喻符號〉，《中國語文》，106 卷 6 期總號 636，2010 年 6 月，頁 66 至 78。

〔註30〕楊明璋：〈講唱之劍——以敦煌本「伍子胥變文」爲中心的討論〉，《政大中文學報》，18 期，2012 年 12 月，頁 87 至 113。

〔註31〕童宏民：〈古典戲曲中的伍子胥形象〉，《勤益人文社會學刊》，2 期，2010 年 12 月，頁 1 至 32。

有高云萍《伍子胥故事研究》〔註 32〕、張志娟《伍子胥傳說研究》〔註 33〕、徐海《伍子胥信仰研究》〔註 34〕。以上三論文分別對伍子胥故事的不同樣貌、流傳於民間各地間的傳說以及民間信仰進行研究。《伍子胥故事研究》以探討伍子胥的形象與美學意義為主，並對伍子胥形象的根源進行分析，認為文學形象受「作者審美傾向與時代思潮的強烈影響綜合塑造而成」，亦「反映了集體無意識」。〔註 35〕《伍子胥傳說研究》針對口傳的伍子胥傳說進行分析，從伍子胥的身世、臨潼會、出亡等情節一一探析傳說內容與架構，並與「故事」比較，分析二者對伍子胥記事造成的差異及其形成原因。《伍子胥信仰研究》以歷史人物信仰為重心，將伍子胥信仰分為「分散傳播」、「認同發展」、「衰落與復興」三大時期，並論述不同時期伍子胥信仰的表現，最後說明靈驗故事對伍子胥信仰所產生的推動之力。

　　除了以上以伍子胥為主題的學術論文，尚有與本研究主題相關的論文，如蔡雅惠《史記悲劇人物與悲劇精神研究》〔註 36〕，本篇論文將伍子胥歸類於「忠義型悲劇人物」進行分析；周兆新及李恩英之〈「吳越春秋」等三部古籍中的民間傳說〉〔註 37〕將《吳越春秋》中子胥遇漁父與擊綿女之情節與其他古籍中的相關資料進行分析；蔡師妙真之〈智仁勇孝辯——「左傳」伍員復仇記裡的鏡像結構〉〔註 38〕，透過「鏡像結構」看《左傳》中伍子胥的復仇。

　　與「復仇」主題相關的論文則有翁麗雪〈東漢刑法與復仇〉〔註 39〕、李隆獻〈復仇觀的省察與詮釋——以「春秋」三傳為重心〉〔註 40〕、林素娟〈漢

〔註 32〕　高云萍：《伍子胥故事研究》，山東師範大學中國古代文學專業，碩士論文，2004 年。

〔註 33〕　張志娟：《伍子胥傳說研究》，北京大學中國語言文學系，碩士論文，2011 年。

〔註 34〕　徐海：《伍子胥信仰研究》，蘭州大學中國史、歷史文獻學專業，碩士論文，2013 年。

〔註 35〕　高云萍：《伍子胥故事研究》，山東師範大學中國古代文學專業，碩士論文，2004 年，頁 30。

〔註 36〕　蔡雅惠：《史記悲劇人物與悲劇精神研究》，國立成功大學中國文學研究所，碩士論文，2001 年。

〔註 37〕　周兆新、李恩英：〈「吳越春秋」等三部古籍中的民間傳說〉，《學術論文集》，第 7 期，2005 年 8 月，頁 45 至 65。

〔註 38〕　蔡師妙真：〈智仁勇孝辯——「左傳」伍員復仇記裡的鏡像結構〉，玄奘大學，《第一屆東方人文思想國際學術研討會》，2009 年 6 月。

〔註 39〕　翁麗雪：〈東漢刑法與復仇〉，《嘉義農專學報》，39 期，1994 年 11 月，頁 151 至 166。

〔註 40〕　李隆獻：〈復仇觀的省察與詮釋——以「春秋」三傳為重心〉，《臺大中文學報》，

代復仇議題所凸顯的君臣關係及忠孝觀念〉〔註41〕、林素娟〈春秋戰國時期為君父復讎所涉之忠孝議題及相關經義探究〉〔註42〕、李隆獻〈兩漢復仇風氣與「公羊」復仇理論關係重探〉〔註43〕、李隆獻〈隋唐時期復仇與法律互涉省察與詮釋〉〔註44〕、李隆獻〈兩漢魏晉南北朝復仇與法律互涉的省察與詮釋〉〔註45〕、李隆獻〈先秦至唐代復仇型態的省察與詮釋〉〔註46〕、李隆獻〈清代學者「春秋」與三「傳」復仇觀的省察與詮釋〉〔註47〕等。

以春秋時期的「忠」觀作為討論對象的論文有佐藤將之的〈國家社稷存亡之道德：春秋、戰國早期「忠」和「忠信」概念之意義〉〔註48〕；而以「通俗文學」與「歷史」間的關係作為探討主題者有李志宏〈「三國志演義」作為歷史通俗演義範式的文類意義及其話語表現〉〔註49〕一篇。以上論文所探討之主題皆與本研究論述主題思想背景等相關，故於此皆羅列出。

第三節　研究材料與方法

因研究主題涉及先秦至唐代的伍子胥故事、文人給予伍子胥的評價等問題，並且需觀察文人用子胥典故入詩、入文時所呈現的伍子胥形象，因此採用了《左傳》、《國語》、《呂氏春秋》、《韓非子》、《戰國策》、《史記》、《說苑》、

22 期，2005 年 6 月，頁 99-103+105-150。

〔註41〕　林素娟：〈漢代復仇議題所凸顯的君臣關係及忠孝觀念〉，《成大中文學報》，24 卷 1 期總號 48，2005 年 7 月，頁 23 至 46。

〔註42〕　林素娟：〈春秋戰國時期為君父復讎所涉之忠孝議題及相關經義探究〉，《漢學研究》，24 卷 1 期總號 48，2006 年 6 月，頁 35 至 70。

〔註43〕　李隆獻：〈兩漢復仇風氣與「公羊」復仇理論關係重探〉，《臺大中文學報》，27 期，2007 年 12 月，頁 71 至 121。

〔註44〕　李隆獻：〈隋唐時期復仇與法律互涉省察與詮釋〉，《成大中文學報》，第 20 期，2008 年 4 月，頁 79 至 110。

〔註45〕　李隆獻：〈兩漢魏晉南北朝復仇與法律互涉的省察與詮釋〉，《臺大文史哲學報》，68 期，2008 年 5 月，頁 39 至 78。

〔註46〕　李隆獻：〈先秦至唐代復仇型態的省察與詮釋〉，《文與哲》，18 期，2011 年 6 月，頁 1 至 22。

〔註47〕　李隆獻：〈清代學者「春秋」與三「傳」復仇觀的省察與詮釋〉，《臺大文史哲學報》，第 77 期，2012 年 11 月，頁 1 至 41。

〔註48〕　佐藤將之：〈國家社稷存亡之道德：春秋、戰國早期「忠」和「忠信」概念之意義〉，《清華學報》，新 37 卷第 1 期，2007 年 6 月，頁 1 至 33。

〔註49〕　李志宏〈「三國志演義」作為歷史通俗演義範式的文類意義及其話語表現〉，《臺北教育大學語文集刊》，10 期，2005 年 11 月，頁 1+3+5-35。

《越絕書》、《吳越春秋》、《魏書》、《文選》、《晉書》、《北史》、《全唐詩》、《全唐文》、《伍子胥變文》等文本作為研究材料，並且使用以下研究方法：

1. 文獻法：本研究針對經、史、子、集之文本皆進行全面性之蒐羅，蒐羅後結果顯示針對伍子胥故事加以描述、或評論伍子胥者，有《左傳》、《國語》、《呂氏春秋》、《韓非子》、《戰國策》、《史記》、《說苑》、《越絕書》、《吳越春秋》、《魏書》、《文選》、《晉書》、《北史》、《全唐詩》、《全唐文》、《伍子胥變文》等。

2. 歸納分析法：將材料進行初步歸納後，筆者發現從先秦至唐朝時期的漫長過程中，歷代伍子胥故事的描寫受到民間傳說、時代價值觀、宗教觀，甚至是政治氛圍的影響而產生變化，致使伍子胥形象歷經先秦時期多元樣貌的呈現，逐漸發展、成熟，到了形象趨於穩定的唐代，於雅正文學的道路上得到聚焦效果，亦於民間文學的道路上產生變異。自此，伍子胥故事與形象透過雅、俗文學的集中與變異奠定基礎，在明、清後的戲曲中呈現出更加多彩的樣貌。

3. 以敘事觀點觀察伍子胥形象變化的原因。話語場域、創作者生命際遇、創作目的等，皆牽動著伍子胥故事、形象的展現與評價的內容。話語因言者、聽者所處的時代、場域及身份的不同而產生差異，從而影響話語所呈現的方式、內容及效果。因此，在伍子胥故事文學性逐漸增強的過程中，敘事的變化亦是不可或缺的觀照點之一。

第貳章　伍子胥形象的建構與發展

　　伍子胥故事歷經長時間流傳，在《左傳》中首以文字紀錄，而後在時間流動下，故事內容變化得愈顯龐大與繁複；伍子胥形象亦在情節擴張、文人評價二者的交互作用下，揉塑出伍子胥於文本中的面貌。

　　伍子胥形象的「初建期」以先秦時期文本為觀察基礎，如《左傳》、《國語》、《韓非子》、《呂氏春秋》等著作。透過諸著作對伍子胥事蹟的描寫，觀照伍子胥故事中的內容，而在各家書寫互有異同的情況下，逐漸塑造出伍子胥的形象；同時，諸子中亦有評價子胥的論述。因此，透過《左傳》、《國語》與諸子的記載，伍子胥於先秦時期呈現出「智」、「仁」、「勇」、「孝」、「忠」、「賢」的多元形象，活躍於紙上。

　　至形象的「發展期」，其中部份形象逐漸被強調、獨立而出，並且蓬勃生展。西漢時期開始，繼「初建期」對伍子胥事蹟的描寫後，《史記》、《說苑》等史傳與子、集部文本更據之鋪衍，而情節的複雜化更助於突出「智」、「勇」、「忠」形象。

　　歷經初步建構與部份發展，伍子胥形象至東漢時期始進入「成熟期」，其記事亦從史傳系統過渡到民間系統。告別了多元的形象，歷經長時發展的伍子胥形象，來到了「智」、「賢」、「忠」確立的階段，三者在後世不斷被強調，成為伍子胥被世人提起時的標誌與價值。

第一節　形象初建期：智、仁、勇、孝、忠、賢多元呈現

一、經、史中的伍子胥

　　伍子胥故事見諸史載，可溯及《左傳》與《國語》二書，以記事、記言互補之方式勾勒出伍子胥故事最早的樣貌。

　　故事首見於《左傳》，昭公十九年時伍子胥之父伍奢擔任太子建之師，當年楚王在費無極建議下，迎娶原爲太子建妻的嬴氏，因而埋下事件導火線。〔註1〕昭公二十年，費無極進讒於楚王，謂太子建欲謀反，楚王質問伍奢，伍奢卻反而指責楚王曰：「君一過多矣，何信於讒？」〔註2〕楚王一怒之下擒捉伍奢，並下令追殺太子建。費無極知伍奢有二子，故建議楚王應以伍奢爲質，以父命爲籌碼召二子前來，以絕後患。兄伍尚分析情況後，告訴伍子胥如此作爲是爲保全孝與仁，並讓弟伍子胥逃亡，自己則前往赴君召。〔註3〕最終，楚王殺伍奢與伍尚，而伍子胥輾轉逃亡至吳國，並「耕於鄙」〔註4〕以待時機。逃亡至吳國的伍子胥，觀照情勢後，決定獻勇士專諸予闔閭；在刺殺吳王僚後，闔閭既位，伍子胥亦獲取了闔閭的信任。

　　十年後，是爲昭公三十年（B.C.512），闔廬詢問伍子胥攻打楚國一事是否可行，對於伍子胥之建議，「闔廬從之，楚於是乎始病」〔註5〕，印證伍奢生

〔註1〕《左傳・昭公十九年》載：「楚子之在蔡也，郹陽封人之女奔之，生大子建。及即位，使伍奢爲之師，費無極爲之少師，無寵焉，欲譖諸王，曰：『建可室矣。』王爲之聘於秦，無極與逆，勸王取之。正月，楚夫人嬴氏至自秦。」出於〔周〕左丘明著；〔晉〕杜預注；〔唐〕孔穎達疏：《春秋左傳正義》，冊四，卷48，（中華書局據阮刻本校刊），頁12。

〔註2〕〔周〕左丘明著；〔晉〕杜預注；〔唐〕孔穎達疏：《春秋左傳正義》，冊四，卷49，（中華書局據阮刻本校刊），頁11。

〔註3〕《左傳・昭公二十年》：「棠君尚謂其弟員曰：『爾適吳，我將歸死。吾知不逮，我能死，爾能報。聞免父之命，不可以莫之奔也；親戚爲戮，不可以莫之報也。奔死免父，孝也；度功而行，仁也；擇任而往，知也；知死不辟，勇也。父不可棄，名不可廢。爾期勉之！相從爲愈。』」出自〔周〕左丘明著；〔晉〕杜預注；〔唐〕孔穎達疏：《春秋左傳正義》，冊四，卷49，（中華書局據阮刻本校刊），頁11至12。

〔註4〕〔周〕左丘明著；〔晉〕杜預注；〔唐〕孔穎達疏：《春秋左傳正義》，冊四，卷49，（中華書局據阮刻本校刊），頁12。

〔註5〕〔周〕左丘明著；〔晉〕杜預注；〔唐〕孔穎達疏：《春秋左傳正義》，冊四，卷53，（中華書局據阮刻本校刊），頁10。

前所說的「楚君、大夫其旰食乎！」〔註6〕昭公三十一年，《左傳》明確載「始
用子胥之謀也」〔註7〕，可看出伍子胥躬耕於鄙、等待時機後之覆楚行動。

六年後，是爲定公四年（B.C.506），吳楚交戰，獨特的是，雖不見《左傳》
對於伍子胥之描寫，但仍能看出伍子胥的運籌帷幄。《左傳》作者於此處的書
寫，刻意淡化伍子胥攻打母國之情節，並且以鬭辛兄弟作爲對比，對於兩家
族的復仇不加一辭，全由讀者自行判斷「智」、「仁」、「勇」、「孝」的內涵。
鬭辛之父爲楚王之父所殺時，其弟鬭懷欲殺楚王爲父報仇，卻被鬭辛阻止，
其云：

> 君討臣，誰敢讎之？君命，天也。若死天命，誰將讎？詩曰：「柔亦
> 不茹，剛亦不吐。不侮矜寡，不畏彊禦。」爲仁者能之。違彊陵弱，
> 非勇也；乘人之約，非仁也；滅宗廢祀，非孝也；動無令名，非知
> 也。必犯是，余將殺女。〔註8〕

鬭辛爲弟弟闡述智、仁、勇、孝的內涵後，便和弟弟帶著楚王至隨國求援。
《左傳》中對「復仇」的描寫，不但不加以肯定伍子胥的復仇，亦不肯定楚
王作爲，僅將詮釋權交予讀者。因此，蔡師妙眞認爲《左傳》以鬭辛一家對
比伍子胥復仇，是爲「凸顯忠孝難以兩全的不同抉擇」〔註9〕，而抉擇之依
據也應依照彼此際遇的個別性而有所不同，並不能等同視之，「此之謂
『知』。」〔註10〕因此在鬭氏家族「有罪見討」與伍氏家族「無辜滅族」不同
遭遇下，《左傳》於此處「爲伍胥的抉擇開解」〔註11〕，辯證了伍子胥復仇
母國的行動。

十一年後，是爲哀公元年，闔廬死而夫差上位，伍子胥勸諫夫差伐越，
夫差弗聽，伍子胥留下一句「越十年生聚，而十年教訓，二十年之外，吳其

〔註6〕 〔周〕左丘明著；〔晉〕杜預注；〔唐〕孔穎達疏：《春秋左傳正義》，冊四，
卷49，（中華書局據阮刻本校刊），頁12。

〔註7〕 〔周〕左丘明著；〔晉〕杜預注；〔唐〕孔穎達疏：《春秋左傳正義》，冊四，
卷53，（中華書局據阮刻本校刊），頁11。

〔註8〕 〔周〕左丘明著；〔晉〕杜預注；〔唐〕孔穎達疏：《春秋左傳正義》，冊四，
卷54，（中華書局據阮刻本校刊），頁14。

〔註9〕 蔡師妙眞：〈智仁勇孝辯──「左傳」伍員復仇記裡的鏡像結構〉，玄奘大學，
《第一屆東方人文思想國際學術研討會》，2009年6月，頁16。

〔註10〕 蔡師妙眞：〈智仁勇孝辯──「左傳」伍員復仇記裡的鏡像結構〉，玄奘大學，
《第一屆東方人文思想國際學術研討會》，2009年6月，頁16。

〔註11〕 蔡師妙眞：〈智仁勇孝辯──「左傳」伍員復仇記裡的鏡像結構〉，玄奘大學，
《第一屆東方人文思想國際學術研討會》，2009年6月，頁16。

爲沼乎！」〔註12〕作爲伏筆，暗示越國之再起。又十一年，是爲哀公十一年（B.C.484），「吳將伐齊，越子率其眾以朝焉，王及列士皆有饋賂」〔註13〕，吳國人開心接受，只有伍子胥感到懼怕不已而上諫吳王。伍子胥分析若今日吳國不滅越國，他日吳國將會爲越國所滅，然夫差不僅「弗聽」〔註14〕更讓伍子胥「使於齊」〔註15〕，回國後伍子胥遭賜死。臨死前，伍子胥留下預言，暗示吳國必遭傾覆：

> 樹吾墓檟，檟可材也，吳其亡乎！三年，其始弱矣。盈必毀，天之
> 道也。〔註16〕

伍子胥以天道作爲依據，直指吳國最終將招致滅亡。至此，《左傳》對伍子胥事跡之記載結束。

在《左傳》中，將伍子胥記事分爲「在楚」與「在吳」二者，伍子胥記事雖簡，但已具備伍子胥事蹟的基本面貌。從伍奢之事言起，再寫楚王弒其父、兄及子胥之逃亡，接著鏡頭轉換至吳國，描述伍子胥伺機而動與輔佐吳國國政的過程，最後以其臨死之言作結。受編年體史書之體例影響，伍子胥事蹟於此顯得較缺乏連貫性，但《左傳》中伍子胥故事卻已具備雛型，並成爲後代鋪衍伍子胥故事之依據。

不同於《左傳》中的描寫，《國語》主要聚焦於伍子胥的「言語」，伍子胥事蹟並見於〈吳語〉、〈越語〉。雖〈楚語〉中隱約可見伍子胥輔佐闔閭以伐楚國的痕跡，然伍子胥之名已被去除在楚國歷史之外，故全篇不見子胥之名，僅見：「吳人入楚，昭王出奔」〔註17〕及「吳人入楚，昭王奔鄖」〔註18〕，雖

〔註12〕〔周〕左丘明著；〔晉〕杜預注；〔唐〕孔穎達疏：《春秋左傳正義》，冊四，卷57，（中華書局據阮刻本校刊），頁12。

〔註13〕〔周〕左丘明著；〔晉〕杜預注；〔唐〕孔穎達疏：《春秋左傳正義》，冊四，卷58，（中華書局據阮刻本校刊），頁13。

〔註14〕〔周〕左丘明著；〔晉〕杜預注；〔唐〕孔穎達疏：《春秋左傳正義》，冊四，卷58，（中華書局據阮刻本校刊），頁14。

〔註15〕〔周〕左丘明著；〔晉〕杜預注；〔唐〕孔穎達疏：《春秋左傳正義》，冊四，卷58，（中華書局據阮刻本校刊），頁14。

〔註16〕〔周〕左丘明著；〔晉〕杜預注；〔唐〕孔穎達疏：《春秋左傳正義》，冊四，卷58，（中華書局據阮刻本校刊），頁14。

〔註17〕〔清〕董增齡撰：《國語正義》，〈楚語下〉，（四川：巴蜀書社，1985年），頁1175。

〔註18〕〔清〕董增齡撰：《國語正義》，〈楚語下〉，（四川：巴蜀書社，1985年），頁1177。

不見其身影，〈楚語〉中仍可見伍子胥為吳國運籌帷幄並復仇的痕跡。

　　《國語》對伍子胥的描述主要集中於勸諫吳王伐越，如〈越語上〉記載：

> 夫差將欲聽與之成，子胥諫曰：「不可。夫吳之與越也，仇讎敵戰之
> 國也。三江環之，民無所移，有吳則無越，有越則無吳，將不可改
> 于是矣。員聞之，陸人居陸，水人居水。夫上黨之國，我攻而勝之，
> 吾不能居其地，不能乘其車。夫越國，吾攻而勝之，吾能居其地，
> 吾能乘其舟。此其利也，不可失也已，君必滅之。失此利也，雖悔
> 之，必無及已。」〔註19〕

伍子胥鉅細靡遺地分析情勢，並且針對攻打越國得勝後可得的利益來勸諫吳
王。「此其利也，不可失也已，君必滅之。失此利也，雖悔之，必無及已」一
句看出伍子胥對伐越之堅定立場，說明吳國若不伐越，不僅利益損害，倘若
失去一舉伐越的大好機會，未來將「雖悔之，必無及已」。

　　在《國語・吳語》中亦有以「申胥」稱伍子胥並記錄其力諫吳王的片段。
不論是力諫伐越、力諫不應伐齊，或是不應收受越國之賂而存越等事，都可
在〈吳語〉中看見伍子胥奮力上諫的身影，如以下三條：

> 吳王夫差乃告諸大夫曰：「孤將有大志于齊，吾將許越成，而無拂吾
> 慮。若越既改，吾又何求？若其不改，反行，吾振旅焉。」申胥諫
> 曰：「不可許也。夫越非實忠心好吳也，又非懾畏吾兵甲之強也。……
> 夫越王好信以愛民，四方歸之，年穀時熟，日長炎炎。及吾猶可以
> 戰也，為虺弗摧，為蛇將若何？」〔註20〕

> 吳王夫差既許越成，乃大戒師徒，將以伐齊。申胥進諫曰：「昔天以
> 越賜吳，而王弗受。夫天命有反，今越王句踐恐懼而改其謀，舍其
> 愆令，輕其征賦，施民所善，去民所惡，身自約也，裕其眾庶，其
> 民殷眾，以多甲兵。越之在吳，猶人之有腹心之疾也。夫越王之不
> 忘敗吳，于其心也侘然，服士以伺吾間。今王非越是圖，而齊、魯
> 以為憂。夫齊、魯譬諸疾，疥癬也，豈能涉江、淮而與我爭此地哉？
> 將必越實有吳土。」〔註21〕

> 吳王還自伐齊，乃訊申胥曰：「……孤豈敢自多，先王之鐘鼓，實式

〔註19〕〔清〕董增齡撰：《國語正義》，（四川：巴蜀書社，1985年），頁1270至1272。
〔註20〕〔清〕董增齡撰：《國語正義》，（四川：巴蜀書社，1985年），頁1210至1211。
〔註21〕〔清〕董增齡撰：《國語正義》，（四川：巴蜀書社，1985年），頁1212至1213。

靈之。敢告于大夫。」申胥釋劍而對曰:「昔吾先王世有輔弼之臣,
以能遂疑計惡,……今王無以取之,而天祿亟至,是吳命之短也。
員不忍稱疾辟易,以見王之親爲越之擒也。員請先死。」遂自殺。
將死,曰:「以懸吾目于東門,以見越之入,吳國之亡也。」王慍曰:
「孤不使大夫得有見也。」乃使取申胥之尸,盛以鴟夷,而投之于
江。吳王夫差既殺申胥,不稔于歲,乃起師北征。〔註22〕

對於是否存越,在《國語》中可見伍子胥力諫吳王的堅定態度,然而伐齊後,
子胥卻漸漸失去吳王的信任。面對吳王之質疑,伍子胥釋劍並自明心志,選
擇「不忍稱疾辟易」後便自殺;臨死前謂「以懸吾目于東門,以見越之入,
吳國之亡也」更令吳王氣怒不已,命人以鴟夷皮裹伍尸,並「投之于江」。

此處記載與《左傳》不同,對伍子胥臨死前的記載,《左傳》記吳王賜劍
命伍子胥了結生命,而《國語》則記「申胥釋劍而對曰」,爲伍子胥之死留下
二種結果:一爲吳王賜死,二爲「員請先死」,此二種結果所呈現出的情節張
力亦不盡相同。

故事尾聲,伍子胥昔日所諫成眞,《國語》記當初不納諫的吳王夫差於死
前留下慨嘆:

夫差將死,使人説于子胥曰:「使死者無知,則已矣,若其有知,君
何面目以見員也!」遂自殺。〔註23〕

透過描寫夫差將死之言,使伍子胥故事有了更加完整的骨架。不同於《左傳》
止於子胥死前預言的記載,《國語》爲伍子胥故事提供了較爲完整的結局,也
突顯了伍子胥深謀遠慮之「智」。

《國語》與《左傳》所載不同更可見於對伍子胥出奔、死前的描寫。在
《國語》中,伍奢之事蹟並未得到太多著墨,伍尚赴君命前和伍子胥的對話
在《國語》亦不得見;另外,伍子胥臨死前,《左傳》僅載:「吳其亡乎!三
年,其始弱矣。盈必毀,天之道也」〔註24〕,而在《國語》則多了些戲劇性,
透過預言之方式暗示吳未來必遭越國傾覆,並對比夫差將死前的慨嘆,更顯
張力。

〔註22〕 〔清〕董增齡撰:《國語正義》,(四川:巴蜀書社,1985年),頁1219至1225。
〔註23〕 〔清〕董增齡撰:《國語正義》,(四川:巴蜀書社,1985年),頁1263。
〔註24〕 〔周〕左丘明著;〔晉〕杜預注;〔唐〕孔穎達疏:《春秋左傳正義》,冊四,
卷58,(中華書局據阮刻本校刊),頁14。

　　伍子胥在〈楚語〉中雖不見描寫，但其行動無疑地亦影響著楚國。《國語》對於先前伍子胥與楚君所結的殺父仇，著墨甚少，多聚焦於伍子胥適吳後之行動，將伍子胥全然歸爲吳人，多揀選子胥「諫吳王」的事蹟與形象，而忽略其他形象。雖不見《國語》直言伍子胥「忠」，然伍子胥故事在如此刻劃下，卻可明確看出伍子胥剛毅、苦諫形象。

　　《左傳》記事詳細、《國語》記言深刻，伍子胥故事於二史中已具備主要架構，雖受編年體與國別史史書寫作方式的限制，《左傳》及《國語》中對伍子胥故事的建構卻足以成爲後世鋪衍伍子胥故事之依據。

　　不同的故事內容也揉塑了伍子胥多元的形象。《左傳》與《國語》中所凸顯的伍子胥形象在於「智」、「仁」、」「勇」、「孝」，此可以伍尚在赴楚君之召前對伍子胥所說的一段話得到驗證，其云：

> 爾適吳，我將歸死。吾知不逮，我能死，爾能報。聞免父之命，不可以莫之奔也；親戚爲戮，不可以莫之報也。**奔死免父，孝也；度功而行，仁也；擇任而往，知也；知死不辟，勇也。**父不可棄，名不可廢。爾期勉之！相從爲愈。〔註25〕

明知楚王召二人前來必爲陷阱，但若從君言可免父親一死，那麼，前往赴召便是「孝」之表現；衡量自己能力所及並且行動，則爲「仁」；選擇所能勝任者並且前往，則是「智」；明知將死仍不躲避，是爲「勇」。

　　在《左傳》中，伍尚及伍員表現了面對個人選擇時的「智」、「仁」、「勇」、「孝」；伍尚「奔死免父」、「知死不辟」是其「孝」與「勇」之展現，「爾適吳，我將歸死」亦表現了伍尚「度功而行」、「擇任而往」之「仁」與「智」；伍員背負「爾能報」的使命前往吳國，亦展現了其忍辱負重之「勇」、爲父報仇之「孝」、「度功而行」之「仁」，在吳國運籌帷幄及識人之明更可見其「智」。作者在伍尚一語中辯證「智」、「仁」、「勇」、「孝」的內涵，並與伍氏兄弟所行互爲呼應，「智」、「仁」、「勇」、「孝」的形象同時也附於伍子胥身上。

　　簡宗梧於爲《左傳》所突出之伍子胥形象提出歸納：

〔註25〕 《左傳・昭公二十年》：「棠君尚謂其弟員曰：『爾適吳，我將歸死。吾知不逮，我能死，爾能報。聞免父之命，不可以莫之奔也；親戚爲戮，不可以莫之報也。奔死免父，孝也；度功而行，仁也；擇任而往，知也；知死不辟，勇也。父不可棄，名不可廢。爾期勉之！相從爲愈。』」出自〔周〕左丘明著；〔晉〕杜預注；〔唐〕孔穎達疏：《春秋左傳正義》，冊四，卷49，（中華書局據阮刻本校刊），頁11至12。

我們似乎看到一位鬚髮盡白的謀國老臣，具有洞察世局的聰明睿「智」，和悲天憫人的「仁」者胸懷，懷國家將亡之憂、社稷將覆之痛，他當然沒有臨陣脫逃、臨難苟免的念頭，而具有「雖千萬人，吾往矣」的「勇」氣，知其不可而爲之的情操，極力諍諫，盡其言責，以酬先王報楚慰親之恩，但他不能不記取當年宗祀險遭殄滅的教訓，爲留下伍家的血脈，不得不把子女送到齊國，盡其「保全宗祀」的「孝」心，也免其盡忠報國的後顧之憂，然後殺身成「仁」，以他一己的生命，爲國家的存續做最後的努力，這是多麼悲壯的情懷！〔註26〕

《左傳》中對「智」、「仁」、「勇」、「孝」的辯證與描敘，不僅只是伍尚一言，伍子胥奔吳後的一舉一動皆刻劃出其形象。一介謀國老臣爲報先王之恩，不畏觸犯龍顏，十年來數度力諫卻仍不被重視，因痛失母根轉而將自身寄託於吳國的伍子胥，雖最終揣著悲憤離世，然其對於吳、越二國勢力消長的判斷、託子女予友人皆可見伍子胥深諳大局之智。

《左傳》、《國語》所錄雖簡，然在此二書紀錄下，伍子胥故事已具雛型，更在此架構下，呈現「智」、「仁」、「勇」、「孝」的多元形象，成爲後世鋪衍故事與描敘形象的基礎，故先秦時期可視爲伍子胥形象之「初建期」。

二、子部與集部中的伍子胥

除經、史部中對伍子胥事蹟的記敘，子部與集部亦基於不同的創作目的，將伍子胥故事踵事增華。

不同於《左傳》及《國語》，戰國末期時伍子胥身上更被加入了「忠」形象。《左傳》雖刻意不書伍子胥輔佐、壯大吳國的過程，卻仍可見其憑吳之力復仇的痕跡，爲吳國獻策之「智」、不欺弱不畏強之「仁」與「勇」、心懸報父兄之仇的「孝」。唯獨「忠」之表現卻不見痕跡，與後世皆以「忠臣」稱伍子胥之情況形成對比。

形象的突出亦和情節〔註27〕的鋪衍相關。歸於子部的《韓非子》及《呂

〔註26〕簡宗梧：《鎔裁文史的經典——左傳》，（臺北：黎明文化事業股份有限公司，1999 年），頁 126。

〔註27〕小說家 E・M・福斯特用以「情節」指「一種既由因果性也由時間性去排列事件的敘事」。參考自史蒂文・科恩（Steven Cohan）、琳達・夏爾斯（Linda M. Shires）著；張方譯：《講故事——對敘事虛構作品的理論分析》（Telling stories:

氏春秋》對伍子胥故事的描寫，便以《左傳》與《國語》二書的描寫作為初
步架構來增入情節，使伍子胥形象較前更顯立體。

　　因情節複雜化的強調，使伍子胥「忠」形象比原先於《左傳》及《國語》
中呈現的「智」、「仁」、「勇」、「孝」更加深植人心，再加上諸子文中言及伍
子胥時，多將其與「忠」、「賢」連結，稱之為忠臣賢士，此亦影響後世的伍
子胥故事與其形象。

　　最先寫子胥之忠者為《莊子》。在《莊子・雜篇・盜跖》篇，記孔子與盜
跖的對話中便指伍子胥為「忠臣」，並將伍子胥與比干比併而稱：

> 世之所謂忠臣者，莫若王子比干、伍子胥。子胥沉江，比干剖心。
> 此二子者，世謂忠臣也，然卒為天下笑。自上觀之，至於子胥、比
> 干，皆不足貴也。〔註28〕

> 比干剖心，子胥抉眼，忠之禍也。〔註29〕

《莊子》透過伍子胥的不得善終寄託無作為方能安身之道，闡述其思想內容。
《莊子・雜篇》雖非莊子所著，亦非儒家典籍，然「世謂忠臣」一語表現不
論著作思想內容為何，伍子胥作為一「忠臣」在當時已深植人心，並且可與
比干比併合稱。比干剖心、子胥抉眼及沉江，此皆表示二者忠心耿耿卻不為
國君所用之遭遇，透過比併更強化「伍子胥為忠臣」的概念。雖《莊子》不
認同「忠」之作用，認為盡忠的下場便會同比干、子胥一般損害生命；然去
除思想內涵後，伍子胥於此處與「忠」的連結，較「智」、「仁」、「勇」、「孝」
等形象更為明顯。

　　《荀子》對於伍子胥「忠」的描寫見於〈臣道〉及〈大略〉二篇。〈臣
道〉闡述人臣的重要及行事準則，聚焦於論臣之「忠」，並將「忠」分「大
忠」、「次忠」、「下忠」三層次。伍子胥被歸於「下忠」之屬，荀子認為「以
是諫非而怒之，下忠也」〔註30〕，將子胥之「忠」列於最下等。不論伍子胥

---

　　　a theoretical analysis of narrative fiction），（臺北：駱駝出版社，1997 年），頁
　　　62。於此處使用「情節」一詞係因《韓非子》、《呂氏春秋》中記伍子胥之事
　　　已較《左傳》所書複雜，不同於經、史部的描寫，子部所書的事件寄託的因
　　　果性更加強烈，而透過這樣的描寫，亦牽動伍子胥形象的變化。
〔註28〕〔周〕莊子；〔清〕王先謙撰：《莊子集解》，〈雜篇・盜跖〉，（北京：中華書
　　　局，1987 年），頁 263。
〔註29〕〔周〕莊子；〔清〕王先謙撰：《莊子集解》，〈雜篇・盜跖〉，（北京：中華書
　　　局，1987 年），頁 266。
〔註30〕〔周〕荀子；李滌生著：《荀子集解》，（臺北：臺灣學生書局，1979 年），頁

之「忠」爲何層次，「若子胥之於夫差，可謂下忠矣」仍可見《荀子》中伍子胥與「忠」的連結，而不強調其他形象。〈大略〉一篇亦直截評論伍子胥之「忠」：

> 虞舜、孝己孝而親不愛，比干、子胥忠而君不用，仲尼、顏淵知而窮於世。劫迫於暴國而無所辟之，則崇其善，揚其美，言其所長，而不稱其所短也。〔註31〕

不僅直言子胥「忠」，更將子胥與比干同列「忠而君不用」之屬，強化子胥力諫卻不爲國君所用、最終被迫自殺的忠臣形象。除了直言「子胥忠」者，亦有描述子胥上諫君王的場景以表其忠者，如《荀子》中有三篇以「諫」、「諍」等字寫子胥上諫，分別爲〈臣道〉、〈成相〉及〈宥坐〉：

> 伊尹、箕子可謂諫矣；比干、子胥可謂諍矣；平原君之於照可謂輔矣；信陵君之於魏可謂拂矣。傳曰：「從道不從君。」此之謂也。〔註32〕

> 周幽屬，所以敗，不聽規諫忠是害。嗟我何人，獨不遇時當亂世！欲衷對，言不從，恐爲子胥身離凶。進諫不聽，剄而獨鹿棄之江。〔註33〕

> 孔子曰：「由不識，吾語女。女以知者爲必用邪？王子比干不見剖心乎！女以爲忠者必用邪？關龍逢不見刑乎！女以爲諫者必用邪？吳子胥不磔姑蘇東門外乎！」〔註34〕

以上三篇皆特別突出伍子胥的「忠」形象。〈臣道〉篇中，伍子胥與比干被比併而觀之，認爲他們皆是「諍」者，作爲臣者，應依道而行而不從君者；〈成相〉一段則說明君王不聽規諫而諫者受難之狀況，以子胥「身離凶」作爲事例；〈宥坐〉篇中載子路問孔子，君子何以在「累德、積義、懷美」〔註35〕後，

297。

〔註31〕　〔周〕荀子；李滌生著：《荀子集解》，（臺北：臺灣學生書局，1979年），頁637。

〔註32〕　〔周〕荀子；李滌生著：《荀子集解》，（臺北：臺灣學生書局，1979年），頁292。

〔註33〕　〔周〕荀子；李滌生著：《荀子集解》，（臺北：臺灣學生書局，1979年），頁579至580。

〔註34〕　〔周〕荀子；李滌生著：《荀子集解》，（臺北：臺灣學生書局，1979年），頁648。

〔註35〕　〔周〕荀子；李滌生著：《荀子集解》，（臺北：臺灣學生書局，1979年），頁647至648。

仍然處於如此窮困之地步？孔子以多人境遇爲例回答子路，伍子胥便爲其中一例。雖力諫吳王伐越，最終卻被迫自盡，死後尸首被投於江中；透過孔子回答之兩相對照，可見「諫」字於此處的正面意義，因子胥爲國家社稷而諫，不爲君王個人私心。此三篇說明人臣、國君應行之道與諫者不受用的情形；伍子胥於此分別扮演諫者、爲君所害之忠臣、諫而不受用者等角色，突出伍子胥輔佐吳王、爲國家利益存亡上諫的種種行動，加深伍子胥的「忠」形象，相較之下，其他形象的色彩更顯黯淡。

　　不僅「忠」形象出現，「賢」形象亦透過諸子之筆附掛於伍子胥身上。《荀子》中有二篇直言伍子胥是爲賢者，分別爲說明君王威權與作用之〈君子〉及說明荀子理想中聖王與賢臣形象之〈成相〉。〈君子〉一段如下：

> 故成王之於周公也，無所往而不聽，知所貴也。桓公之於管仲也，國事無所往而不用，知所利也。<u>吳有伍子胥而不能用，國至於亡，倍道失賢也。</u>故尊聖者王，貴賢者霸，敬賢者存，慢賢者亡，古今一也。〔註36〕

《荀子》以成王與周公、桓公與管仲、吳國與子胥作爲互相對照之例，說明國君重視賢者之重要。吳國之所以滅亡乃因違道而失賢者，弗聽子胥諫言而毀滅，子胥於此以不僅是忠臣，更是賢士，其形象已然更顯全能。

　　〈成相〉一段說明對待賢士方式不同，足以影響一國之發展，並以迫害伍子胥之吳國與進納百里奚之秦國相互對照。《荀子》認爲吳滅、秦盛之結局足以令世間國君以爲警惕：

> 世之衰，讒人歸，比干見刳箕子累。武王誅之，呂尚招麾殷民懷。<u>世之禍，惡賢士，子胥見殺百里徙。穆公任之，強配五伯六卿施。</u>〔註37〕

〈成相〉指出，國家之災禍乃在於其待賢士之態度，因此吳因弒伍子胥而亡，而穆公重用百里奚後，秦遂王霸一方。《荀子》於此將伍子胥與百里奚歸類爲「賢士」，認同二人皆爲有才華之人，足以影響國家發展；而以伍子胥不受重用爲例，告誡國君宜納賢才的此種寫法，更是突出伍子胥之「賢」。

　　不同於《荀子》僅以伍子胥爲例言理，《韓非子》更爲伍子胥故事增添了

〔註36〕〔周〕荀子；李滌生著：《荀子集解》，（臺北：臺灣學生書局，1979年），頁565。

〔註37〕〔周〕荀子；李滌生著：《荀子集解》，（臺北：臺灣學生書局，1979年），頁570。

情節，將伍子胥故事複雜化。

在《韓非子》中有三處提及伍子胥故事，分別為〈說林上〉、〈說林下〉、〈內儲說下〉。〈說林上〉描述伍子胥逃亡時遇邊侯，運用計策乃得以脫身：

> 子胥出走，邊侯得之。子胥曰：「上索我者，以我有美珠也。今我已亡之矣。我且曰子取吞之。」侯因釋之。〔註38〕

〈說林下〉記述了伍子胥以溺人者為喻，表現其傾覆楚國之決心：

> 闔閭攻郢，戰三勝，問子胥曰：「可以退乎？」子胥對曰：「溺人者一飲而止，則無逆者，以其不休也。不如乘之以沈之。」〔註39〕

〈內儲說下〉則記伍子胥用計使楚臨陣換將而取勝之過程：

> 吳攻荊，子胥使人宣言於荊曰：「子期用，將擊之。子常用，將去之。」荊人聞之，因用子常而退子期也。吳人擊之，遂勝之。〔註40〕

「計退邊侯」、「自比溺人」與「臨陣換將」等情節，於《左傳》及《國語》中皆未見，三情節首見於《韓非子》，不僅擴充了伍子胥故事，更強化人物形象。除了明顯加厚伍子胥足智多謀的形象，更強化伍子胥滅楚的決心，人物性格透過情節的渲染更添血肉。「計退邊侯」情節提昇了伍子胥逃亡路程的艱辛程度，再加上子胥「話語」的增入，用美珠退邊侯的計策更顯其智；「自比溺人」情節則透過闔閭與子胥的對話表現覆楚決心，突出為父報仇之孝、欲一舉攻楚之勇；「臨陣換將」則增入吳軍大舉伐楚的情節，同樣透過「對話」展現伍子胥的熟悉局勢與楚軍調度的智慧和機敏。

除了透過情節增入來展現伍子胥「智」、「勇」、「孝」形象，《韓非子》亦使用「比併合稱」的手法，將比干與伍子胥作為說理的例證，合而稱之，謂其二為「忠臣」，如〈飾邪〉一段：

> 凡敗法之人，必設詐託物以來親，又好言天下之所希有，此暴君亂主之所以惑也，人臣賢佐之所以侵也。故人臣稱伊尹、管仲之功，則背法飾智有資；稱比干、子胥之忠而見殺，則疾強諫有辭。〔註41〕

〔註38〕〔周〕韓非子；陳奇猷撰：《韓非子集釋》，（臺北：世界書局，1963年），頁421。

〔註39〕〔周〕韓非子；陳奇猷撰：《韓非子集釋》，（臺北：世界書局，1963年），頁478。

〔註40〕〔周〕韓非子；陳奇猷撰：《韓非子集釋》，（臺北：世界書局，1963年），頁606。

〔註41〕〔周〕韓非子；陳奇猷撰：《韓非子集釋》，（臺北：世界書局，1963年），頁310。

此段直指比干、子胥懷忠卻爲國君所殺，不以其他形容詞言伍子胥，而聚焦於伍子胥之「忠」。《韓非子》不一定是刻意篩選出單一形象來寫伍子胥，畢竟諸子所欲應是爲國君提出一套治國之道，伍子胥僅是言理下的其中一例而已，然這樣的書寫下，「忠」卻意外地得到強調，「伍子胥──忠臣」的痕跡亦愈劃愈深刻。〈說林·下〉亦使用如此手法：

> 崇侯、惡來知不適紂之誅也，而不見武王之滅之也。比干、子胥
> 知其君之必亡也，而不知身之死也。故曰：「崇侯、惡來知心而不
> 知事，比干、子胥知事而不知心。」聖人其備矣。〔註42〕

「知其君之必亡，而不知身之死」表現比干、子胥心繫其君因而力諫君主的行動，雖上諫以期解國之危，保全國家存亡，卻無法保全自己生命。文中雖不置一「忠」字，卻可見伍子胥上諫吳王之「忠」，而與比干比併而書的強調效果也不斷提醒文本讀者伍子胥之忠。

〈安危〉一篇亦對「忠」形象有著強調的作用：

> 聞古扁鵲之治其病也，以刀刺骨；聖人之救危國也，以忠拂耳。刺
> 骨，故小痛在體而長利在身；拂耳，故小逆在心而久福在國。故甚
> 病之人利在忍痛，猛毅之君以福拂耳。忍痛，故扁鵲盡巧；拂耳，
> 則子胥不失；壽安之術也。病而不忍痛，則失扁鵲之巧；危而不拂
> 耳，則失聖人之意。如此，長利不遠垂，功名不久立。〔註43〕

此篇將伍子胥與扁鵲事蹟互喻以明治國之道。相傳扁鵲治病是以刀刺骨，就如同聖人救危亂之國是以忠拂耳；若病重之人能夠忍刺骨之痛，那麼扁鵲便能發揮其醫術，利於其身。同樣地，若國君能爲國家長久之福祉而忍受忠言逆耳，那麼子胥這樣的人臣便得以保全性命。〈安危〉透過子胥進諫吳王的故事說理，突顯伍子胥故事中力諫吳王的忠心表現，此手法在在地強化了伍子胥與「忠」的連結。

〈人主〉一篇則透過比併關龍逢、比干等人之事蹟，強調伍子胥「不知身之死」之忠：

> 昔關龍逢說桀而傷其四肢，王子比干諫紂而剖其心，子胥忠直夫差

〔註42〕〔周〕韓非子；陳奇猷撰：《韓非子集釋》，（臺北：世界書局，1963年），頁455。

〔註43〕〔周〕韓非子；陳奇猷撰：《韓非子集釋》，（臺北：世界書局，1963年），頁484。

而誅於屬鏤。此三子者，爲人臣非不忠，而說非不當也。然不免於
死亡之患者，主不察賢智之言，而蔽於愚不肖之患也。今人主非肯
用法術之士，聽愚不肖之臣，則賢智之士、孰敢當三子之危而進其
智能者乎？此世之所以亂也。〔註44〕

《韓非子》直言子胥「忠直」，並且透過關龍逢及比干事蹟，與伍子胥相呼應，
《韓非子》認爲關龍逢、比干與伍子胥三人皆爲忠臣，上諫國君全爲國家利
益，並無不當，然而卻遭致禍患而死。《韓非子》認爲，若國君能採納如三人
般的賢智之言，那麼「賢智之士」必能爲人主貢獻其智；反之，若以伍子胥
等三人之下場對待賢智之士，那麼將無賢者進其智，如此亦是世情紛亂之因。
《韓非子》於此爲國君說明了納諫愛賢的重要性，然將伍子胥與關龍逢、比
干等著名的不遇忠臣合書的手法，也暗示三者皆爲「忠臣」，與關、比同列更
強化伍子胥忠臣與賢智的形象。

不只「忠」，《韓非子》亦於〈難言〉一篇評子胥爲「賢」者：

故度量雖正，未必聽也；義理雖全，未必用也。大王若以此不信，
則小者以爲毀訾誹謗，大者患禍災害死亡及其身。故子胥善謀而吳
戮之，仲尼善說而匡圍之，管夷吾實賢而魯囚之。故此三大夫豈不
賢哉？而三君不明也。〔註45〕

〈難言〉將子胥、仲尼、管夷吾合而說之，認爲三者皆爲賢士。然而儘管子
胥、仲尼、管夷吾三人心中之標準如何端正、義理如何完整全面，若國君不
予理會，諫言最終仍不得採納。身爲人臣，幸運者遭毀謗訾議，不幸者遭致
死亡，如伍子胥一般，縱使再懂得爲吳謀劃，最終仍逃不過一死。〈難言〉
爲提醒國君接納賢士之諫，將伍子胥入於賢士之列作爲事例，言子胥「善謀」
並稱其「賢」，突出的不僅是「賢」形象，伍子胥之「智」亦於此評價中展
現。

異於《韓非子》增入情節並透過「對話」突出伍子胥的部份形象，《呂氏
春秋》所書之伍子胥故事，雖架構大致與《左傳》、《國語》所述相去不遠，
情節卻出現大幅度改動。如〈異寶〉一篇增加「江上丈人」一角，其義渡子

〔註44〕〔周〕韓非子；陳奇猷撰：《韓非子集釋》，（臺北：世界書局，1963年），頁
1119至1120。

〔註45〕〔周〕韓非子；陳奇猷撰：《韓非子集釋》，（臺北：世界書局，1963年），頁
49。

胥之鏡頭為伍子胥逃亡過程增加不少力度：

> 五員亡，荊急求之，登太行而望鄭曰：「蓋是國也，地險而民多知；
> 其主，俗主也，不足與舉。」去鄭而之許，見許公而問所之。許公
> 不應，東南向而唾。五員再拜受賜，曰：「吾知所之矣。」因如吳。
> 過於荊，至江上，欲涉，見一丈人，刺小船，方將漁，從而請焉。
> 丈人度之，絕江。問其名族，則不肯告，解其劍以予丈人，曰：「此
> 千金之劍也，願獻之丈人。」丈人不肯受，曰：「荊國之法，得伍員
> 者，爵執圭，祿萬擔，金千鎰。昔者子胥過，吾猶不取，今我何以
> 子之千金劍為乎？」五員過於吳，使人求之江上，則不能得也。名
> 不可得而聞，身不可得而見。每食必祭之，祝曰：「江上之丈人！」
> 為矣，而無所以為之，其惟江上之丈人乎！〔註46〕

在《左傳》中僅以「員如吳」三字帶過之逃亡畫面，在《韓非子》中增入「邊
侯得之」的情節，而到了《呂氏春秋》則發展地更為複雜。《呂氏春秋》將伍
子胥逃亡路線描繪得更為仔細，從楚出發，途經鄭、許二國，得許公「東南
向而唾」的暗示才前往吳國。臨江之際，伍子胥更受江上丈人之助而得以渡
江；到了吳國，伍子胥並未忘卻丈人之助，而「使人求之江上」。

　　不只是故事的發展，形象亦隨著情節變化更為鮮明立體。「江上丈人」義
渡子胥且不肯接受千金之劍，除了使伍子胥逃亡情節更加曲折，丈人為義不
為利的作為更將故事渲染得更可歌可泣，「荊國之法，得伍員者，爵執圭，祿
萬擔，金千鎰」更表現楚國部屬天羅地網以羅子胥的氣勢，提高了伍子胥逃
亡的驚險程度。面對追兵來勢洶洶的追捕，伍子胥仍不忘報恩，「解其劍以予
丈人」以劍回報江上丈人義渡，塑造了子胥重義的形象。《呂氏春秋》為伍子
胥故事增入情節、人物與對話，細緻著墨伍子胥忍辱負重、歷經艱辛的逃亡
過程及重情重義的形象，此也影響了《史記》對於伍子胥逃亡過程的描寫。

　　《呂氏春秋》中〈首時〉一篇記伍子胥與公子光的初次接觸，亦有著不
同以往的描寫：

> 伍子胥欲見吳王而不得。客有言之於王子光者，見之而惡其貌，不
> 聽其說而辭之。客請之王子光，王子光曰：「其貌適吾所甚惡也。」
> 客以聞伍子胥，伍子胥曰：「此易故也。願令王子居於堂上，重帷而

〔註46〕〔戰國〕呂不韋著；陳奇猷校釋：《呂氏春秋校釋》，（臺北：華正書局，1985
年），頁551至552。

見其衣若手，請因說之。」王子許。伍子胥說之半，王子光舉帷，
搏其手而與之坐。說畢，王子光大說。伍子胥以爲有吳國者必王子
光也，退而耕於野七年。〔註47〕

《左傳》寫伍子胥之吳後「言伐楚之利於州于」〔註48〕，卻遭公子光質疑「是
宗爲戮，而欲反其讎，不可從也。」〔註49〕伍子胥見公子光對其有所猜疑與
顧忌，因而斷定公子光心有大志，決定「姑爲之求士，而鄙以待之」〔註50〕；
進勇士專諸予公子光後，伍子胥「耕於鄙」等待行動的最佳時間。而《呂氏
春秋》則增入了公子光因厭惡伍子胥面貌而不願見之的情節，此情節未見於
《左傳》及《國語》，但在《呂氏春秋》中對於此場景的描述卻極爲詳細。透
過描寫公子光惡其貌而不接見子胥一事，使伍子胥與公子光的首次接觸更爲
曲折，而後伍子胥才決定將己身之復仇大業押注於公子光身上。伍子胥機智
的計策及話語使公子光願意接見自己，而公子光細緻的動作及「說畢」後「公
子光大說」等描述，更可見伍子胥於言談間所展現的智慧終使公子光悅而納
之，此情節除了增強伍子胥在爭取吳國接納的過程中所承受的曲折與艱辛，
同時也突出了伍子胥之「智」形象。《左傳》中僅言「彼將有他志」，而《呂
氏春秋》則直寫伍子胥斷定「有吳國者必王（公）子光」，展現伍子胥敏銳的
洞察力，亦是「智」形象的強調。

對於伍子胥輔佐闔廬成就霸業的過程，《呂氏春秋》如此刻劃：

> 王子光代吳王僚爲王，任子胥。子胥乃修法制，下賢良，選練士，
> 習戰鬥；六年，然後大勝楚於柏舉，九戰九勝，追北千里，昭王出
> 奔隨，遂有郢，親射王宮，鞭荊平之墳三百。鄉之耕，非忘其父之
> 讎也，待時也。〔註51〕

當闔廬任用伍子胥輔政，子胥隨即「修法制」、「下賢良」、「選練士」、「習戰

〔註47〕〔戰國〕呂不韋著；陳奇猷校釋：《呂氏春秋校釋》，（臺北：華正書局，1985
年），頁767至768。

〔註48〕〔周〕左丘明著；〔晉〕杜預注；〔唐〕孔穎達疏：《春秋左傳正義》，冊四，
卷49，（中華書局據阮刻本校刊），頁12。

〔註49〕〔周〕左丘明著；〔晉〕杜預注；〔唐〕孔穎達疏：《春秋左傳正義》，冊四，
卷49，（中華書局據阮刻本校刊），頁12。

〔註50〕〔周〕左丘明著；〔晉〕杜預注；〔唐〕孔穎達疏：《春秋左傳正義》，冊四，
卷49，（中華書局據阮刻本校刊），頁12。

〔註51〕〔戰國〕呂不韋著；陳奇猷校釋：《呂氏春秋校釋》，（臺北：華正書局，1985
年），頁768。

鬥」，六年後便於柏舉大勝楚國，甚至「九戰九勝」；此情節於《左傳》中卻僅以數語帶過，只陳述先前伍子胥所獻闔閭之疲楚計謀：

> 秋，無人侵楚，伐夷，侵潛、六。楚沈尹氏戌帥師救潛，吳師還。
>
> 楚師遷潛於南岡而還。吳師圍弦，左司馬戌、右司馬稽帥施救弦，
>
> 及豫章，吳師還。始用子胥之謀也。〔註52〕

吳軍用子胥之謀使楚軍於潛地、弦地間疲於奔命，《左傳》最後才以「始用子胥之謀也」寥寥數字表現伍子胥高超的軍事謀略。闔閭取得君位主政後，《呂氏春秋》由伍子胥修治制度寫起，可見伍子胥所獻之策皆為闔閭所用，推動新政，軍事行動更取得豐碩成果，伍子胥亦藉此成功為父兄報仇，刻劃出伍子胥深諳情勢、善於謀略的智慧與不忘家仇的孝。

　　對於伍子胥復仇情節的描寫，最震懾人心之處莫過於其鞭楚平王屍三百，然而此事未見載於《左傳》。《呂氏春秋》則深入地為伍子胥解釋其「耕於鄙」〔註53〕之原因絕非忘記要為父兄報仇，而是為了等待時機之故，埋下復仇的伏筆；如此擴張的情節除烘托伍子胥堅毅且有遠見的形象，對伍子胥「復仇」的刻劃更加了數筆。

　　〈首時〉亦記載伍子胥甚為知名的「鞭墳」〔註54〕情節，描寫吳軍大破郢都後，伍子胥憤而「鞭荊平之墳三百」。對比《穀梁傳‧定公四年》僅載「撻平王之墓」〔註55〕，《呂氏春秋》所書，使鞭墳情節更為驚心動魄，伍子胥之隱忍與忿恨亦於「三百」二字中展現；歷經數年深潛等待，對於楚王的忿恨、對父兄的不捨，回過頭看過去的種種遭遇，彷彿皆透過鞭墳情節得到紓解，

〔註52〕〔周〕左丘明著；〔晉〕杜預注；〔唐〕孔穎達疏：《春秋左傳正義》，冊四，卷53，（中華書局據阮刻本校刊），頁11。

〔註53〕〔周〕左丘明著；〔晉〕杜預注；〔唐〕孔穎達疏：《春秋左傳正義》，冊四，卷49，（中華書局據阮刻本校刊），頁12。

〔註54〕關於「伍子胥鞭墳（屍）」，學者提出三種說法，分別為掘墓鞭屍、鞭墳及否定說。「鞭屍」說可見於《史記》，於〈吳太伯世家〉中可見「昭王與鄖公犇隨，而吳兵遂入郢，子胥、伯嚭鞭平王之尸，以報父讎」之記載；〈伍子胥列傳〉亦載：「及吳兵入郢，伍子胥求昭王。既不得，乃掘楚平王墓，出其尸，鞭之三百，然後已」。「鞭墓」說則首見於《呂氏春秋‧首時》，其載伍子胥「親射王宮，鞭荊平之墳三百」。「否定說」則發表於張君〈伍子胥何曾掘墓鞭屍〉（《武漢大學學報》，3期，1985年）一文，認為就當時代與伍子胥個人思想，伍既無鞭墓，更無鞭尸。此論題不在本文欲探討之範圍內，故不予贅述。

〔註55〕〔清〕阮元審定；盧宣旬校：《重刊宋本十三經注疏附校勘記》，（臺北：藝文印書館，1965年），頁190-1。

使伍子胥故事於此迎來首次高潮。不論究竟是為「鞭墳」、「鞭屍」或是皆無，此情節影響後世伍子胥故事甚多，除表現伍子胥「孝」形象，亦增加了伍子胥復仇情節的張力。

〈長攻〉一篇則增加越國請糧於吳的情節，透過伍子胥話語的描寫，烘托伍子胥的形象，此段描述越國請食於吳，吳王本欲予越國糧食，然伍子胥上諫說明利弊之過程：

> 越國大饑，王恐，召范蠡而謀。范蠡曰：「王何患焉？今之饑，此越之福而吳之禍也。夫吳國甚富而財有餘，其王年少，智寡材輕，好須臾之名，不思後患。王若重幣卑辭以請糴於吳，則食可得也。食得，其卒越必有吳，而王何患焉？」越王曰：「善。」乃使人請食於吳，吳王將與之。伍子胥進諫曰：「不可與也。夫吳之與越，接土鄰境，道易人通，仇讎敵戰之國也，非吳喪越，越必喪吳。若燕、秦、齊、晉，山處陸居，豈能踰五湖九江、越十七阨以有吳哉？故曰非吳喪越，越必喪吳。今將輸之粟，與之食，是長吾讎而養吾仇也。財匱而民恐，悔無及也。不若勿與而攻之，固其數也，此昔吾先王之所以霸。」且夫饑，代事也，猶淵之與阪，誰國無有？吳王曰：「不然。吾聞之：『義兵不攻服，仁者食饑餓。』今服而攻之，非義兵也；饑而不食，非仁體也。不仁不義，雖得十越，吾不為也。」遂與之食。不出三年而吳亦饑，使人請食於越，越王弗與，乃攻之，夫差為禽。〔註56〕

面對敵國，伍子胥分析情勢並力諫吳王「不可與也」，然吳王弗聽諫言，仍執意輸糧予越。不出三年，吳國鬧饑荒，然越國卻不理吳國之請，甚至趁機伐吳，吳國最終落得「攻之，夫差為禽」的下場。在《呂氏春秋》越國請糧於吳的情節中，伍子胥洞察吳國請糧的別有用心，分析地理環境與國際勢力後，力諫吳王不應冒風險助越，然吳王不採納諫言的最終結果即應證了伍子胥所言，吳王夫差更為越所擒，此情節表現伍子胥不畏龍顏的上諫之勇及洞燭先機、熟知勢況之智。

伍子胥形象不僅因情節複雜化而獲得突出的機會，在《呂氏春秋》說明為道之道的論述，也在無形中加深了世人對伍子胥形象的認識，如〈求人〉

〔註56〕〔戰國〕呂不韋著；陳奇猷校釋：《呂氏春秋校釋》，（臺北：華正書局，1985年），頁791。

一篇謂伍子胥爲「賢人」，便提高了伍子胥賢而能任大事的形象：

> 身定，國安，天下治，必賢人。古之有天下也者，七十一聖。觀於
> 春秋，自魯隱公以至哀公十有二世，其所以得之，所以失之，其術
> 一也。得賢人，國無不安，名無不榮；失賢人，國無不危，名無不
> 辱。先王之索賢人無不以也，極卑極賤，極遠極勞。虞用宮之奇、
> 吳用伍子胥之言，此二國者，雖至於今存可也，則是國可壽也。有
> 能益人之壽者，則人莫不願之。今壽國有道，而君人者而不求，過
> 矣。〔註57〕

「得賢人，國無不安，名無不榮；失賢人，國無不危，名無不辱。」透過
賢人取得與否來說明一國情勢之發展，後文更用宮之奇與伍子胥遭遇作爲
事例，說明得賢才之重要，然如此手法不僅深化伍子胥之「賢」，亦突顯其
「智」。

　　儘管《莊子》、《荀子》、《韓非子》與《呂氏春秋》著書目的皆爲闡揚自
家理論，爲時君提供治國、興國之道，或已存有帝王學色彩，諸子皆非有意
地書寫伍子胥事蹟。然以伍子胥作爲例證，使國君能以歷史爲資鑑，如此便
更易於向世人宣揚理念、強化理論的價值。但在這樣擴張情節、甚至反覆言
伍子胥「忠」、「賢」、「智」的書寫下，亦間接影響伍子胥呈現於世人眼前的
形象。

　　除了先秦諸子透過伍子胥事蹟闡述思想，屈原亦透過伍子胥事蹟抒懷。
在《九章》中，屈原將自己投射在伍子胥身上，作爲抒發不遇慨嘆之出口：

> 辛沒身而絕名兮，惜壅君之不昭。君無度而弗察兮，使芳草爲藪幽。
> 焉舒情而抽信兮，恬死亡而不聊。獨鄣壅而蔽隱兮，使貞臣爲無由。
> 聞百裡之爲虜兮，伊尹烹於庖廚。呂望屠於朝歌兮，甯戚歌而飯牛。
> 不逢湯武與桓繆兮，世孰雲而知之。吳信讒而弗味兮，子胥死而後
> 憂。介子忠而立枯兮，文君寤而追求。封介山而爲之禁兮，報大德
> 之優游。思久故之親身兮，因縞素而哭之。或忠信而死節兮，或訑
> 謾而不疑。……寧溘死而流亡兮，恐禍殃之有再。不畢辭而赴淵兮，
> 惜壅君之不識。〔註58〕

〔註57〕　〔戰國〕呂不韋著；陳奇猷校釋：《呂氏春秋校釋》，（臺北：華正書局，1985
　　　　　年），頁1514。

〔註58〕　〔西漢〕劉向輯；〔宋〕洪興祖撰；白化文等點校：《楚辭補注》，〈惜往日〉，

伍子胥因吳王信讒而死，同為遭讒之人的屈原應頗能感同身受，於是將自己投射至伍子胥等人身上，表面看似感嘆忠臣遭遇，實則寫自身遭讒、不遇的憤懣與悲懷，以抒感慨。

如此投射手法不僅在〈惜往日〉中可見，〈悲回風〉、〈涉江〉二篇亦如是：

> 凌大波而流風兮，託彭咸之所居。……悲霜雪之俱下兮，聽潮水之相擊。借光景以往來兮，施黃棘之枉策。求介子之所存兮，見伯夷之放跡。心調度而弗去兮，刻著志之無適。曰：吾怨往昔之所冀兮，悼來者之惄惄。浮江淮而入海兮，從子胥而自適。望大河之洲渚兮，悲申徒之抗跡。驟諫君而不聽兮，重任石之何益。心絓結而不解兮，思蹇產而不釋。〔註59〕

> 哀吾生之無樂兮，幽獨處乎山中。吾不能變心而從俗兮，固將愁苦而終窮。接輿髡首兮，桑扈臝行。忠不必用兮，賢不必以。伍子逢殃兮，比干菹醢。與前世而皆然兮，吾又何怨乎今之人！余將董道而不豫兮，固將重昏而終身！〔註60〕

屈原遭遇似於子胥，二人皆鬱鬱不得志，屈原以文排遣悲懷時將自己投射至伍子胥等同遭遇之人身上，表面寫子胥、寫景，實則抒己不遇之嘆，且屈原、子胥之死皆與江水相關，二者際遇更顯相似，因此在屈原以子胥為典的凝聚效果下，伍子胥忠而不遇、忿恨而死的遭遇再度得到關注。而後，後人寫自己忠心卻不得君用的際遇時，不再單以子胥、比干作為相互呼應的典故，屈原、伍子胥與比干等人歸為同屬，在諸多文本中樹立忠臣群雕，伍子胥的「忠」形象亦於此得到凝聚效果。

對比《左傳》與《國語》的初步架構，《韓非子》及《呂氏春秋》為伍子胥故事增加人物（如江上丈人）、複雜化情節，讓伍子胥故事在既有骨架外更添血肉。從《左傳》中「智」、「仁」、「勇」、「孝」等形象的呈現，到《韓非子》與《呂氏春秋》突出的「智」、「賢」，可看出伍子胥形象的突出與情節複雜化之間的關係，後增入的情節使伍子胥形象更栩栩如生，字裡行間恍若可見子胥奔亡之淒苦，可見江上丈人拒授寶劍的慨然正氣，更可見子胥為吳展

（北京：中華書局，1983年），頁150至153。
〔註59〕〔西漢〕劉向輯；〔宋〕洪興祖撰；白化文等點校：《楚辭補注》，〈悲回風〉，（北京：中華書局，1983年），頁159至162。
〔註60〕〔西漢〕劉向輯；〔宋〕洪興祖撰；白化文等點校：《楚辭補注》，〈悲回風〉，（北京：中華書局，1983年），頁131至132。

現的機智靈敏、忠心不貳。

先秦諸子用子胥典以闡言主張，則聚焦於伍子胥輔佐吳王、上諫君主等事蹟，諸子並列伍子胥與比干、關龍逢等歷史忠臣之事，以此言理，間接突出子胥之「忠」與「賢」形象。以經部為骨架，以子、集部為血肉，透過歷史記事與諸子評價的塑造，伍子胥於「形象初建期」呈現了「智」、「仁」、「勇」、「孝」、「忠」、「賢」的多元樣貌，並且蓄積向後世發展的動能。

第二節　形象發展期：智、勇、忠突出

承接先秦時期《左傳》、《國語》、《韓非子》及《呂氏春秋》對伍子胥故事情節的建構與增補，西漢時期伍子胥故事發展更加複雜。司馬遷蒐羅西漢前的伍子胥史料，將原本架構單純的故事，書寫成情節完整的〈伍子胥列傳〉。〈伍子胥列傳〉以西漢前伍子胥故事作為基礎，開枝展葉，為伍子胥立一專傳，影響後世伍子胥故事的變化甚鉅。

在故事複雜化的作用下，伍子胥形象發展得更為立體。此時期記述伍子胥故事者，有賈誼《新書》、司馬遷《史記》與劉向《說苑》。雖著書立論的目的皆異，對伍子胥事蹟之刻劃及情節建構卻皆有極大助力。

除伍子胥故事，子部與集部文本中對伍子胥所作之評價，亦突出伍子胥形象。伍子胥形象承繼了先秦時期的多元呈現，在此時期透過故事的變化被塑造得更為立體。而文人以伍子胥典故創作時，特別揀選出的形象——如「智」、「勇」、「忠」等，亦逐漸突出、為世人所見，故此時期可視為伍子胥之「形象發展期」。

一、史傳中的伍子胥

在《史記》中，司馬遷為伍子胥立專傳，整理前代伍子胥故事並將之完整描述，是為〈伍子胥列傳〉。司馬遷將伍子胥故事架構得十分完整，參酌《呂氏春秋》等材料來增入情節、人物，更擴展人物對話的內容，如此筆法將伍子胥形象塑造得更為立體。〈伍子胥列傳〉可謂先秦至西漢間對伍子胥故事的初次集成。

《史記》中，伍子胥事蹟可見於〈秦本紀〉、〈吳太伯世家〉、〈楚世家〉、〈越王勾踐世家〉、〈伍子胥列傳〉、〈范雎蔡澤列傳〉、〈刺客列傳〉、〈太史公自序〉。司馬遷雖然已於〈楚世家〉、〈吳太伯世家〉及〈越王勾踐世家〉等記

載關於吳楚戰爭與吳越爭霸之事蹟，但仍爲伍子胥獨立作傳，除了可從〈伍子胥列傳〉中看見伍子胥故事從《左傳》、《國語》後的變化。漁父等人物的加入，亦影響情節，而司馬遷在〈伍子胥列傳〉中的編排，亦成爲後世伍子胥故事架構之基礎。

《史記·伍子胥列傳》由楚平王與太子建之事言起，情節大致與《左傳》相同，但特別著墨了費無忌的讒言，而在伍尚與伍子胥對話的情節中，司馬遷更讓原先在《左傳》中分析情勢的伍尚，變成伍子胥，將伍子胥塑造得更爲機警，甚至透過伍奢之口描述伍子胥能判斷局勢、「能成大事」：

> 無忌言於平王曰：「伍奢有二子，皆賢，不誅且爲楚憂。可以其父質而召之，不然且爲楚患。」王使使謂伍奢曰：「能致汝二子則生，不能則死。」伍奢曰：「尚爲人仁，呼必來。員爲人剛戾忍訽，能成大事，彼見來之并禽，其勢必不來。」王不聽，使人召二子曰：「來，吾生汝父；不來，今殺奢也。」伍尚欲往，員曰：「楚之召我兄弟，非欲以生我父也，恐有脫者後生患，故以父爲質，詐召二子。二子到，則父子俱死。何益父之死？往而令讎不得報耳。不如奔他國，借力以雪父之恥，俱滅，無爲也。」伍尚曰：「我知往終不能全父命。然恨父召我以求生而不往，後不能雪恥，終爲天下笑耳。」謂員：「可去矣！汝能報殺父之讎，我將歸死。」〔註61〕

在《左傳》中，本由伍尚謂其弟：「爾適吳，我將歸死。吾知不逮，我能死，爾能報。聞免父之命，不可以莫之奔也；親戚爲戮，不可以莫之報也。……」由伍尚擔任情勢分析者的角色，由「爾能報」一句爲伍子胥指明生命方向，將爲父報仇之使命交給子胥，亦暗示伍子胥之才，而後伍尚便前往楚國。《左傳》未載伍子胥之回應，而在《史記》中，則由伍子胥洞燭先機，初步阻止伍尚之行動並分析局勢，遂而安排伍尚說明自己行動的緣由，乃係因假若自己因「求生而不往」，而後又「不能雪恥」，那麼將「終爲天下笑耳」，接著伍尚才前往楚國。在伍尚、伍子胥一來一往的對話間，兄弟二人察覺情勢之「智」、爲父奔死之「勇」與「孝」表現得一覽無遺；伍子胥更直截言明楚王「以父爲質，詐召二子」之陰謀，充分展現伍子胥之「智」形象。

伍尚離開後，伍子胥便展開逃亡，《左傳》於此僅載「員如吳」，然故事

〔註61〕〔漢〕司馬遷撰；〔劉宋〕裴駰集解；〔唐〕司馬貞索隱；〔唐〕張守節正義：《史記》，（臺北：鼎文書局，1981 年），頁 2172 至 2173。

發展到《史記》，司馬遷則安排了一場驚心動魄的逃亡幕：

> 尚既就執，使者捕伍胥。伍胥貫弓執矢嚮使者，使者不敢進，伍胥
> 遂亡。聞太子建之在宋，往從之。奢聞子胥之亡也，曰：「楚國君臣
> 且苦兵矣。」伍尚至楚，楚并殺奢與尚也。〔註62〕

> 伍胥既至宋，宋有華氏之亂，乃與太子建俱奔於鄭。鄭人甚善之。
> 太子建又適晉，晉頃公曰：「太子既善鄭，鄭信太子。太子能爲我内
> 應，而我攻其外，滅鄭必矣。滅鄭而封太子。」太子乃還鄭。事未
> 會，會自私欲殺其從者，從者知其謀，乃告之於鄭。〔註63〕

在伍子胥逃亡的路途中，《史記》告訴讀者「使者捕伍胥」，點明楚王已佈下
天羅地網以擒伍氏兄弟。伍子胥更在「貫弓執矢嚮使者」後始眞正逃亡成功，
於此不僅展現了情節的張力，「貫弓執矢」更突顯了伍子胥之「勇」形象。

在伍子胥貫弓執矢力退使者而得以逃亡後，《史記》爲讀者揭露了伍子胥
逃亡的路線——先「至宋」，接著與太子建「俱奔於鄭」，最後才與太子勝「俱
奔吳」。「過昭關」爲伍子胥故事中精彩一幕，《史記》承繼《呂氏春秋》在故
事中增加人物——「江上丈人」，並將之轉化爲「漁父」一角。增入「漁父義
渡」一段，更突出漁父及伍子胥的形象，情節亦更爲曲折：

> 到昭關，昭關欲執之。伍胥遂與勝獨身步走，幾不得脫。追者在後。
> 至江，江上有一漁父乘船，知伍胥之急，乃渡伍胥。伍胥既渡，解
> 其劍曰：「此劍直百金，以與父。」父曰：「楚國之法，得伍胥者賜
> 粟五萬石，爵執珪，豈徒百金劍邪！」不受。〔註64〕

伍子胥與太子勝到昭關後不但「幾不得脫」，面對「追者在後」的危急困境，
伍子胥於江上遇一漁父，遂得漁父相助，伍子胥得以順利脫身。從《呂氏春
秋》中「江上丈人」發展至〈伍子胥列傳〉中的「漁父」，「義渡」情節的結
構大致確立，至此，後世寫伍子胥渡江時皆由「漁父」一角擔任義渡者。漁
父不但「知伍胥之急」並且「渡伍胥」，而後就在伍子胥解其劍欲報其救命之
恩時，漁父一句「楚國之法，得伍胥者賜粟五萬石，爵執珪，豈徒百金劍邪！」

〔註62〕　〔漢〕司馬遷撰；〔劉宋〕裴駰集解；〔唐〕司馬貞索隱；〔唐〕張守節正義：
　　　　《史記》，（臺北：鼎文書局，1981年），頁2172至2173。

〔註63〕　〔漢〕司馬遷撰；〔劉宋〕裴駰集解；〔唐〕司馬貞索隱；〔唐〕張守節正義：
　　　　《史記》，（臺北：鼎文書局，1981年），頁2173。

〔註64〕　〔漢〕司馬遷撰；〔劉宋〕裴駰集解；〔唐〕司馬貞索隱；〔唐〕張守節正義：
　　　　《史記》，（臺北：鼎文書局，1981年），頁2173。

為伍子胥逃亡的故事添加了張力，顯示楚王對子胥之追殺並未停歇。透過此段之描繪，伍子胥「知恩圖報」的形象亦在司馬遷筆下得到展露的機會。

不僅躲避追兵緝捕，《史記》更添加「中道乞食」的情節：

> 伍胥未至吳而疾，<u>止中道，乞食</u>。至於吳，吳王僚方用事，公子光
> 為將。伍胥乃因公子光以求見吳王。〔註65〕

在漁父相助而渡後，伍子胥仍未脫離險境，不僅未達吳國便因疾病中止路程，司馬遷更用「乞食」情節提高伍子胥逃亡的艱辛，表現子胥之吳路途不但漫長，更充滿危難。

在〈范雎蔡澤列傳〉中，對於伍子胥逃亡、乞食於吳市之描寫更為驚心動魄：

> 伍子胥<u>橐載而出昭關</u>，夜行晝伏，至於陵水，無以餬其口，<u>行蒲伏，</u>
> <u>稽首肉袒，鼓腹吹篪，乞食於吳市</u>，卒興吳國，闔閭為伯。〔註66〕

子胥不但需以獸皮作為掩護才得以逃亡，甚至要「夜行晝伏」、掩人耳目，於吳市靠「鼓腹吹篪」、「行乞」維生；透過文字便可想見飢寒交迫的困境，將子胥逃亡的悽慘景象生動展現。「乞食」情節首見於《史記》，除了「漁父」一角，「乞食」情節亦影響東漢《越絕書》、《吳越春秋》等書對於伍子胥故事的描述。

為將事件面貌完整勾勒，《史記》亦交代了吳楚因邊邑之女子「爭桑相攻」而導致兩國「舉兵相伐」之事：

> 久之，楚平王以其邊邑鍾離與吳邊邑卑梁氏俱蠶，兩女子爭桑相攻，
> 乃大怒，至於兩國舉兵相伐。吳使公子光伐楚，拔其鍾離、居巢而
> 歸。伍胥說吳王僚曰：「楚可破也。願復遣公子光。」公子光謂吳
> 王曰：「彼伍胥父兄為戮於楚，而勸王伐楚者，欲以自報其讎耳。伐
> 楚未可破也。」<u>伍胥知公子光有內志，欲殺王而自立，未可說以外</u>
> <u>事</u>，乃進專諸於公子光，退而與太子建之子勝耕於野。〔註67〕

《左傳》並未明確寫出公子光之「志」為何，《史記》卻直截說伍子胥知公子

〔註65〕 〔漢〕司馬遷撰；〔劉宋〕裴駰集解；〔唐〕司馬貞索隱；〔唐〕張守節正義：
《史記》，（臺北：鼎文書局，1981年），頁2173。
〔註66〕 〔漢〕司馬遷撰；〔劉宋〕裴駰集解；〔唐〕司馬貞索隱；〔唐〕張守節正義：
《史記》，（臺北：鼎文書局，1981年），頁2407。
〔註67〕 〔漢〕司馬遷撰；〔劉宋〕裴駰集解；〔唐〕司馬貞索隱；〔唐〕張守節正義：
《史記》，（臺北：鼎文書局，1981年），頁2174。

光「欲殺王而自立」，因此伍子胥在「進專諸於公子光」後，自己與太子勝耕於田野之中，等待時機。伍子胥於此在司馬遷筆下表現出雄才大略的一面，其能知公子光之志，並且做出選擇，符合伍尚於《左傳》中所言「擇任而往」，是「智」之表現。

接著，鏡頭轉移至闔閭之立。昭公二十七年，吳王僚趁楚喪而伐楚，公子光遣專諸襲刺吳王僚，並且自立為王，是為吳王闔閭，闔閭「召伍員以為行人」〔註68〕，並且與之參謀國事。對於伍子胥與其謀吳國政事之描述，《左傳》並無太大著墨，如〈昭公三十一年〉載：

> 吳子問於伍員曰：「初而言伐楚，余知其可也，而恐其使余往也，又惡人之有余之功也。今余將自有之矣，伐楚何如？」對曰：「楚執政眾而乖，莫適任患。若為三師以肄焉，一師至，彼必皆出」闔廬從之，楚於是乎始病。〔註69〕

此處載闔廬問子胥如今伐楚一事是否可行，伍子胥為其分析楚國情勢與朝臣性格，並給予闔廬建議，闔廬採納且從之，此後楚國開始不安寧。於此，《左傳》表現了伍子胥之「智」。〈昭公三十一年〉又載吳人侵擾楚國，「伐夷，侵潛、六」〔註70〕，在潛地、弦地間讓楚軍疲於奔命，雖《左傳》僅言「始用子胥之謀也」〔註71〕，除此二條明確記載，《左傳》讓伍子胥在吳楚戰爭中失去身影，但卻仍可看出伍子胥運籌帷幄之過程。

在《史記》中對於伍子胥擾楚行動的描寫更為明顯，司馬遷直截點明伍子胥的參與及行動的過程，對比《左傳》，伍子胥復仇情節在《史記》的描寫中擁有更多的戲份，如闔廬立三年，將興師伐楚一段：

> 闔廬立三年，乃興師與伍胥、伯嚭伐楚，拔舒，遂禽故吳反二將軍。因欲至郢，將軍孫武曰：「民勞，未可，且待之。」乃歸。〔註72〕

〔註68〕〔漢〕司馬遷撰；〔劉宋〕裴駰集解；〔唐〕司馬貞索隱；〔唐〕張守節正義：《史記》，（臺北：鼎文書局，1981年），頁2174。

〔註69〕〔周〕左丘明著；〔晉〕杜預注；〔唐〕孔穎達疏：《春秋左傳正義》，冊四，卷53，（中華書局據阮刻本校刊），頁9。

〔註70〕〔周〕左丘明著；〔晉〕杜預注；〔唐〕孔穎達疏：《春秋左傳正義》，冊四，卷53，（中華書局據阮刻本校刊），頁11。

〔註71〕〔周〕左丘明著；〔晉〕杜預注；〔唐〕孔穎達疏：《春秋左傳正義》，冊四，卷53，（中華書局據阮刻本校刊），頁11。

〔註72〕〔漢〕司馬遷撰；〔劉宋〕裴駰集解；〔唐〕司馬貞索隱；〔唐〕張守節正義：《史記》，（臺北：鼎文書局，1981年），頁2175。

司馬遷直接寫出吳王「興師與伍胥、伯嚭伐楚」，並無隱蔽伍子胥身影，不若
《左傳》般隱晦。同樣筆法者，尚有描寫連續三年侵楚行動者：

> 四年，吳伐楚，取六與灊。五年，伐越，敗之。六年，楚昭王使公子
> 囊瓦將兵伐吳。<u>吳使伍員迎擊</u>，大破楚軍於豫章，取楚之居巢。〔註73〕

闔廬上位第六年，面對楚國來襲，吳國「使伍員迎擊」，在豫章大勝楚軍。司
馬遷讓伍子胥在吳楚戰爭中不但有了戲份，亦有了主體性，雖僅用二句描述
吳國勢如破竹，但仍可感受到伍子胥於吳楚戰爭中發揮的力量，讀者已可見
子胥於伐楚戰中的勇猛與機智，再證其「智」與「勇」。

　　除了描寫伍子胥迎擊楚軍之壯勢，《史記》中亦可見子胥爲吳王闔廬分析
情勢，並給予建議之機警：

> 子對曰：「楚將囊瓦貪，而唐、蔡皆怨之。王必欲大伐之，必先得唐、
> 蔡乃可。」闔廬聽之，悉興師與唐、蔡伐楚，與楚夾漢水而陳。吳
> 王之弟夫概將兵請從，王不聽，遂以其屬五千人擊楚將子常。子常
> 敗走，奔鄭。於是吳乘勝而前，五戰，遂至郢。己卯，楚昭王出奔。
> 庚辰，吳王入郢。〔註74〕

闔廬在伍子胥及孫武之建議下，先伐唐、蔡，並與楚軍在漢水對峙。吳王弟
夫概率領五千人擊退子常，子常敗而奔鄭，吳國乘勝追擊，歷經五戰後進入
郢都。《史記》此處可見伍子胥獻計策之身影，然而在《左傳》之記載卻僅見
夫槩王之英勇：

> 十一月庚午，二師陣于柏舉。闔廬之弟夫槩王晨請於闔廬曰：「楚瓦不
> 仁，其臣莫有死志。先伐之，其卒必奔；而後大師繼之，必克。」弗
> 許。夫槩王曰：「所謂『臣義而行，不待命』者，其此之謂也。今日我
> 死，楚可入也。」以其屬五千先擊子常之卒。子常之卒奔，楚師亂，
> 吳師大敗之。子常奔鄭。史皇以其乘廣死。吳從楚師，及清發，夫槩
> 王曰：「困獸猶鬪，況人乎？若知不免而致死，必敗我。若使先濟者知
> 免，後者慕之，蔑有鬪心矣。半濟而後可擊也。」從之，又敗之。楚
> 人爲食，吳人及之，奔，食而從之，敗諸雍澨。五戰，及郢。〔註75〕

〔註73〕　〔漢〕司馬遷撰；〔劉宋〕裴駰集解；〔唐〕司馬貞索隱；〔唐〕張守節正義：
　　　　《史記》，（臺北：鼎文書局，1981年），頁2175。

〔註74〕　〔漢〕司馬遷撰；〔劉宋〕裴駰集解；〔唐〕司馬貞索隱；〔唐〕張守節正義：
　　　　《史記》，（臺北：鼎文書局，1981年），頁2175至2176。

〔註75〕　〔周〕左丘明著；〔晉〕杜預注；〔唐〕孔穎達疏：《春秋左傳正義》，冊四，

庚辰，吳入郢，以班處宮。子山處令尹之宮，夫概王欲攻之，懼而

去之，夫概王入之。〔註76〕

伍子胥歷經艱苦的逃亡，至吳國後忍辱負重、等待時機，其目的即是為父報仇，然在《左傳》中吳軍入郢的場面卻不見子胥身影，反而是夫概王「先擊子常之卒」，而後「子常之卒奔」、「楚師亂」，夫概王之英勇得到了極大的關注。〔註77〕入郢都後，《左傳》深入描寫子山與夫概王之事，對於伍子胥卻隻字未提，楊伯峻於此注：「吳入郢，傳僅敘子山、夫概王之事，不及伍員。」〔註78〕由此，可見《左傳》對伍子胥攻打其母國有所避諱，不過大渲染，然縱使不見著墨，仍可見伍子胥於其中的運籌帷幄。

　　入郢城後，《史記》和《左傳》情節架構基本相同，皆補述了鬭辛與申包胥之事，但承接在申包胥與伍子胥之舊事後，《史記》記述了《左傳》中未見的情節──掘墓鞭尸：

及吳兵入郢，伍子胥求昭王。既不得，乃掘楚平王墓，出其尸，鞭

之三百，然後已。〔註79〕

不同於《呂氏春秋》所載之「鞭墓」，司馬遷以掘平王墓、出其尸、鞭之三百安排伍子胥之復仇大業來到了最高潮迭起的一幕。〈伍子胥列傳〉緩慢鋪排伍子胥故事，先使其逃亡之路充滿坎坷，接著再描寫伍子胥漫長的等待，最後以如此驚人的一幕為伍子胥忍辱以待的「復仇」劃下句點，在在都顯示司馬遷之刻意經營與主觀的投射。〔註80〕

卷54，（中華書局據阮刻本校刊），頁13。

〔註76〕注見楊伯峻：《春秋左傳注》，冊四，（北京：中華書局，1981年），頁1545。

〔註77〕簡宗梧認為夫概王於柏舉之役所展現之神勇，必定非其能力所及，「幕後該有個智囊奇才，這個人不是孫武，就是伍子胥。」簡宗梧指出「當時孫武領兵掛帥，應該不由夫概王節制，戰略也不必由夫概王轉達，所以躲在夫概王幕後的，應該是當時為行人之官的伍子胥，而且他是楚人，所以才能如此洞察楚國的軍情。」而在入郢後，伍子胥目的達成，無須在躲藏於夫概王幕後；夫概王失去智囊，恃功而驕卻又無謀，爭楚宮、歸吳自立，終至兵敗奔楚。《左傳》透過夫概王前後判若二人的描寫，「提供因果連貫的敘述」。參見簡宗梧：《鎔裁文史的經典──左傳》，（臺北：黎明文化事業股份有限公司，1999年），頁120。

〔註78〕注見楊伯峻：《春秋左傳注》，冊四，（北京：中華書局，1981年），頁1545。

〔註79〕〔漢〕司馬遷撰；〔劉宋〕裴駰集解；〔唐〕司馬貞索隱；〔唐〕張守節正義：《史記》，（臺北：鼎文書局，1981年），頁2176。

〔註80〕司馬遷作〈伍子胥列傳〉不僅只敘述伍子胥故事，其中更書伯嚭、夫差、申包胥、白公等復仇人物。吳福助認為「全篇可視為復仇人物之群雕像」，司馬遷藉伍子胥之事以此紓解遭受腐刑侮辱之忿恨，藉子胥寫自身，寄寓甚深；

　　定公十四年，闔廬死而夫差繼位，《史記》與《左傳》所記其事在架構上並無太大差異，皆描述伍子胥上諫吳王不應與越言和，亦不應執意伐齊而忽略越國之威脅。子胥認為，若越存，他日勢必成為吳國心腹之疾，然而吳王仍不聽諫。此情節在《左傳》與《史記》的敘述上，開始出現差異，對於伍子胥出使齊國一段之描寫，《左傳》並未有太多著墨，《史記》卻讓伍子胥在臨行前留下預言：

　　　　吾數諫王，王不用，吾今見吳之亡矣。汝與吳俱亡，無益也。〔註81〕

直截說明自己「數諫王」而「王不用」，可見此處語氣之無奈與憤慨，然《左傳》卻僅載：「（子胥）使於齊，屬其子於鮑氏，為王孫氏。」〔註82〕《左傳》僅言伍子胥託付其子予友人，暗示子胥諳知自己將遭遇不測；在《史記》描寫中，伍子胥留下預言，為其塑造了剛毅之形象，再加上「鞭屍三百」的情節，「烈丈夫」〔註83〕形象躍然紙上。

　　伍子胥由齊返後，《左傳》直接寫吳王賜劍以死一事，而《史記》則多穿插太宰嚭進讒於吳王之片段：

　　　　吳太宰嚭既與子胥有隙，因讒曰：「子胥為人剛暴，少恩，猜賊，<u>其怨望恐為深禍也</u>。前日王欲伐齊，子胥以為不可，王卒伐之而有大功。子胥恥其計謀不用，乃反怨望。而今王又復伐齊，<u>子胥專愎彊諫，沮毀用事</u>，徒幸吳之敗以自勝其計謀耳。今王自行，悉國中武力以伐齊，而子胥諫不用，因輟謝，詳病不行。王不可不備，此起禍不難。且嚭使人微伺之，其使於齊也，乃屬其子於齊之鮑氏。夫為人臣，內不得意，外倚諸侯，自以為先王之謀臣，<u>今不見用，常鞅鞅怨望</u>。願王早圖之。」吳王曰：「微子之言，吾

因此，〈伍子胥列傳〉中的敘述與編排皆為司馬遷刻意所為。參考自吳福助：《史記解題》，（臺北：國家出版社，2012年），頁146至147。

〔註81〕〔漢〕司馬遷撰；〔劉宋〕裴駰集解；〔唐〕司馬貞索隱；〔唐〕張守節正義：《史記》，（臺北：鼎文書局，1981年），頁2179。

〔註82〕〔周〕左丘明著；〔晉〕杜預注；〔唐〕孔穎達疏：《春秋左傳正義》，冊四，卷58，（中華書局據阮刻本校刊），頁14。

〔註83〕太史公曰：「怨毒之於人甚矣哉！王者尚不能行之於臣下，況同列乎！向令伍子胥從奢俱死，何異螻蟻。棄小義，雪大恥，名垂於後世，悲夫！方子胥窘於江上，道乞食，志豈嘗須臾忘郢邪？故隱忍就功名，非烈丈夫孰能致此哉？白公如不自立為君者，其功謀亦不可勝道者哉！」〔漢〕司馬遷撰；〔劉宋〕裴駰集解；〔唐〕司馬貞索隱；〔唐〕張守節正義：《史記》，（臺北：鼎文書局，1981年），頁2183。

亦疑之。」〔註84〕

《史記》鉅細靡遺地將太宰嚭讒子胥之言一一寫出。面對太宰嚭之言，吳王僅用「微子之言，吾亦疑之」一句回應，可看出司馬遷於此處之別有用心，除了突出太宰嚭「弄臣」與「吳王夫差」昏君的形象，另一方面亦增強了子胥不見信的戲劇張力。對比伍子胥爲吳謀劃的盡心盡力，僅用數言便能使吳王懷疑子胥，其忠而不用的遭遇於此被凸顯。

　　最後，伍子胥臨死前，《左傳》讓伍子胥僅留下一句預言，便消失於幕前：

　　樹吾墓檟，檟可材也。吳其亡乎！三年，其始弱矣。盈必毀，天之
　　道也。〔註85〕

對比起《左傳》，《史記》對於伍子胥赴死之描述則多了可歌可泣之渲染：

　　……使使賜伍子胥屬鏤之劍，曰：「子以此死。」伍子胥仰天歎曰：
　　「嗟乎！讒臣嚭爲亂矣，王乃反誅我。我令若父霸。自若未立時，
　　諸公子爭立，我以死爭之於先王，幾不得立。若既得立，欲分吳國
　　予我，我顧不敢望也。然今若聽諛臣言以殺長者。」乃告其舍人曰：
　　「必樹吾墓上以梓，令可以爲器；而抉吾眼縣吳東門之上，以觀越
　　寇之入滅吳也。」乃自剄死。吳王聞之大怒，乃取子胥尸盛以鴟夷
　　革，浮之江中。吳人憐之，爲立祠於江上，因命曰胥山。〔註86〕

在吳王賜劍後，司馬遷深入且細膩地描寫伍子胥之動作，「仰天」且「嘆」，更強化伍子胥面對一生終點之戲劇性。伍子胥細數己身爲吳國籌謀甚多，並慨嘆君主聽信讒言，最後告訴舍人抉其眼並「縣（懸）於吳東門上」，自己要看著越國進犯毀滅吳國，語畢便自刎而死。吳王聽聞此事勃然大怒，以鴟夷皮裹其尸，再投於江中。透過伍子胥之言突顯其「忠而受讒」之際遇，因此「吳人憐之」，爲感念子胥之忠而立祠胥山，強調伍子胥忠心耿耿卻受讒而死的遭遇，「忠」形象亦被聚焦。

　　子胥死後，記事並未結束。哀公十三年，伍子胥預言應驗，越國最終傾覆楚國後，吳王自剄，此事於《左傳》中僅載數字：「丁亥，入吳。吳人告敗

〔註84〕　〔漢〕司馬遷撰；〔劉宋〕裴駰集解；〔唐〕司馬貞索隱；〔唐〕張守節正義：
　　　　　《史記》，（臺北：鼎文書局，1981 年），頁 2179 至 2180。
〔註85〕　〔周〕左丘明著；〔晉〕杜預注；〔唐〕孔穎達疏：《春秋左傳正義》，冊四，
　　　　　卷 58，（中華書局據阮刻本校刊），頁 14。
〔註86〕　〔漢〕司馬遷撰；〔劉宋〕裴駰集解；〔唐〕司馬貞索隱；〔唐〕張守節正義：
　　　　　《史記》，（臺北：鼎文書局，1981 年），頁 2180。

于王。王惡其聞也，自剄七人於幕下。」〔註87〕不同於《左傳》，《史記》則於〈勾踐越王世家〉中則描寫夫差臨終前對伍子胥的懺悔：

> 吳王謝曰：「吾老矣，不能事君王！」遂自殺。乃蔽其面，曰：「吾無面以見子胥也！」越王乃葬吳王而誅太宰嚭。〔註88〕

此話除暗示伍子胥當初所諫皆為真，亦暗示吳王弗聽伍數諫之昏庸；而《史記》於此描寫之「抉眼」、「取尸盛以鴟夷革」、「浮之江中」、夫差之悔等事，除了為伍子胥故事增添不少戲劇張力，亦影響後世對於伍子胥故事之描述，使後人對於伍子胥故事的描寫越顯傳奇化，與《左傳》、《國語》所述已有極大差異。

〈伍子胥列傳〉突顯了伍子胥「智」、「勇」、「孝」，更表現其知恩圖報、剛烈等性格特色，而除了〈伍子胥列傳〉中透過情節所演繹出的伍子胥形象，其他列傳對於伍子胥故事的記載，亦突顯了伍子胥多次勸諫吳王之「忠」、機警分析之「智」等形象。《史記》中明確記載伍子胥之「諫」者有三處，一處位於〈吳太伯世家〉，二處位於〈伍子胥列傳〉。〈吳太伯世家〉載伍子胥建議吳王宜盡速滅越，以絕後患：

> 伍子胥諫曰：「句踐食不重味，弔死問疾，且欲有所用之也。此人不死，必為吳患。今吳之有越，猶人之有腹心疾也。而王不先越而乃務齊，不亦謬乎！」〔註89〕

如此筆法表現伍子胥冷靜分析情勢之「智」。〈伍子胥列傳〉中，伍子胥更數度上諫吳王表達存越之憂慮：

> 伍子胥諫曰：「夫越，腹心之病，今信其浮辭詐偽而貪齊。破齊，譬猶石田，無所用之。且盤庚之誥曰：『有顛越不恭，劓殄滅之，俾無遺育，無使易種于茲邑。』〔註90〕
>
> 此商之所以興。願王釋齊而先越；若不然，後將悔之無及。」而吳

〔註87〕〔周〕左丘明著；〔晉〕杜預注；〔唐〕孔穎達疏：《春秋左傳正義》，冊四，卷59，（中華書局據阮刻本校刊），頁5。

〔註88〕〔漢〕司馬遷撰；〔劉宋〕裴駰集解；〔唐〕司馬貞索隱；〔唐〕張守節正義：《史記》，（臺北：鼎文書局，1981年），頁1745至1746。

〔註89〕〔漢〕司馬遷撰；〔劉宋〕裴駰集解；〔唐〕司馬貞索隱；〔唐〕張守節正義：《史記》，（臺北：鼎文書局，1981年），頁2178至2179。

〔註90〕〔漢〕司馬遷撰；〔劉宋〕裴駰集解；〔唐〕司馬貞索隱；〔唐〕張守節正義：《史記》，（臺北：鼎文書局，1981年），頁2179。

王不聽，使子胥於齊。子胥臨行，謂其子曰：「吾數諫王，王不用，吾今見吳之亡矣。汝與吳俱亡，無益也。」乃屬其子於齊鮑牧，而還報吳。〔註91〕

伍子胥力勸吳王夫差伐越，並以「腹心之病」等譬喻警告吳王越國壯大之可怕，此處可見司馬遷數用「諫」字表述伍子胥之行動，更在伍子胥適齊前夕直言「吾數諫王」而不被接受的憤恨與焦慮，使伍子胥數諫吳王的「忠」形象更為突出。

司馬遷除了透過〈伍子胥列傳〉記述伍子胥故事，並以此抒發不平之忿，情節也建構了伍子胥的形象。經過先秦時期多元形象的呈現，至司馬遷《史記》，在情節的影響下，伍子胥的智慧、勇猛與對吳王之忠心逐漸被突出。

不同於故事建構下所呈現的人物形象，司馬遷在〈李斯列傳〉中，則透過評價建構了伍子胥形象：

昔者桀殺關龍逢，紂殺王子比干，吳王夫差殺伍子胥。此三臣者，豈不忠哉，然而不免於死，身死而所忠者非也。〔註92〕

在〈李斯列傳〉中，李斯受趙高所讒而身陷囹圄，在獄中仰天長嘆，以比干、子胥、關龍逢三者自比，透過比併的方式將三者同歸類為忠臣，可看出伍子胥之「忠」形象於此處被大力突出。

不僅〈李斯列傳〉如此記敘，〈蒙恬列傳〉、〈季布欒布列傳〉亦透過評價突出伍子胥形象。〈蒙恬列傳〉載蒙毅以秦國三良臣、百里奚、白起、伍奢、伍子胥等人之事蹟謂四君之「大失」：

昔者秦穆公殺三良而死，罪百里奚而非其罪也，故立號曰『繆』。昭襄王殺武安君白起。楚平王殺伍奢。吳王夫差殺伍子胥。此四君者，皆為大失，而天下非之，以其君為不明，以是籍於諸侯。故曰『用道治者不殺無罪，而罰不加於無辜』。唯大夫留心！〔註93〕

透過與秦國三良臣、百里奚、白起、伍奢等人比併合稱，突顯出伍子胥賢良、忠臣的形象，在此種反覆書寫的作用下，伍子胥之「忠」所受到的關注漸高。〈季

〔註91〕〔漢〕司馬遷撰；〔劉宋〕裴駰集解；〔唐〕司馬貞索隱；〔唐〕張守節正義：《史記》，（臺北：鼎文書局，1981年），頁2179。
〔註92〕〔漢〕司馬遷撰；〔劉宋〕裴駰集解；〔唐〕司馬貞索隱；〔唐〕張守節正義：《史記》，（臺北：鼎文書局，1981年），頁2560。
〔註93〕〔漢〕司馬遷撰；〔劉宋〕裴駰集解；〔唐〕司馬貞索隱；〔唐〕張守節正義：《史記》，（臺北：鼎文書局，1981年），頁2568至2569。

布變布列傳〉則透過朱家言伍子胥鞭墓，表達「忌壯士以資敵國」之觀點：

　　且以季布之賢而漢求之急如此，此不北走胡即南走越耳。夫忌壯士以

　　資敵國，此伍子胥所以鞭荊平王之墓也。君何不從容爲上言邪？〔註94〕

正因楚國失去子胥，形同壯大吳國，因此才有「伍子胥所以鞭荊平王之墓」

的下場，此處突顯子胥之「智」與「勇」形象，認爲子胥是爲一賢才，甚至

足以影響一國之存滅。

　　《史記》寫伍子胥復仇之激烈、臨死前之悲壯等用力極深，除了可見伍

子胥事蹟流傳至西漢時已有部份片段改變，而這樣的改變亦影響後世伍子胥

故事的流傳與塑造。

　　以「敘事」的角度而言，「逃亡」情節便可視爲伍子胥故事中的「核心功

能」〔註95〕。情節在《左傳》的記敘下已架構完成，而有了此二功能，伍子

胥故事才能往下發展。在「逃亡」這個核心功能下，漁父義渡、擊綿女飯之

等便可視爲「附屬功能」〔註96〕，起了填補核心功能的作用。《史記》蒐羅前

代資訊而作〈伍子胥列傳〉，寫過程中助伍子胥一臂之力的人，使「逃亡」這

個核心功能不斷延續，不僅強化讀者的期待心理，故事更具吸引力。而後，《吳

越春秋》、《伍子胥變文》等都不脫如此的記敘方式，因此《史記》在伍子胥

故事的流變過程中，佔據相當重要的位置。

二、子部與集部中的伍子胥

　　不同於史部文本主要目的爲客觀呈現歷史，子部文本的寫作目的則爲闡

〔註94〕〔漢〕司馬遷撰；〔劉宋〕裴駰集解；〔唐〕司馬貞索隱；〔唐〕張守節正義：
　　　　《史記》，（臺北：鼎文書局，1981年），頁2729。

〔註95〕功能是爲故事中的基本單位，由弗拉基米爾‧雅可夫列維奇‧普洛普（Vladimir
　　　　Propp）提出，其認爲「功能被視爲人物的行動，尤其在情節發展過程中的意
　　　　義來確定。」參考自胡亞敏：《敘事學》，（湖北：華中師範大學出版社，2008
　　　　年），頁35。「核心功能」在敘事上扮演的是「它們在朝事件前進的方向上引
　　　　發問題之關鍵（cruxes）」，因此在伍子胥故事中，推動情節向下發展的的「逃
　　　　亡」便是故事中的「核心功能」。參考自〔美〕西摩‧查特曼（Seymour Chatman）
　　　　著；徐強譯：《故事與話語》，（北京：中國人民大學出版社，2015年），頁38。

〔註96〕「附屬功能」係用於「填充、說明、完足核心」。在「逃亡」這個過程中，與
　　　　漁父、擊綿女等人相遇的情節基本上對故事的發展不會有所影響，僅延緩結
　　　　局的出現，然加入這樣的「附屬功能」後，卻可伍子胥故事更具張力。參考
　　　　自〔美〕西摩‧查特曼（Seymour Chatman）著；徐強譯：《故事與話語》，（北
　　　　京：中國人民大學出版社，2015年），頁39。

述思想，藉由伍子胥故事說明忠臣輔佐國君治國需直言進諫。然不論創作目的是爲寫史或藉子胥事蹟申論思想，後人書寫，甚或評價伍子胥時，亦不只是接受史部文本中的伍子胥，子部文本對伍子胥的描寫亦爲伍子胥故事與形象流變的過程提供不少改變的助力。

在《史記》前爲伍子胥故事進行完整架構前，賈誼《新書·耳痺》對伍子胥故事便已有不同的描述：

> 故昔者楚平王有臣曰伍子胥，王殺其父而無罪，奔走而之吳，曰：「父若舉天地以成名。」於是紆身而乃適闔閭，治味以求親，闔閭見而安之，說其謀，果其舉，反其聽，用而任吳國之政也。民保命而不失，歲時熟而不凶，五官公而不私，上下調而無尤，天下服而無禦，四境靜而無虞。然後恣心發怒，出凶言，陰必死。提邦以伐楚，五戰而五勝，伏屍數十萬，城郢之門，執高兵，傷五藏之實，毀十龍之鐘，撻平王之墓。昭王失國而奔，妻生虜而入吳。故楚平王懷陰賊，殺無罪，殃既至乎此矣。〔註97〕

《新書》並非史書，創作目的亦不同，因此無法同《左傳》或《史記》般將事件架構清楚，然透過《新書》已可觀察伍子胥故事從先秦時期演變到西漢後的面貌。《新書》於此除了以數語說明伍子胥適吳之過程，更描寫伍子胥對吳之幫助，不但「天下服而無禦，四境靜而無虞」，最後伍子胥更「毀十龍之鐘，撻平王之墓」，成功爲父報仇，展現伍子胥「智」與「勇」形象。《新書》聚焦於伍子胥輔佐吳國成就霸業之行動：「民保命而不失，歲時熟而不凶，五官公而不私，上下調而無尤，天下服而無禦，四境靜而無虞」表現了子胥輔政下的一片安和，突顯子胥「賢」、「智」形象；「提邦以伐楚，五戰而五勝，伏屍數十萬，城郢之門，執高兵，傷五藏之實，毀十龍之鐘，撻平王之墓」可見子胥復仇行動下的慘烈，伍子胥爲其父報仇之決心、其運籌帷幄之效益，在在皆提高「孝」、「智」、「勇」等形象。

《新書·耳痺》對於伍子胥輔佐吳王並上諫獻策，然而卻不爲所用、含恨而終之事，亦有深刻描寫：

> 子胥發郁冒忿，輔闔閭而行大虐，還十五年，闔閭沒而夫差即位，乃與越人戰江上，棲之會稽。……使大夫種行成于吳王，吳王將許，子胥曰：「不可。越國之俗，勤勞而不慍，好亂勝而無禮，谿徹而輕

〔註97〕　〔漢〕賈誼：《新書》，（臺北：臺灣中華書局，1981年），頁137至138。

絕，俗好詛而倍盟。放此類者，鳥獸之儕徒，狐狸之醜類也，生之
爲患，殺之無咎，請無與成。」……吳王不忍，縮師與成。還，謀
而伐齊。子胥進爭，不聽，忠言不用。越既得成，稱善累德以求民
心。於是上帝降禍，絕吳命乎直江，君臣乖而不調，置社稷而分
裂，……伍子胥見事之不可爲也，何籠而自投水，目抉而望東門，
身鴟夷而浮江。〔註98〕

面對越國，伍子胥深入並力諫吳王，然「子胥進爭，不聽，忠言不用」，遂而
吳滅。在《左傳》中，伍奢之言、伍尚與伍員間深刻的對話，於《新書》中
已不見蹤影，僅用數語讓伍子胥立於主導之位便帶過，反而對伍子胥至吳國
後的大顯身手進行描寫。但不同於《呂氏春秋》的「九戰九勝」，《新書》載
「五戰而五勝」，甚至「伏屍數十萬」的慘烈之況，最後「撻平王之墓」則承
接了《呂氏春秋》之說法，而「目抉而望東門」則符合《國語》所書之「以
懸吾目于東門，以見越之入，吳國之亡也」，可以看見伍子胥故事變化之痕跡。
但對於楚國之慘狀，《新書》所述之復仇場面已比《左傳》、《國語》及《呂氏
春秋》更爲驚心動魄。《新書》於此分析伍子胥忠諫而不遇之過程，直言子胥
諫言是爲「忠言」；因此，此處雖透過對話、情節來言伍子胥故事，以表達賈
誼的政治思想，並非記史，然在如此描寫下，對「忠」形象的突出仍起了相
當大的作用。

　　西漢時期，伍子胥之「智」、「忠」、「勇」形象經過故事書寫、評價的比
併，而逐漸突出，不若先秦時期形象呈現地多元。賈誼《新書·耳痺》一篇
描寫伍子胥進諍吳王請求聯齊伐越之過程：

吳王不忍，縮師與成。還，謀而伐齊。子胥進爭，不聽，忠言不用。
越既得成，稱善累德以求民心。於是上帝降禍，絕吳命乎直江，君
臣乖而不調，置社稷而分裂，容台榭而掩敗，犬群噪而入淵，麑衒
菹而適奧，燕雀剖而虺蛇生，食蘆菹而見蛭，浴清水而遇蠆。〔註99〕

此段載吳王因不聽子胥諫，最終落得悽慘下場。回溯至「忠言不用」一句，
賈誼直言伍子胥所說之言爲「忠言」，「忠」字對比後文慘況的描寫，更顯伍
子胥對國君的忠心耿耿，突出其「忠」形象。《新書》爲賈誼政論文章的匯集，
在〈耳痺〉一篇最末言明「故天之誅伐，不可爲廣虛幽閑，攸遠無人，雖重

〔註98〕〔漢〕賈誼：《新書》，（臺北：臺灣中華書局，1981年），頁138至139。
〔註99〕〔漢〕賈誼：《新書》，（臺北：臺灣中華書局，1981年），頁139。

襲石中而居，其必知之乎！若誅伐順理而當，辜殺三軍而無咎。誅殺不當，辜殺一疋夫，其罪聞皇天。」〔註100〕透過伍子胥事蹟說明誅殺無辜順理或失當的後果，表明自己的政治思想，雖《新書》非史書，然其中對於伍子胥故事與形象的揀選、評述，甚至是「忠」形象的突出，皆為伍子胥形象的形塑提供了助力。

　　西漢時期，伍子胥事蹟在《史記》、《說苑》的描寫下，除了情節之增加，人物形象也有了不同的面貌。伍子胥形象從先秦時期的多元狀態，步入隨著情節複雜化而發展的漢代，並且逐漸突出「智」、「勇」、「忠」形象，其中，對吳國的忠心於此時期逐漸被強調，可視為形象不斷開展的時期，這樣的發展態勢亦影響後世伍子胥故事的改變與形象的轉化。

　　劉向《說苑》亦為伍子胥形象提供了塑造的材料，其著重伍子胥獻策吳國之過程，對伍子胥幾度上諫吳王伐越更是詳細描述。在〈正諫〉一篇中，可看見伍子胥不被夫差信任的過程，而劉向更多次寫子胥之「諫」：

> 闔盧死，夫差既立為王，以伯嚭為太宰，習戰射，三年伐越，敗於夫湫，越王句踐乃以兵五千人棲於會稽山上，使大夫種厚幣遺吳太宰嚭以請和，委國為臣妾，吳王將許之，伍子胥諫曰：「越王為人能辛苦，今王不滅，後必悔之。」吳王不聽，用太宰嚭計與越平。其後五年，吳王聞齊景公死，而大臣爭寵，新君弱，乃興師北伐齊，子胥諫曰：「不可。句踐食不重味，弔死問疾，且能用人，此人不死，必為吳患：……」吳王不聽，伐齊，大敗齊師於艾陵，遂與鄒魯之君會以歸，益子胥之言。其後四年，吳將復北伐齊，越王句踐用子胥之謀，乃率其眾以助吳，而重寶以獻遺太宰嚭，太宰嚭既數受越賂，其愛信越殊甚，日夜為言於吳王，王信用嚭之計，伍子胥諫曰：……吳王不聽，使子胥於齊……。〔註101〕

《說苑》此段的描寫承襲自《史記》。《史記》寫子胥之諫時，佈置了三次上諫的過程，伍子胥次次皆深刻說明容越之風險，然吳王仍不接受其諫，甚至在大敗齊師後疏離伍子胥。儘管吳王不納己諫，伍子胥仍再次上諫，只為力勸吳王提防越國，然吳王最終卻將子胥派遣至齊國。《說苑》中多次使用了「諫」字與「吳王不聽」等文字，在《史記》三諫情節的安排與《說苑》建言內容

〔註100〕〔漢〕賈誼：《新書》，（臺北：臺灣中華書局，1981 年），頁 140。
〔註101〕〔漢〕劉向：《說苑》，卷 9，（中華書局據明刻本校刊），頁 10 至 11。

的描述下，如此情節與文字的重複，更突出伍子胥諫而不懈的「忠臣」形象，人物樣貌逐漸立體。

不僅三諫情節，《說苑‧正諫》亦承襲了《史記》對子胥遭讒而自殺的描寫：

> 子胥謂其子曰：「吾諫王，王不我用，吾今見吳之滅矣，女與吳俱亡無爲也。」乃屬其子於齊鮑氏而歸報吳王。太宰嚭既與子胥有隙，因讒曰：「子胥爲人，剛暴少恩，……」吳王曰：「微子之言，吾亦疑之。」乃使使賜子胥屬鏤之劍，曰：「子以此死。」子胥曰：「嗟乎！讒臣宰嚭爲亂，王顧反誅我，……」乃告舍人曰：「必樹吾墓上以梓，令可以爲器，而抉吾眼著之吳東門，以觀越寇之滅吳也。」乃自刺殺，吳王聞之大怒，乃取子胥屍，盛以鴟夷革，浮之江中，吳人憐之，乃爲立祠於江上，因名曰胥山。後十餘年，越襲吳，吳王還與戰不勝，使大夫行成於越不許，吳王將死曰：「吾以不用子胥之言至於此；令死者無知則已，死者有知，吾何面目以見子胥也？」遂蒙絮覆面而自剄。〔註102〕

子胥遭讒而死、屬子於友，太宰嚭讒、遭吳王賜死、死前預言、抉目鴟夷，甚至到最後吳王死前之懊悔，〈正諫〉一篇延續了《史記》對伍子胥故事的情節安排，而篇名「正諫」更爲伍子胥之正面形象進行了強化，突出伍子胥是爲忠諫之臣的形象。《說苑》係劉向爲政治需求而著，不以寫史爲目的，在撰寫過程中，劉向揀選了伍子胥故事的一環進行描寫，以此作爲議論的憑據，不僅達到立論的作用，亦強調了伍子胥與「忠」的連結。

與《史記》不同的是，《說苑‧正諫》中記載了一則伍子胥軼事，描寫吳王欲與人民一同飲酒，伍子胥透過白龍與天帝傳說，諫吳王宜止之：

> 吳王欲從民飲酒，伍子胥諫曰：「不可。昔白龍下清冷之淵，化爲魚，漁者豫且射中其目，白龍上訴天帝，天帝曰：『當是之時，若安置而形？』白龍對曰：『我下清冷之淵化爲魚。』天帝曰：『魚固人之所射也；若是，豫且何罪？』夫白龍，天帝貴畜也；豫且，宋國賤臣也。白龍不化，豫且不射；今棄萬乘之位而從布衣之士飲酒，臣恐其有豫且之患矣。」王乃止。〔註103〕

〔註102〕〔漢〕劉向：《說苑》，卷9，（中華書局據明刻本校刊），頁11。
〔註103〕〔漢〕劉向：《說苑》，卷9，（中華書局據明刻本校刊），頁14。

此則軼事雖不見於前代文本，卻在伍子胥輔佐吳國事蹟上增添光彩。伍子胥以白龍與天帝傳說爲喻，止吳王從民飲酒，不僅突顯子胥屢次上諫之「忠」，更可見伍子胥不僅深諳國際態勢，更能從旁輔佐國君行正道，富強吳國。此則軼事的增入，在伍子胥「智」形象上大大地描繪上色彩。

〈奉使〉一篇所載伍子胥乞食於吳市、入吳獲重用、報仇成功、抉平王冢等情節，亦是承襲《史記》所述：

> 刁勃曰：「使者問梧之年耶？昔者荊平王爲無道，加諸申氏，殺子胥父與及兄。子胥被髮乞食於吳。闔廬以爲將相。三年，將吳兵復讎乎楚，戰勝乎柏舉，級頭百萬，囊瓦奔鄭，王保於隨。引師入郢，軍雲行乎郢之都。子胥親射宮門，掘平王冢，笞其墳，數其罪。曰：『吾先人無罪而子殺之。』士卒人加百焉，然後止。當若此時，梧可以爲其□矣。」〔註104〕

異於《史記》處，在於司馬遷描寫子胥鞭尸後，以「然後已」作爲結束，而在《說苑》中則記載了伍子胥「數其罪」的話語：「吾先人無罪，而子殺之」，此段話語的增入除了使伍子胥鞭尸得到正當性，伍子胥形象亦在〈奉使〉呈現得更爲立體。

越國糧食短缺而求助於吳一事，最早見於《呂氏春秋》：

> 越饑，句踐懼。四水進諫曰：「夫饑，越之福也，而吳之禍也。夫吳國甚富而財有餘，其君好名而不思後患。若我卑辭重幣以請糶於吳，吳必與我，與我則吳可取也。」越王從之。吳將與之，子胥諫曰：「不可。夫吳越接地鄰境，道易通，仇讎敵戰之國也。非吳有越，越必有吳矣，夫齊晉不能越三江五湖以亡吳越，不如因而攻之，是吾先王闔廬之所以霸也。且夫饑何哉？亦猶淵也，敗伐之事，誰國無有？君若不攻而輸之糶，則利去而凶至，財匱而民怨，悔無及也。」吳王曰：「吾聞義兵不服仁人，不以餓饑而攻之，雖得十越，吾不爲也。」遂與糶，三年，吳亦饑，請糶於越，越王不與而攻之，遂破吳。〔註105〕

如同《呂氏春秋》所載，在是否給予越國糧食一事，伍子胥針對吳、越二國之

〔註104〕〔漢〕劉向：《說苑》，卷12，（中華書局據明刻本校刊），頁9至10。

〔註105〕〔周〕呂不韋：陳奇猷校：《呂氏春秋校釋》，〈權謀〉，（臺北：華正書局，1985年）。

情勢深入分析，而吳王卻以「仁」、「義」作爲理由不採納子胥之諫，而此事亦成爲越得以破吳的重要關鍵。劉向的描寫除了使伍子胥助吳謀略的事蹟得到聚焦，亦強化了伍子胥善於謀略、高瞻遠矚的才能，突顯子胥「智」、「忠」形象。

申包胥救楚之事，在《說苑・至公》有著深刻的描寫：

> 子胥將之吳，辭其友申包胥曰：「後三年，楚不亡，吾不見子矣！」申包胥曰：「子其勉之！吾未可以助子，助子是伐宗廟也；止子是無以爲友。雖然，子亡之，我存之，於是乎觀楚一存一亡也。」後三年，吳師伐楚，昭王出走，申包胥不受命西見秦伯曰：「吳無道，兵強人眾，將征天下，始於楚，寡君出走，居雲夢，使下臣告急。」哀公曰：「諾，吾固將圖之。」申包胥不罷朝，立於秦庭，晝夜哭，七日七夜不絕聲。哀公曰：「有臣如此，可不救乎？」興師救楚，吳人聞之，引兵而還，昭王反，復欲封申包胥，申包胥辭曰：「救亡非爲名也，功成受賜，是賣勇也。」辭不受，遂退隱，終身不見。詩云：「凡民有喪，匍匐救之。」〔註106〕

此段記事基本架構與《左傳》相同，並無太大差異，可知《說苑》亦是以《左傳》的伍子胥記事架構爲基準，並且承襲《史記》對於伍子胥故事的敘寫，再從其他如《呂氏春秋》的文本中，選取符合創作需求者的材料來加以敘述。

在〈至公〉一篇中，除了記載申包胥救楚一事，亦描述伍子胥拒絕闔閭爲其復仇之事：

> 吳王闔廬爲伍子胥興師復讎於楚。子胥諫曰：「諸侯不爲匹夫興師，且事君猶事父也，虧君之義，復父之讎，臣不爲也。」於是止。其後因事而後復其父讎也，如子胥可謂不以公事趨私矣。〔註107〕

此事於《左傳》及《史記》中皆未見，然透過伍子胥「諸侯不爲匹夫興師，且事君猶事父也，虧君之義，復父之讎，臣不爲也」之言與情節的安排，伍子胥不徇私且忠於君的形象於此處被大力突顯。

在《史記》中，吳軍戰於柏舉、郢城郊外皆大勝楚人，司馬遷描寫吳軍銳不可當之氣勢，然《說苑・指武》更刻劃其中細節：

> 吳王闔廬與荊人戰於柏舉，大勝之，至於郢郊，五敗荊人。闔廬之臣五人進諫曰：「夫深入遠報，非王之利也，王其返乎？」五將鍥頭，

〔註106〕〔漢〕劉向：《說苑》，卷14，（中華書局據明刻本校刊），頁6。
〔註107〕〔漢〕劉向：《說苑》，卷14，（中華書局據明刻本校刊），頁9。

闔廬未之應，五人之頭墜於馬前，闔廬懼，召伍子胥而問焉。子胥

曰：「五臣者懼也。夫五敗之人者，其懼甚矣，王姑少進。」遂入郢，

南至江，北至方城，方三千里，皆服於楚矣。〔註108〕

〈指武〉中記述闔閭為五將鍥頭進諫一事詢問伍子胥看法，伍子胥分析五臣行為之意涵後，給予闔閭具體意見。此情節刻畫了闔閭與伍子胥關係間的「信任」，在闔閭採納子胥建議後，事件發展果真如子胥所言，展現了伍子胥深謀遠慮之「智」。

　　不同於故事內所呈現的伍子胥形象，《說苑》以子胥作為事例來論述政治理念，如此筆法亦影響著子胥形象的呈現。如〈雜言〉一篇透過比干與伍子胥事蹟談論賢者之行：

盡忠憂君，危身安國，其功一也；或以封侯而不絕，或以賜死而被刑；所慕所由異也。故箕子去國而佯狂，范蠡去越而易名，智過去君弟而更姓，皆見遠識微，而仁能去富勢，以避萌生之禍者也。夫暴亂之君，孰能離縶以役其身，而與于患乎哉？故賢者非畏死避害而已也，為殺身無益而明主之暴也。比干死紂而不能正其行，子胥死吳而不能存其國；二子者強諫而死，適足明主之暴耳，未始有益如秋毫之端也。是以賢人閉其智，塞其能，待得其人然後合；故言無不聽，行無見疑，君臣兩與，終身無患。〔註109〕

劉向透過諸多人物之典故說明賢者與君子間之關係。「比干死紂而不能正其行，子胥死吳而不能存其國；二子者強諫而死，適足明主之暴耳，未始有益如秋毫之端也」，一段可見劉向透過比干與伍子胥為國盡忠而死的典故說理，後再總結「賢人閉其智，塞其能，待得其人然後合」，於此，劉向亦將比干與伍子胥歸於賢者之列，如此筆法則突出伍子胥之「忠」、「賢」形象。《左傳》、《史記》等描寫中，伍子胥形象僅在情節推動下得到曝光，然在作為事例的論述裡，單一形象便得到被獨立揀選出的機會，而影響後世看待伍子胥的眼光。

　　〈雜言〉一篇更有藉由伍子胥之「忠」以闡述事理者：

子石登吳山而四望，喟然而歎息曰：「鳴呼悲哉！世有明於事情，不合於人心者；有合於人心，不明於事情者。」弟子問曰：「何謂也？」

〔註108〕〔漢〕劉向：《說苑》，卷15，（中華書局據明刻本校刊），頁8。

〔註109〕〔漢〕劉向：《說苑》，卷17，（中華書局據明刻本校刊），頁1至2。

> 子石曰：「昔者吳王夫差不聽伍子胥，盡忠極諫，抉目而辜；太宰嚭、
> 公孫，偷合苟容，以順夫差之志而伐吳。二子沈身江湖，頭懸越旗。
> 昔者費仲、惡來革、長鼻決耳，崇侯虎順紂之心，欲以合於意，武
> 王伐紂、四子身死牧之野，頭足異所，比干盡忠剖心而死。今欲明
> 事情，恐有抉目剖心之禍，欲合人心，恐有頭足異所之患。由是觀
> 之，君子道狹耳。誠不逢其明主，狹道之中，又將危險閉塞，無可
> 從出者。」〔註110〕

子石藉由伍子胥典故，論其對於「事情」與「人心」是否相合的感慨。子石
言子胥「盡忠極諫」，並以太宰嚭及公孫作為對照的反例，後更以比干「盡忠
剖心而死」呼應。不僅直言伍子胥「忠」，更將比干與子胥比併相互映襯，增
強說服力，也突出伍子胥「忠」形象。

除了直言伍子胥忠、賢等，尚有透過歷史人物之比併來給予子胥評價者，
如〈正諫〉：

> 顧臣愚，竊聞昔者虞不用宮之奇而晉并之，陳不用子家羈而楚并之，
> 曹不用僖負羈而宋并之，萊不用子猛而齊并之，吳不用子胥而越并
> 之，秦人不用蹇叔之言而秦國危，桀殺關龍逢而湯得之，紂殺王子
> 比干而武王得之，宣王殺杜伯而周室卑；此三天子，六諸侯，皆不
> 能尊賢用辯士之言，故身死而國亡。〔註111〕

《說苑》將宮之奇、僖負羈、蹇叔、關龍逢、比干等人之事蹟與伍子胥
並列，可見劉向認為宮之奇、僖負羈、蹇叔、關龍逢、比干與伍子胥皆為言
「正諫」之臣，暗示了伍子胥盡忠上諫之「忠」形象與智慧，雖不以「忠臣」
等詞來評價伍子胥，然透過事蹟的並列，伍子胥「忠臣」形象亦被突出、強
化。

西漢時期，歷經《新書》、《史記》的塑造，到了劉向的《說苑》，除了保
留先秦時期文本中伍子胥故事的基本架構，新增入的情節與人物亦在此時期
被接受且運用於文本中。伍子胥故事架構的逐漸擴張，《史記》更為伍子胥立
〈伍子胥列傳〉，成為東漢以後伍子胥故事變化的基礎，紀傳體的書寫方式，
亦提供後世文本得以一窺伍子胥故事始末的途徑。

西漢時期亦有其他文人將伍子胥與歷史忠臣比併合書者，藉此投射己身

〔註110〕〔漢〕劉向：《說苑》，卷17，（中華書局據明刻本校刊），頁2。
〔註111〕〔漢〕劉向：《說苑》，卷9，（中華書局據明刻本校刊），頁5至6。

思想於其中，亦間接強調了伍子胥之「忠」，如《楚辭》所錄之東方朔〈七諫‧怨思〉一篇。〈七諫‧怨思〉謂「子胥諫而靡軀，比干忠而剖心」〔註112〕，不取子胥其他形象，而取「忠」，除了受創作目的影響，更可見西漢時期不僅承襲了先秦時期對伍子胥的評價，其「忠」形象更在諸多評價中逐漸突出、擴大發展，並且深植人心。

　　除了比併，東方朔於〈七諫〉中，亦運用了和屈原同樣的筆法，將自身投射至子胥際遇，以書不遇心情：

> 獨廉潔而不容兮，叔齊久而逾明。浮雲陳而蔽晦兮，使日月乎無光。忠臣貞而欲諫兮，讒諛毀而在旁。秋草榮其將實兮，微霜下而夜降。商風肅而害生兮，百草育而不長。眾並諧以妒賢兮，孤聖特而易傷。懷計謀而不見用兮，嚴穴處而隱藏。成功隳而不卒兮，<u>子胥死而不葬</u>。世從俗而變化兮，隨風靡而成行。信直退而毀敗兮，虛偽進而得當。<u>追悔過之無及兮，豈盡忠而有功</u>。〔註113〕

> 吾獨乖剌而無當兮，心悼怵而耄思。<u>思比干之悱悱兮，哀子胥之慎事</u>。悲楚人之和氏兮，獻寶玉以為石。遇厲武之不察兮，羌兩足以畢斮。<u>小人之居勢兮，視忠正之何若</u>？〔註114〕

不論是比干還是子胥，皆懷有忠君之心，卻也因小人**讒**言而亡。「忠臣貞而欲諫兮，讒諛毀而在旁」、「小人之居勢兮，視忠正之何若？」二句皆表明了東方朔藉伍子胥等世人認為之「忠臣」事蹟抒發慨嘆，直言伍子胥是為忠臣、忠正之士。嚴忌亦使用了相同手法：

> <u>子胥死而成義兮</u>，屈原沈於汨羅。雖體解其不變兮，<u>豈忠信之可化</u>。〔註115〕

嚴忌將伍子胥與屈原並列書之，稱其二人「忠信」也，如此評價方式亦突出了伍子胥與屈原同為不遇之忠臣，子胥「忠」形象便在這樣反覆被提起的情

〔註112〕　〔西漢〕劉向輯；〔宋〕洪興祖撰；白化文等點校：《楚辭補注》，（北京：中華書局，1983年），頁247。

〔註113〕　〔西漢〕劉向輯；〔宋〕洪興祖撰；白化文等點校：《楚辭補注》，〈沉江〉，（北京：中華書局，1983年），頁240至241。

〔註114〕　〔漢〕劉向輯；〔宋〕洪興祖撰；白化文等點校：《楚辭補注》，〈怨世〉，（北京：中華書局，1983年），頁245至246。

〔註115〕　〔漢〕劉向輯；〔宋〕洪興祖撰；白化文等點校：《楚辭補注》，〈哀時命〉，（北京：中華書局，1983年），頁265至266。

況下，出現於世人眼前。

同樣手法尚有鄒陽〈獄中上書自明〉，亦透過比併歷史名臣的方式突顯子
胥形象：

> 臣聞比干剖心，子胥鴟夷，臣始不信，乃今知之。願大王熟察，少
> 加憐焉！〔註116〕

鄒陽將比干、子胥事蹟並列而書，突顯兩人忠而不遇的遭遇，以如此手法暗
示自己如同二人是為忠臣。此種運用伍子胥典故以自明的手法，亦是伍子胥
形象不斷被建構、突出的原因之一。

楊雄〈解嘲〉亦採用同種手法：

> 昔三仁去而殷墟，二老歸而周熾，子胥死而吳亡，種蠡存而越霸，
> 五羖入而秦喜，樂毅出而燕懼，范雎以折摺而危穰侯，蔡澤以噤吟
> 而笑唐舉。故當其有事也，非蕭曹子房平勃樊霍則不能安，當其無
> 事也，章句之徒相與坐而守之，亦無所患。故世亂則聖哲馳騖而不
> 足；世治則庸夫高枕而有餘。〔註117〕

楊雄利用三仁、二老、伍子胥、種蠡、五羖大夫、樂毅、范雎、蔡澤等人之
事蹟，說明人臣對於一國興衰存亡之重要。將不同人物之典故進行排列，即
可見楊雄欲闡述的價值，而伍子胥於此處即是對吳國影響深切之人，可見楊
雄對伍子胥之評價，而伍子胥足以牽動國勢之才智亦在〈解嘲〉的描寫中被
突顯。

除了伍子胥故事隨著情節擴大（如邊侯阻擋、漁父義渡、乞食吳市等）、
人物增加（如奉命追捕的使者、許公、漁父）而愈顯複雜，伍子胥形象在《新
書》、《史記》等文本的描寫之下，人物形象發展地更為立體。再者，透過文
人以子胥典故進行創作，來抒發心志、闡述思想的創作強化下，伍子胥部份
形象——如「智」、「忠」、「賢」等逐漸被突出。在伍子胥「形象發展期」，透
過情節、評價的揉塑，伍子胥形象不斷發展；《史記》甚至載吳人因感念伍子
胥而為之立祠，更有伍子胥「入江而神不化」〔註118〕之記載，使伍子胥文學

〔註116〕〔梁〕蕭統編；〔唐〕李善注：《文選》，（上海：上海古籍出版社，1986年），
頁1767。

〔註117〕〔梁〕蕭統編；〔唐〕李善注：《文選》，（上海：上海古籍出版社，1986年），
頁2008。

〔註118〕載於〈樂毅列傳〉，出於〔漢〕司馬遷撰；〔劉宋〕裴駰集解；〔唐〕司馬貞索
隱；〔唐〕張守節正義：《史記》，（臺北：鼎文書局，1981年），頁2432。

形象發展的同時，世人憐其不得善終的「沉江」遭遇，而使伍子胥與「江潮」傳說產生連結，爲後世伍子胥故事之變化蓄積諸多能量。

第三節　形象成熟期：智、賢、忠確立

　　東漢時期，《越絕書》及《吳越春秋》中的伍子胥故事變化得更爲複雜，不僅出場人物增加，情節更顯曲折。在二書爲伍子胥故事踵事增華的作用下，伍子胥故事逐漸由史傳系統過渡到民間系統，可見小說化痕跡。歷經《史記》提供的伍子胥故事架構，發展到《越絕書》與《吳越春秋》二書對伍子胥故事的鋪衍，伍子胥形象逐漸進入成熟階段。在情節方面，此階段延續「形象發展期」的伍子胥故事架構，持續強化故事的複雜度與伍子胥人格形象，如在情節中展現「智」、「勇」、「賢」，及屢次上諫吳王之「忠」形象等亦被突出，伍子胥被塑造地更爲全能。在評價方面，歷經形象的「初建」與「發展」，伍子胥形象逐漸邁入「成熟」時期，史書、集部文本中對於伍子胥的評價則以「智」、「賢」、「忠」爲核心，三者穩定披掛於伍子胥身上。

一、史傳中的伍子胥

　　伍子胥形象經過建構、發展，在情節踵事增華的催化下，到了魏晉南北朝時期，形象逐漸成熟，由原先「智」、「勇」、「仁」、「孝」、「賢」、「忠」多元呈現的形象，往「智」、「賢」、「忠」確立，甚至向「忠臣」形象靠攏。伍子胥故事承襲自東漢的《吳越春秋》，對伍子胥的評價亦延續了前代的描寫，使伍子胥形象於此時成熟，「忠」形象大致確立，成爲世人言及伍子胥時的第一印象，亦是最頻繁被書寫、投射的形象。

　　伍子胥故事發展至《越絕書》已具備民間色彩，情節鋪衍得更爲複雜，人物形象也更顯豐滿。與伍子胥事蹟相關之文字描述可見於〈越絕荊平王內傳〉、〈越絕外傳計策考〉、〈越絕外傳計倪〉、〈越絕德序外傳記〉。和前代之《左傳》及《史記》不同的是，《越絕書》一開始並未說明伍奢獲罪緣由，僅以「昔者，荊平王有臣伍子奢。奢得罪於王，且殺之」〔註119〕快速帶過，而後才於〈越絕外傳記述考〉中補述：

　　　　伍子胥父子奢，爲楚王大臣。爲世子聘秦女，夫有色，王私悅之，

〔註119〕李步嘉校釋：《越絕書》，（武昌：武昌大學出版社，1992年），頁14。

欲自御焉。奢盡忠入諫，守朝不休，欲匡正之。而王拒之諫，策而問之，以奢乃害於君，絕世之臣。聽讒邪之辭，係而囚之，待二子而死。尚孝而入，子胥勇而難欺。〔註120〕

此段提高了伍氏父子內在的美好性質，「奢盡忠」、「尚孝」、「子胥勇」，更直言楚王「聽讒邪之辭」，營造出伍氏父子與楚王間的對立，使伍子胥故事已隱約帶有小說色彩，也可看出作者對伍尚「孝」、伍子胥「勇」形象的刻意突出。接著，鏡頭轉換到了子尚、子胥出走一幕，原先在《左傳》及《史記》的描寫中，伍奢被擒後，伍氏兄弟二人便開始商議行動；而在《越絕書》中，作者先寫「伍子尚奔吳，伍子胥奔鄭」〔註121〕，接著再寫楚王召來伍奢問二子中誰將會前來救之：

王召奢而問之，曰：「若召子，孰來也？」子奢對曰：「王問臣，對而畏死，不對不知子之心者。尚為人也，仁且智，來之必入，胥為人也，勇且智，來必不入。胥且奔吳邦，君王必早閉而晏開，胥將使邊境有大憂。」〔註122〕

在《左傳》與《史記》中，伍奢的論斷出現在伍尚赴楚王之召後，在《越絕書》中轉變成了在子尚及子胥尚未商議由誰赴召之前；而後楚王派遣使者前去召子尚與子胥，主導並分析情勢的人亦從《左傳》所述的伍尚變成了伍員，此處係承襲自《史記》的描寫。特別的是，在子尚決定入而赴召後，使者便前往鄭國召子胥，子胥「介冑彀弓」〔註123〕而出，充分展現其「勇」。伍子胥以一句「介冑之士，固不拜矣。請有道於使者：王以奢為無罪，赦而蓄之，其子又何適乎？」〔註124〕表明心志，楚王諳知子胥不入後，便殺子奢與子尚。

　　《越絕書》將伍子胥展開逃亡的路程描寫得十分緊湊，在得知父兄死訊後，伍子胥便「從衡領上大山，北望齊晉」〔註125〕，觀察情勢後便動身前往吳國，開始艱辛的逃亡路途。在《越絕書》之安排中，伍子胥首先於江上遇漁父，漁者「知其非常人也」〔註126〕便前往渡之，此段對於漁父之動作及歌

〔註120〕李步嘉校釋：《越絕書》，（武昌：武昌大學出版社，1992年），頁136。
〔註121〕李步嘉校釋：《越絕書》，（武昌：武昌大學出版社，1992年），頁14。
〔註122〕李步嘉校釋：《越絕書》，（武昌：武昌大學出版社，1992年），頁14。
〔註123〕李步嘉校釋：《越絕書》，（武昌：武昌大學出版社，1992年），頁14至15。
〔註124〕李步嘉校釋：《越絕書》，（武昌：武昌大學出版社，1992年），頁14。
〔註125〕李步嘉校釋：《越絕書》，（武昌：武昌大學出版社，1992年），頁15。
〔註126〕李步嘉校釋：《越絕書》，（武昌：武昌大學出版社，1992年），頁15。

皆有著深刻的描寫：

> 至江上，見漁者，曰：「來，渡我。」漁者知其非常人也，欲往渡之，
> 恐人知之，歌而往過之，曰：「日昭昭，侵以施，與子期甫蘆之碕。」
> 子胥即從漁者之蘆碕。日入，漁者復歌往，曰：「心中目施，子可渡
> 河，何爲不出？」船到即載，入船而伏。〔註127〕

在此段情節中，《越絕書》描述了漁父初見子胥便知其非常人，突顯伍子胥異
於一般人的形象，更寫漁父在接近伍子胥時「恐人知之」而歌，除了表現漁
父的謹慎，如此安排也讓伍子胥逃亡的過程更顯艱難與危險。在解劍贈漁父
的情節中，《越絕書》延續了《呂氏春秋》對「問其名族」情節〔註128〕的描寫，
及《史記》中子胥與漁父交談的過程，其謂：

> 半江，而仰謂漁者曰：「子之姓爲誰？還，得報子之厚德。」漁者曰：
> 「縱荊邦之賊者，我也，報荊邦之仇者，子也。兩而不仁，何相問
> 姓名爲？」子胥即解其劍，以與漁者，曰：「吾先人之劍，直百金，
> 請以與子也。」漁者曰：「吾聞荊平王有令曰：『得伍子胥者，購之
> 千金。』今吾不欲得荊平王之千金，何以百金之劍爲？」漁者渡於
> 于斧之津，乃發其簞飯，清其壺漿而食，曰：「亟食而去，毋令追者
> 及子也。」子胥曰：「諾。」子胥食已而去，顧謂漁者曰：「掩爾壺
> 漿，無令之露。」漁者曰：「諾。」子胥行，即覆船，挾匕首自刿而
> 死江水之中，明無洩也。〔註129〕

伍子胥爲報漁父義渡之恩，故解其劍欲相贈，然漁父語子胥：懸賞金額高於
劍之價值，自己何須爲了一把劍幫助他？在《史記》中，漁父最後不知去向，
而在《越絕書》中，漁父不僅渡子胥，更「發其簞飯，清其壺漿而食」，提醒
子胥「亟食而去，毋令追者及了也」。透過此段文字可推測楚王的追殺尚未停
止，伍子胥時時刻刻皆須戒慎恐懼，突顯了逃亡過程的艱辛以及伍子胥的堅
忍。此處描寫與《史記》並無太大差異，然對比起《史記》對此情節之安排，
《越絕書》更顯曲折。在義渡並給予子胥食物後，漁父「即覆船，挾匕首自
刿而死江水之中」，作者如此安排顯現漁父爲隱匿伍子胥之行蹤，並且使其能

〔註127〕李步嘉校釋：《越絕書》，（武昌：武昌大學出版社，1992年），頁15。
〔註128〕〔戰國〕呂不韋著；陳奇猷校釋：《呂氏春秋校釋》，（臺北：華正書局，1985
　　　　年），頁551。
〔註129〕李步嘉校釋：《越絕書》，（武昌：武昌大學出版社，1992年），頁15。

無後顧之憂逃亡的大義，更添幾分可歌可泣。

擊綿女助伍子胥一臂之力的情節，在《越絕書》首先登場。與漁父同樣協助伍子胥逃亡的擊綿女，被安排在漁父之後出現：

> 子胥遂行。至溧陽界中，見一女子擊絮於瀨水之中，子胥曰：「豈可得託食乎？」女子曰：「諾。」即發簞飯，清其壺漿而食之。子胥食已而去，謂女子曰：「掩爾壺漿，毋令之露。」女子曰：「諾。」子胥行五步，還顧女子，自縱於瀨水之中而死。〔註130〕

伍子胥行至溧陽界而遇擊綿女，擊綿女「發簞飯，清其壺漿而食之」，而在伍子胥「食已而去」前特別交代擊綿女務必掩藏好食器，以免洩漏行蹤。伍子胥方才走了五步，擊綿女便「自縱於瀨水之中而死」，與漁父一樣為確保伍子胥之行蹤不被洩漏而犧牲生命。

在《越絕書》中安排了二位人物於逃亡過程暗助伍子胥，甚至為伍子胥犧牲生命，除了表現漁父、擊綿女之正面形象，《越絕書》安排無論男女皆助伍子胥逃亡並保全其性命的情節，強化了逃亡路途的坎坷與伍子胥不凡於常的形象。

到了吳國，《越絕書》再度安排情節以突顯伍子胥之不凡：

> 至吳。徒跣被髮，乞於吳市。三日，市正疑之，而道於闔廬曰：「市中有非常人，徒跣被髮，乞於吳市三日矣。」闔廬曰：「吾聞荊平王殺其臣伍子奢而非其罪，其子子胥勇且智，彼必經諸侯之邦可以報其父仇者。」王者使召子胥。〔註131〕

除了延續《史記》對伍子胥之吳的描寫，「市正」一角首度於《越絕書》出場，不僅有漁父知子胥不凡，市正一登場便直言：「市中有非常人」，一眼便看出了伍子胥之不凡，此處安排也凸顯了伍子胥勇且智的形象，埋伏下伍子胥與闔閭見面的契機。在市正將「市中有非常人」且披頭散髮乞食一事告訴闔閭後，闔閭便直接聯想伍子奢獲罪之事，原先在《左傳》及《史記》沒有得到詳細書寫的情節，在《越絕書》中透過因果關係環環相扣，交代了闔閭與伍子胥的首度接觸，在在顯示了小說化的色彩。

在情節順勢發展下，得到闔閭注意的伍子胥成功與闔閭見面。在《越絕書》中，伍子胥控訴自己家族遭遇之段落更是驚心動魄：

〔註130〕李步嘉校釋：《越絕書》，（武昌：武昌大學出版社，1992年），頁15至16。
〔註131〕李步嘉校釋：《越絕書》，（武昌：武昌大學出版社，1992年），頁16。

入，吳王下階迎而唁，數之曰：「吾知子非恒人也，何素窮如此？」
子胥跪而垂泣曰：「胥父無罪而平王殺之，而并其子尚。子胥邂逃出
走，唯大王可以歸骸骨者，惟大王哀之。」吳王曰：「諾。」上殿與
語，三日三夜，語無復者。王乃號令邦中：「無貴賤長少，有不聽子
胥之教者，猶不聽寡人也，罪至死，不赦。」〔註132〕

伍子胥不但「跪」且「垂泣」控訴楚王無道，並且直言「唯大王可以歸骸骨
者」，將伍子胥適吳的目的透過子胥之口直接描寫，增強戲劇張力。伍子胥知
曉自己若要報父兄之仇，勢必得借助大國之力，然此盤算在《左傳》與《史
記》中皆未見明顯的描寫，然在《越絕書》中被直截了當地寫出。伍子胥拜
見吳王之情節亦是《越絕書》首見，安排伍子胥之泣訴與吳王納之的情節，
種種安排皆使吳王與伍子胥的第一次見面更顯不易。《呂氏春秋》僅描述了闔
閭初見伍子胥時厭惡其貌，然在交談後便納子胥；在《越絕書》中，不僅去
除了《呂氏春秋》中闔閭厭惡其貌的情節，反而更戲劇性的讓子胥訴其悲苦，
接著讓吳王與之對談，最後更號令「無貴賤長少，有不聽子胥之教者，猶不
聽寡人也，罪至死，不赦」，伍子胥身份與地位頓時提高，與逃亡時的落魄形
成強烈對比。伍子胥僅與吳王談論三日三夜便受如此待遇，如此筆法暗示了
伍子胥過人的能力，突顯子胥非常人的才能，是爲「智」形象的展現。在〈越
絕外傳計策考〉中亦描述伍子胥與闔閭對談：

昔者，吳王闔廬始得子胥之時，甘心以賢之，以爲上客，曰：「聖人
前知乎千歲，後萬世。深問其國，世何昧昧，得無衰極？子其精焉，
寡人垂意，聽子之言。」子胥唯唯，不對。王曰：「子其明之。」子
胥曰：「對而不明，恐獲其咎。」王曰：「願一言之，以試直士。夫
仁者樂，知者好。誠。秉禮者探幽索隱。明告寡人。」子胥曰：「難
乎言哉！邦其不長，王其圖之。存無忘傾，安無忘亡。臣始入邦，
伏見衰亡之證，當霸吳厄會之際，後王復空。」王曰：「何以言之？」
子胥曰：「後必將失道。王食禽肉，坐而待死。佞諂之臣，將至不久。
安危之兆，各有明紀。虹蜺牽牛，其異女，黃氣在上，青黑於下。
太歲八會，壬子數九。王相之氣，自十一倍。死由無氣，如法而止。
太子無氣，其異三世。日月光明，歷南斗。吳越爲鄰，同俗并土，
西州大江，東絕大海，兩邦同城，相亞門戶，憂在於斯，必將爲咎。

〔註132〕李步嘉校釋：《越絕書》，（武昌：武昌大學出版社，1992年），頁16。

越有神山，難與爲鄰。願王定之，毋淺臣言。」〔註133〕

在伍子胥獲得闔閭信任並且成爲上客後，《越絕書》加入此情節表現闔閭對於伍子胥的信任，亦可看出作者對於伍子胥形象的塑造手法，顯現伍子胥在《越絕書》中已具備不同於以往文本的特殊能力。觀氣、觀相、觀星等能力在《越絕書》的安排下，開始附著於伍子胥身上，吳、越一地的神秘思維與信仰亦於此處展現。

《越絕書》承襲西漢《說苑》的記述，描寫了伍子胥進入吳國後，闔閭欲爲其復仇而伍子胥卻拒絕的情節：

> 子胥居吳三年，大得吳眾。闔廬將爲之報仇，子胥曰：「不可。臣聞諸侯不爲匹夫興師。」於是止。〔註134〕

此情節雖不見於《史記》，然在《說苑》記述後，《越絕書》又將之納入，如此安排亦突顯了作者對於伍子胥形象的刻意塑造，「大得吳眾」充分展現伍子胥之智慧與手腕，而拒絕闔閭爲自己報仇一事更爲伍子胥添加不公報私仇之形象。雖回絕之語不若《說苑》詳細，然《越絕書》刻意書寫此情節，爲伍子胥塑造高潔人格的意圖相當明顯。

吳楚交戰之際，伍子胥在楚將伐蔡時立即獻策，並且得到闔閭信任，得以前往救蔡，《越絕書》載：

> 其後荊將伐蔡，子胥言之闔廬，即使子胥救蔡而伐荊。十五戰，十五勝。荊平王已死，子胥將卒六千，操鞭捶笞平王之墓而數之曰：「昔者吾先人無罪而子殺之，今此報子也。」〔註135〕

有別於以往「五戰五勝」、「九戰九勝」的描寫，《越絕書》誇張化地透過「十五戰，十五勝」來塑造吳軍之勇與子胥之智，接著承襲了《史記》與《說苑》的描述，寫伍子胥「操鞭捶笞平王之墓而數之」的情節。子胥不但鞭笞平王墓更數其罪責，直指自己如此行動的緣由便因「吾先人無罪而子殺之」。此情節的鋪陳將伍子胥逃亡、躲藏而唯恐洩漏行蹤等淒慘、驚懼時刻所累積的張力一次爆發。在伍子胥鞭鞭落下之時，仇恨與隱忍方得到紓解，伍子胥爲父兄報仇所隱忍、等待之堅毅與孝心亦於此展現。

在〈越絕外傳計策考〉中補述伍子胥鞭墓後遇漁者之子一事，此亦是首

〔註133〕李步嘉校釋：《越絕書》，（武昌：武昌大學出版社，1992年），頁134。

〔註134〕李步嘉校釋：《越絕書》，（武昌：武昌大學出版社，1992年），頁16。

〔註135〕李步嘉校釋：《越絕書》，（武昌：武昌大學出版社，1992年），頁16。

見於《越絕書》的情節：

> 吳使子胥救蔡，誅疆楚，笞平王墓，久而不去，意欲報楚。楚乃購
> 之千金，眾人莫能止之。有野人謂子胥曰：「止！吾是于斧掩壺漿之
> 子，發簞飯於船中者。」子胥乃知是漁者也，引兵而還。故無往不
> 復，何德不報。漁者一言，千金歸焉，因是還去。〔註136〕

《史記》安排伍子胥欲報漁父之恩而不得的情節，塑造其知恩圖報的形象，
而在《越絕書》中則增加「漁者之子」一角，以更有張力的情節來突出伍子
胥的知恩圖報。在野人說明自己的身份後，伍子胥便停止了行動，甚至「引
兵而還」，報恩的行動較《史記》的描寫更甚，可見《越絕書》此處對伍子胥
形象塑造的別有用心。

在伍子胥鞭墓報仇後，《越絕書》安排了楚昭王召子胥入楚的情節：

> 後，子昭王、臣司馬子期、令尹子西歸，相與計謀：「子胥不死，又
> 不入荊，邦猶未得安，為之奈何？莫若求之而與之同邦乎？」昭王乃
> 使使者報子胥於吳，曰：「昔者吾先人殺子之父，而非其罪也。寡人
> 尚少，未有所識也。今子大夫報寡人也特甚，然寡人亦不敢怨子。今
> 子大夫何不來歸子故墳墓丘為？我邦雖小，與子同有之，民雖少，與
> 子同使之。」子胥曰：「以此為名，名即章，以此為利，利即重矣。
> 前為父報仇，後求其利，賢者不為也。父已死，子食其祿，非父之義
> 也。」使者遂還，乃報荊昭王曰：「子胥不入荊邦，明矣。」〔註137〕

《越絕書》此處的安排表現了伍子胥對吳國之忠，在伍子胥成功為父兄報仇
後，伍子胥是否仍效忠於吳？在《越絕書》安排下，讓伍子胥以一句「前為
父報仇，後求其利，賢者不為也。父已死，子食其祿，非父之義也」拒絕楚
王之召，在使者將子胥之言呈報於上時，昭王便明白了子胥不入荊之決心。
如此安排顯示了伍子胥盡忠對象確立；為報闔閭識己而能成功復仇之恩，伍
子胥選擇效忠吳國，突出知恩報恩的形象，更與退師以報漁父之恩的情節互
相呼應，使子胥形象不但生動，且更為一致。

在闔閭受傷而死的情節中，《越絕書》中的伍子胥被塑造地更為有情：

> 夫有勇見於外，必有仁於內。子胥戰於就李，闔廬傷焉，軍敗而還。
> 是時死傷者不可稱數，所以然者，罷頓不得已。子胥內憂：「為人臣，

〔註136〕李步嘉校釋：《越絕書》，（武昌：武昌大學出版社，1992年），頁135。
〔註137〕李步嘉校釋：《越絕書》，（武昌：武昌大學出版社，1992年），頁16至17。

上不能令主，下令百姓被兵刃之咎。」自責內傷，莫能知者。故身
操死持傷及被兵者，莫不悉於子胥之手，垂涕啼哭，欲伐而死。三
年自咎，不親妻子，饑不飽食，寒不重綵，結心於越，欲復其仇。
師事越公，錄其述。印天之兆，牽牛南斗。赫赫斯怒，與天俱起。
發令告民，歸如父母。當胥之言，唯恐爲後。師眾同心，得天之中。
〔註138〕

《越絕書》作者以「夫有勇見於外，必有仁於內」作爲開頭書寫了伍子胥自
責闔閭傷卻之事，伍子胥「三年自咎，不親妻子，饑不飽食，寒不重綵，結
心於越」，「欲復其仇」一句更顯伍子胥眼中的越國已不僅是敵國而已，更是
致使闔閭傷卻之罪魁禍首。在《越絕書》的書寫下，伍子胥顯得更爲情有義。
再者，伍子胥妻更於此處首度登場，豐富了伍子胥故事的架構，且有別於《左
傳》及《史記》描述闔閭死後而夫差繼位的情節，《越絕書》表現了闔閭與伍
子胥間緊密的君臣關係，亦是對伍子胥「忠」形象的突出。

闔閭死後，夫差任用伍子胥。在〈越絕外傳記述考〉中，作者更讓伍子
胥擁有特殊能力：

昔者，吳王夫差興師伐越，敗兵就李。大風發狂，日夜不止。車敗
馬失，騎士墮死。大船陵居，小船沒水。吳王曰：「寡人晝臥，夢見
井嬴溢大，與越爭彗，越將掃我，軍其凶乎？孰與師還？」此時越
軍大號，夫差恐越軍入，驚駭。子胥曰：「王其勉之哉，越師敗矣！
臣聞井者，人所飲，溢者，食有餘。越在南，火，吳在北，水。水
制火，王何疑乎？風北來，助吳也。昔者武王伐紂時，彗星出而興
周。武王問，太公曰：『臣聞以彗，倒之則勝。』胥聞災異或吉或凶，
物有相勝，此乃其證。願大王急行，是越將凶，吳將昌也。」〔註139〕

《越絕書》描寫吳師伐越時情勢之凶險，其中甚至出現伍子胥爲吳王解夢的
情節。除了觀氣的能力，此情節使伍子胥具備以五德之說分析情勢與解夢的
能力，將原先在《左傳》及《史記》中單純善於分析國際情勢的智臣，變成
了一位透過五德相勝而觀吳、越興亡之人，爲伍子胥故事注入了神秘色彩。

除描寫伍子胥具有特殊能力外，《越絕書》亦透過情節的安排與作者的評
論，表現了伍子胥智勇過人的一面：

〔註138〕李步嘉校釋：《越絕書》，（武昌：武昌大學出版社，1992年），頁239至240。
〔註139〕李步嘉校釋：《越絕書》，（武昌：武昌大學出版社，1992年），頁135。

－62－

越乃興師，與戰西江。二國爭疆，未知存亡。子胥知時變，爲詐兵，
爲兩翼，夜火相應。句踐大恐，振旅服降。進兵圍越會稽填山。子胥
微策可謂神，守戰數年，句踐行成。子胥爭諫，以是不容。宰嚭許之，
引兵而還。夫差聽嚭，不殺仇人。興師十萬，與不敵同。〔註140〕

伍子胥不僅了解情勢變化，更能以智伐越，致使「句踐大恐，振旅服降」。在
《越絕書》的安排下，伍子胥之「智」、「勇」形象完全展現；雖此段安排無
見於《史記》等文本，然卻使伍子胥故事之細節更加圓滿。

　　對於子胥將死之描寫，《越絕書》中亦在子胥執劍欲自殺一段給予獨特安
排：

子胥賜劍將自殺，歎曰：「嗟乎！眾曲矯直，一人固不能獨立。吾挾
弓矢以逸鄭楚之間，自以爲可復吾見凌之仇，乃先王之功，想得報
焉，自致於此。吾先得榮，後僇者，非智衰也，先遇明，後遭險，
君之易移也已矣。坐不遇時，復何言哉。此吾命也，亡將安之？莫
如早死，從吾先王於地下，蓋吾之志也。」吳王將殺子胥，使馮同
徵之。胥見馮同，知爲吳王來也。洩言曰：「王不親輔弼之臣而親眾
豕之言，是吾命短也。高置吾頭，必見越人入吳也，我王親爲禽哉！
捐我深江，則亦已矣！」胥死之後，吳王聞，以爲妖言，甚咎子胥。
王使人捐於大江口。勇士執之，乃有遺響，發憤馳騰，氣若奔馬。
威凌萬物，歸神大海。彷彿之間，音兆常在。後世稱述，蓋子胥，
水僊也。〔註141〕

在《左傳》與《史記》中，伍子胥臨死前之預言內容皆爲暗示吳國必遭越國
傾覆，然而至《越絕書》中，子胥臨死前之言中更多了對於自己的慨嘆，而
「從吾先王於地下，蓋吾之志也」一句更顯現出伍子胥對闔閭之忠。而棄之
於江一段之安排，在《越絕書》中寫子胥自己言「捐我深江，則亦已矣」，吳
王聽罷子胥死前之言，便將其尸棄於大江口。在《史記》中已能看見吳人爲
感念子胥，便爲其立祠於胥山；而在《越絕書》中，伍子胥則立於更崇高之
地位，在其尸被棄於大江時，「發憤馳騰，氣若奔馬。威凌萬物，歸神大海。
彷彿之間，音兆常在」，作者言「蓋子胥，水僊也」，更顯示伍子胥於此時已
成爲水神，而不僅是一歷史人物。

〔註140〕李步嘉校釋：《越絕書》，（武昌：武昌大學出版社，1992年），頁240。
〔註141〕李步嘉校釋：《越絕書》，（武昌：武昌大學出版社，1992年），頁326。

　　《越絕書》對於伍子胥故事的描寫，雖不若《左傳》、《史記》連貫而有系統，反而較爲跳躍、雜亂，然其中卻可見伍子胥文本從先秦至西漢時期的繼承及創造，使伍子胥故事發展至《越絕書》已有了不同的樣貌，具備小說化色彩。

　　與《越絕書》成書時代相去不遠，《吳越春秋》亦於東漢時期成書，二書幾可說是同時代、同地域之文本。伍子胥故事亦可見於《吳越春秋》，但與《越絕書》不同的是，《吳越春秋》對伍子胥故事進行了更加完整的敘述。

　　伍子胥故事出現於〈王僚使公子光傳〉、〈闔閭內傳〉、〈夫差內傳〉、〈勾踐入臣外傳〉、〈勾踐陰謀外傳〉、〈勾踐伐吳外傳〉，按事件發生順序進行描寫。首先，《吳越春秋》先從伍家三代爲楚臣且直諫之事寫起〔註142〕，從伍舉直諫楚莊王一事至伍奢直諫楚平王皆鋪敘完整，此情節亦與伍子胥直諫吳王一事互相呼應。在寫伍奢直諫之事時，《吳越春秋》安排了費無忌屢次進讒，並在伍奢一次進諫後觸怒楚王，以此作爲伍子胥逃亡之開端：

> 奢知無忌之讒，因諫之，曰：「王獨奈何以讒賊小臣而骨肉乎？」無忌承宴復言曰：「王今不制，其事成矣，王且見擒。」平王大怒，因囚伍奢，而使城父司馬奮揚往殺太子。奮揚使人前告太子急去，不然將誅。〔註143〕

《越絕書》與《吳越春秋》相同，皆安排了楚王問伍奢二子性質如何，先讓

〔註142〕 伍舉直諫一事載於《吳越春秋‧王僚使公子光傳》，其載：「五年，楚之亡臣伍子胥來奔吳。伍子胥者，楚人也，名員。父奢，兄尚。其前名曰伍舉。以直諫事楚莊王。王即位三年，不聽國政，沉湎於酒，淫於聲色。左手擁秦姬，右手抱越女，身坐鐘鼓之間而令曰：『有敢諫者，死！』於是伍舉進諫曰：『有一大鳥集楚國之庭，三年不飛亦不鳴。此何鳥也？』於是莊王曰：『此鳥不飛，飛則沖天；不鳴，鳴則驚人。』伍舉曰：『不飛不鳴，將爲射者所圖，弦矢卒發，豈得沖天而驚人乎？』於是莊王棄其秦姬越女，罷鐘鼓之樂；用孫叔敖任以國政。遂霸天下，威伏諸侯。莊王卒，靈王立。建章華之臺。與登焉。王曰：『臺美。』伍舉曰：『臣聞國君服寵以爲美，安民以爲樂，克聽以爲聰，致遠以爲明。不聞以土木之崇高，蟲鏤之刻畫，金石之清音，絲竹之淒喉以之爲美。前莊王爲抱居之臺，高不過望國氛，大不過容宴豆，木不妨守備，用不煩官府，民不敗時務，官不易朝常。今君爲此臺七年，國人怨焉，財用盡焉，年穀敗焉，百姓煩焉，諸侯忿怨，卿士訕謗：豈前王之所盛，人君之美者耶？臣誠愚不知所謂也。』靈王即除工去飾，不遊於臺。由是伍氏三世爲楚忠臣。』出於〔東漢〕趙曄：《吳越春秋》，（上海：上海書局，1989年），頁9-2至10-2。

〔註143〕 〔東漢〕趙曄：《吳越春秋》，（上海：上海書局，1989年），頁11-1。

伍奢對伍尚及伍員進行評論，接著敘述楚王召二子前來奉進印綬之事，埋伏下伍氏兄弟的首次難題。而在商議是否前往赴君召之段落，《吳越春秋》讓伍子胥卜卦以決之，使原本《越絕書》中已有特殊能力的形象更為突出：

> 子胥曰：「尚且安坐，為兄卦之。今日甲子，時加於巳，支傷日下，氣不相受。君欺其臣，父欺其子。今往方死，何侯之有？」尚曰：「豈貪於侯，思見父耳。一面而別，雖死而生。」子胥曰：「尚且無往。父當我活，楚畏我勇，勢不敢殺；兄若誤往，必死不脫。」尚曰：「父子之愛，恩從中出，徼倖相見，以自濟達。」於是子胥歎曰：「與父俱誅，何明於世，冤讎不除，辱日大。尚從是往，我從是。」尚泣曰：「吾之生也，為世所笑，終老地上，而亦何之？不能報仇，畢為廢物。汝懷文武，勇於策謀，父兄之讎，汝可復也。吾如得返，是天祐之，其遂沉埋，亦吾所喜。」胥曰：「尚且行矣，吾去不顧，勿使臨難，雖悔何追！」旋泣辭行，與使俱往。〔註144〕

在兄弟商議情節，《吳越春秋》使用了大量對話以及情緒描寫，使伍尚之「孝」更為明顯，「楚畏我勇，勢不敢殺」表現伍子胥參透情勢之「智」，更讓伍子胥透過卜卦來主導對話，並且分析局勢，伍氏兄弟的形象於《吳越春秋》中透過如此安排更為立體、全能。最後，伍尚決定赴召，伍子胥亦展開逃亡。

　　在《越絕書》中，伍子胥逃亡時僅介冑毂弓出見使者，而在《吳越春秋》則讓其逃亡路程出現了首次的追捕場面：

> 楚得子尚，執而囚之，復遣追捕子胥，胥乃貫弓執矢去楚。楚追之，見其妻。曰：「胥亡矣，去三百里。」使者追及無人之野，胥乃張弓布矢，欲害使者，使者俯伏而走。胥曰：「報汝平王，欲國不滅，釋吾父兄；若不爾者，楚為墟矣。」使返報平王。王聞之，即發大軍追子胥至江，失其所在，不獲而返。〔註145〕

西漢時期的伍子胥故事並無深入描述其逃亡過程，僅見「邊侯阻擋」的情節，在《吳越春秋》中則插入一新情節，安排伍子胥之妻誤導使者，加深逃離楚國的曲折程度，甚至讓伍子胥「貫弓執矢」遣使者回報自己對楚王的預告，逃亡正式揭開序幕，不僅除了突出子胥之「智」，更突出其「勇」。

　　接著，作者鋪敘伍子胥一連串的逃亡路程，先後經宋、鄭、晉、鄭四國

〔註144〕〔東漢〕趙曄：《吳越春秋》，（上海：上海書局，1989年），頁12-1至13-1。
〔註145〕〔東漢〕趙曄：《吳越春秋》，（上海：上海書局，1989年），頁13-1。

領土，最後才輾轉到達吳國。逃亡之路充滿艱辛，楚王之追殺卻未曾停歇，伍子胥流亡路途於此更顯崎嶇。至吳前，「過昭關」情節的增入，使伍子胥逃亡過程更為曲折，而如此安排卻也凸顯伍子胥的才能：

> 到昭關，關吏欲執之，伍因詐曰：「上所以索我者，美珠也。今我已亡矣，將去取之。」關吏因舍之。〔註146〕

作者於此安排伍子胥以計詐關吏，誘騙關吏而得以成功脫逃，讓伍子胥受阻並解決難題，往逃亡之路邁進。延宕了情節的推進，卻也產生了使故事更加曲折的效果，伍子胥的「智」形象更在如此安排下得到展現的機會。

各文本中，「遇江上丈人」或「漁父義渡子胥」的情節基本上大致相同。在《越絕書》中增加了漁父以歌表意，展現文本的民間性；在《吳越春秋》中除了延續漁者歌進行對話的安排，更加入了伍子胥「蘆中待餐」情節與「蘆中人，蘆中人，豈非窮士乎？」〔註147〕的「暗號」，表現了伍子胥逃亡時處處猜疑的不安心情，並且加深逃亡過程的驚險程度。子胥得渡後，和《越絕書》所書相同，漁者為確保伍子胥逃亡無後顧之憂，最後「自沉於江水之中」〔註148〕，犧牲己身生命。

在「遇擊綿女」的情節中，伍子胥同樣接受了擊綿女之援助，然與《越絕書》不同的是，在《吳越春秋》中擊綿女自縱瀨水而死是為保守貞節：

> 適會女子擊綿於瀨水之上，筥中有飯。子胥遇之，謂曰：「夫人可得一餐乎？」女子曰：「妾獨與母居，三十未嫁，飯不可得。」子胥曰：「夫人賑窮途少飯，亦何嫌哉？」女子知非恒人，遂許之，發其簞筥，飯其盤漿，長跪而與之。子胥再餐而止。女子曰：「君有遠逝之行，何不飽而餐之？」子胥已餐而去，又謂女子曰：「掩夫人之壺漿，無令其露。」女子歎曰：「嗟乎！<u>妾獨與母居三十年，自守貞明，不願從適，何宜饋飯而與丈夫？越虧禮儀，妾不忍也。子行矣。</u>」子胥行，反顧，女子已自投於瀨水矣。」〔註149〕

不僅漁父，擊綿女在與子胥對談的過程中亦能發現其「非恒人」，作者如此筆法突顯了伍子胥並非常人的才能，同樣的情節亦可見於《越絕書》載市正起

〔註146〕〔東漢〕趙曄：《吳越春秋》，（上海：上海書局，1989年），頁14-1至14-2。
〔註147〕〔東漢〕趙曄：《吳越春秋》，（上海：上海書局，1989年），頁15-1。
〔註148〕〔東漢〕趙曄：《吳越春秋》，（上海：上海書局，1989年），頁15-2。
〔註149〕〔東漢〕趙曄：《吳越春秋》，（上海：上海書局，1989年），頁15-2至16-1。

疑伍子胥非常人而稟報闔閭一段，然此段落在《吳越春秋》中，同樣有「吳市吏」角色發現伍子胥之異質，但市吏所稟報的對象卻轉變爲吳王僚：

> 子胥之吳，乃被髮佯狂，跣足塗面，行乞於市，市人觀罔有識者。
> 翌日，吳市吏善相者見之，曰：「吾之相人多矣，未嘗見斯人也，非
> 異國之亡臣乎？」乃白吳王僚，具陳其狀。「王宜召之。」王僚曰：
> 「與之俱入。」公子光聞之，私喜曰：「吾聞楚殺忠臣伍奢，其子子
> 胥勇而且智，彼必復父之讎來入於吳。」陰欲養之。市吏於是與子
> 胥俱入見王，王僚怪其狀偉：身長一丈，腰十圍，眉間一尺。王僚
> 與語三日，辭無復者。王曰：「賢人也！」〔註150〕

在此段，不僅吳王僚對伍子胥感到好奇，闔閭也對伍子胥將前來而感到欣喜，並且評論其勇且智，欲私下納爲客。此段安排顯示吳國對伍子胥之好奇，亦可見伍子胥逃亡事蹟已流傳天下，以此對比流亡過程的艱辛，所展現的張力可見一斑。更特別之處在於對伍子胥外貌的描述，先秦時期僅有《呂氏春秋》載公子光厭惡子胥外貌，除此之外並無子胥外貌的相關記載，然此處寫道「王僚怪其狀偉：身長一丈，腰十圍，眉間一尺」，不僅先塑造了伍子胥之智、勇，亦透過外貌強調伍子胥非常人之外型，呼應市正、市吏一眼便知其不同的情節，提高伍子胥異於常人的形象。

在伍子胥知公子光「有他志」時，《吳越春秋》安排了二人進行深度對談，並進專諸予公子光，再補述伍子胥遇專諸並將其推薦給公子光的過程〔註151〕，此段安排清楚交代伍子胥取得闔閭信任的來龍去脈，作爲伍子胥復仇行動與效忠吳國的開端。

伍子胥與公子光接觸、深交，進而幫助公子光完成其志，《吳越春秋》對此過程有著完整敘述：

> 伍胥知光之見機也，乃說光曰：「今吳王伐楚，二弟將兵，未知吉凶，

〔註150〕〔東漢〕趙曄：《吳越春秋》，（上海：上海書局，1989年），頁16-1至16-2。
〔註151〕伍子胥與專諸相遇一事載於〈王僚使公子光傳〉：「專諸者，堂邑人也。伍胥之亡楚如吳時，遇之於途。專諸方與人，將就敵，其怒有萬人之氣，甚不可當。其妻一呼即還。子胥怪而問其狀：「何夫子之怒盛也，聞一女子之聲而折道，寧有說乎？」專諸曰：「子視吾之儀，寧類愚者也？何言之鄙也？夫屈一人之下，必伸萬人之上。」子胥因相其貌：碓顙而深目，虎膺而熊背，戾於從難。知其勇士，陰而結之，欲以爲用。遭公子光之有謀也，而進之公子光。」出自於〔東漢〕趙曄：《吳越春秋》，（上海：上海書局，1989年），頁17-2至18-1。

專諸之事於斯急矣。時不再來，不可失也。」於是公子見專諸曰：「今
二弟伐楚，季子未還，當此之時，不求何獲？時不可失。且光眞王
嗣也。」專諸曰：「僚可殺也，母老子弱，弟伐楚，楚絕其後。方今
吳外困於楚，內無骨鯁之臣，是無如我何也。」四月，公子光伏甲
士於窟室中，具酒而請王僚。僚白其母，曰：「公子光爲我具酒來請，
期無變悉乎？」母曰：「光心氣怏怏，常有愧恨之色，不可不愼。」
王僚乃被棠銕之甲三重，使兵衛陳於道，自宮門至於光家之門，階
席左右皆王僚之親戚，使坐立侍，皆操長戟交軹。酒酣，公子光佯
爲足疾，入窟室裏足，使專諸置魚腸炙魚中進之。既至王僚前，專
諸乃擘炙魚，因推匕首，立戟交軹倚專諸，斷胷開，匕首如故，以
刺王僚，貫甲達背，王僚既死，左右共殺專諸，眾士擾動，公子光
伏其甲士以攻僚眾，盡滅之。遂自立，是爲吳王闔閭也。〔註152〕

在此段中，可見作者爲情節擴大所做的安排。子胥建議公子光立即行事，專
諸也加入說服公子光之列，更增添吳王僚與吳王僚母的對話。作者安排吳王
僚與僚母有疑心並且對公子光有所戒備，然公子光最後仍成功刺殺吳王僚，
此處顯示專諸之勇，更呼應伍子胥在見專諸後認爲其非常人的情節，也暗示
進獻專諸的伍子胥知人善任、慧眼獨具，是爲「智」形象的突出。

在闔閭上位後，伍子胥理所當然地成爲闔閭諮詢謀事的對象，而在《吳
越春秋》中作者更安排多幕以表現伍子胥居中輔佐闔閭的盡心，如薦孫子一
事：

子胥深知王之不定，乃薦孫子於王。孫子者，名武，吳人也，善爲
兵法。辟隱深居，世人莫知其能。胥乃明知鑒辯，知孫子可以折衝
銷敵，乃一旦與吳王論兵，七薦孫子。吳王曰：子胥託言進士，欲
以自納。而召孫子問以兵法，每陳一篇，王不知口之稱善。其意大
悅。……子胥諫曰：「臣聞，兵者凶事，不可空試。故爲兵者，誅伐
不行，兵道不明。今大王虔心思士，欲興兵戈以誅暴楚，以霸天下
而威諸侯，非孫武之將，而誰能涉淮踰泗，越千里而戰者乎？」於
是吳王大悅，因鳴鼓會軍，集而攻楚。孫子爲將，拔舒，殺吳亡將
二公子蓋餘、燭庸。〔註153〕

〔註152〕 〔東漢〕趙曄：《吳越春秋》，（上海：上海書局，1989年），頁20-1至21-1。
〔註153〕 〔東漢〕趙曄：《吳越春秋》，（上海：上海書局，1989年），頁31-2至33-1。

不僅獻專諸刺吳王僚，使闔閭得立，「世人莫知其能」的孫武在得到伍子胥推薦後，亦能發揮才能，在在都突出了伍子胥的識人之才。在對伍子胥「智」形象的描寫中，《韓非子》所載之伍子胥用計使楚國臨陣換將一事，亦在《吳越春秋》中出現：

> 闔閭聞楚得湛盧之，因斯發怒，遂使孫武、伍胥、白喜伐楚。子胥陰令宣言於楚曰：「楚用子期爲將，吾即得而殺之；子常用兵，吾即去之。」
>
> 楚聞之，因用子常，退子期。吳拔六與二邑。〔註154〕

在《吳越春秋》中不僅承襲前代對於伍子胥機智事蹟的描寫，亦透過對話與事件細節的補充，使伍子胥手段高明、熟悉情勢，且能知人用人的形象不斷被突出，強化了伍子胥的「智」形象。

對於伍子胥故事，《吳越春秋》依循前代文本的架構踵事增華，使伍子胥故事更加生動、傾向小說化，且雜糅生動的民間色彩，如鞭屍一段：

> 伍胥以不得昭王，乃掘平王之墓，出其屍，鞭之三百，左足踐腹，右手抉其目，誚之曰：「誰使汝用讒諛之口，殺我父兄，豈不冤哉？」
>
> 即令闔閭妻昭王夫人，伍胥、孫武、白喜亦妻子常、司馬成之妻，以辱楚之君臣也。〔註155〕

除了挖開楚平王之墓，伍子胥更「出其屍，鞭之三百，左足踐腹，右手抉其目」，這些情節在伍子胥故事中更是首見。《史記》僅言「鞭尸三百」便已被太史公言「甚已哉」，《吳越春秋》卻更讓伍子胥「左足踐腹，右手抉其目」，並爲伍子胥安排了一句對白數落楚王，並使吳國君臣「辱楚之君臣」，將復仇色彩發揮到極致，而此段對於復仇行動的刻劃也顯示伍子胥故事發展至此階段已帶有民間文本生氣盎然的特色。

在復仇情節後，除了如同《左傳》、《史記》補述了申包胥救楚一事，《吳越春秋》則先安排伍子胥報恩的情節：

> 遂引軍擊鄭，鄭定公前殺太子建而困迫子胥。自此，鄭定公大懼，乃令國中曰：「有能還吳軍者，吾與分國而治。」漁者之子應募曰：「臣能還之。不用尺兵斗糧，得一橈而行歌道中，即還矣。」公乃與漁者之子橈。子胥軍將至，當道扣橈而歌曰：「蘆中人。」如是再。

〔註154〕〔東漢〕趙曄：《吳越春秋》，（上海：上海書局，1989年），頁36-1。
〔註155〕〔東漢〕趙曄：《吳越春秋》，（上海：上海書局，1989年），頁39-2至40-1。

> 子胥聞之，愕然大驚，曰：「何等謂與語，公爲何誰矣？」曰：「漁
> 父者子。吾國君懼怖，令於國：有能還吳軍者，與之分國而治。臣
> 念前人與君相逢於途，今從君乞鄭之國。」子胥歎曰：「悲哉！吾蒙
> 子前人之恩，自致於此。上天蒼蒼，豈敢忘也？」於是乃釋鄭國，
> 還軍守楚，求昭王所在日急。〔註156〕

此情節在《越絕書》中亦有描述，然仍不及《吳越春秋》中詳細。作者先安
排鄭定公祭出「吾與分國而治」的獎賞，再讓漁者之子合理化地見伍子胥，
最後透過一問一答的情節安排，建構伍子胥守信與知恩圖報的形象。〈闔閭內
傳〉亦描寫伍子胥不忘恩情之作爲：

> 子胥等過溧陽瀨水之上，乃長太息曰：「吾嘗飢於此，乞食於一女子，
> 女子飼我，遂投水而亡。將欲報以百金，而不知其家。」乃投金水
> 中而去。有頃，一老嫗行哭而來，人問曰：「何哭之悲？」嫗曰：「吾
> 有女子，守居三十不嫁。往年擊綿於此，遇一窮途君子而輒飯之，
> 而恐事泄，自投於瀨水。今聞伍君來，不得其償，自傷虛死，是故
> 悲耳。」人曰：「子胥欲報百金，不知其家，投金水中而去矣。」嫗
> 遂取金而歸。〔註157〕

在途經溧陽瀨水時，伍子胥不僅謹記擊綿女往日援助，更「投金水中」使擊
綿女之母得以「取金而歸」。作者安排伍子胥二次在千鈞一髮之際獲得援助，
並且讓伍子胥對二次援助都能有所回報，突出伍子胥知恩、報恩的形象。於
此呼應伍子胥爲報吳國之恩而盡忠上諫的作爲，在這樣的安排下，亦產生提
升伍子胥正面形象的效果。

　　在《吳越春秋》中，作者將伍子胥故事進行了完整描述，更深刻描寫各
情節中的細節，不僅表現了闔閭對於伍子胥之極度信任、伍子胥的正面形象，
逃亡、復仇、忠諫君主、含恨而終等情節都有了完整的敘述以及情感的安排。
《吳越春秋》對於伍子胥故事的描寫，可看出其逐漸小說化的過程，伍子胥
故事在《越絕書》與《吳越春秋》的描寫下更爲複雜、生動，也蘊含了時代
氛圍與吳越一地的神秘色彩。

　　東漢時期後，對於伍子胥之評價更爲直截地出現於文本中，《越絕書》不
僅描寫伍子胥故事，作者更於文本中直截評論伍子胥，如《越絕書·越絕外

〔註156〕〔東漢〕趙曄：《吳越春秋》，（上海：上海書局，1989 年），頁 40-1 至 40-2。
〔註157〕〔東漢〕趙曄：《吳越春秋》，（上海：上海書局，1989 年），頁 43-2 至 44-1。

傳本事》即直言子胥之忠：

> 子胥懷忠，不忍君沈惑於讒，社稷之傾。絕命危邦，不顧長生，切
> 切爭諫，終不見聽。〔註158〕

此時期之伍子胥評價已較前代更爲成熟，除了受情節變化而突出「智」、「勇」、
「忠」、「知恩圖報」等形象的影響，前代文人對伍子胥的評論亦產生作用。
不僅直言伍子胥所懷者爲「忠」，更有直言伍子胥是爲「忠臣」者，如〈越絕
外傳記吳王占夢〉：

> 范蠡數吳王曰：「王有過者五，寧知之乎？殺忠臣伍子胥、公孫聖。
> 胥爲人先知、忠信，中斷之入江；聖正言直諫，身死無功。此非大
> 過者二乎？〔註159〕

此處透過范蠡之口言伍子胥是爲「忠臣」，且「爲人先知、忠信」，肯定了伍
子胥的機智，更提高了伍子胥「忠」形象。除此之外，更有不直言伍子胥「忠」、
「忠臣」，而直接使用文字突出子胥之「忠」者：

> 子胥至直，不同邪曲。捐軀切諫，虧命爲邦。愛君如軀，憂邦如家。
> 是非不諱，直言不休。〔註160〕

作者評論伍子胥個性正直，且「愛君如軀，憂邦如家」，可顯見除了在情節中
一再展現、突顯，再加上《越絕書》作者之評價，伍子胥忠臣的形象發展至
東漢時期已較前代成熟。伍子胥故事至東漢時期後，雜糅民間傳說加以發展，
而伍子胥爲吳國運籌帷幄、洞悉情勢之「智」；才華洋溢、爲國傾力之「賢」
與「忠」形象亦逐漸成熟。在形象不斷疊加的作用下，「忠」形象甚至更被突
出，如：

> 夫吳知子胥賢，猶昏然誅之。傳曰：「人之將死，惡聞酒肉之味，邦
> 之將亡，惡聞忠臣之氣。」〔註161〕
> 內痛子胥忠諫邪君，反受其咎。夫差誅子胥，自此始亡之謂也。〔註162〕
> 仁能生勇，故次以荊平也，勇子胥忠、正、信、智以明也。智能生
> 詐，故次以吳人也，善其務救蔡，勇其伐荊。〔註163〕

〔註158〕李步嘉校釋：《越絕書》，（武昌：武昌大學出版社，1992年），頁3。
〔註159〕李步嘉校釋：《越絕書》，（武昌：武昌大學出版社，1992年），頁253。
〔註160〕李步嘉校釋：《越絕書》，（武昌：武昌大學出版社，1992年），頁135。
〔註161〕李步嘉校釋：《越絕書》，（武昌：武昌大學出版社，1992年），頁325。
〔註162〕李步嘉校釋：《越絕書》，（武昌：武昌大學出版社，1992年），頁327。
〔註163〕李步嘉校釋：《越絕書》，（武昌：武昌大學出版社，1992年），頁337。

《越絕書》除了直言伍子胥是為「忠臣」，謂之行為為「忠諫」，更說伍子胥擁有「忠、正、信、智」等品格，伍子胥形象於此時期除了透過故事演繹得更為立體，亦可看出世人對其評價的提昇。

綜觀言之，雖《越絕書》所載較為破碎，但在敘述故事之餘，作者亦會介入敘述以評價伍子胥，如此可看出作者對伍子胥形象用力突顯的痕跡。伍子胥故事發展至《吳越春秋》趨於完整，雖作者並未於行文中置入自己對子胥之評價，然透過情節複雜、增加人物及對話的安排等，伍子胥形象在情節的流動下更添血肉，躍然紙上，其智、其勇、其忠、其賢毋需透過他人評價便能見於故事中。如在出奔前兄弟二人商議之段落，情節安排到了東漢時期已皆為由伍子胥主導並分析，甚至在《吳越春秋》中伍子胥更以卜卦之方式斷吉凶。伍子胥於此時期不僅富有智慧，更有卜卦之能力，此為「智」之展現；逃亡過程貫弓、執矢、張弓布矢等則顯現了其「勇」，而如此「智」與「勇」之表現所蓄積的能量為的就是「復仇」大戲，先安排了有張力的逃亡過程與被漁父、擊綿女援助的情節，歷經長年潛藏等待報仇之時，最終以大快人心的鞭屍、辱楚臣情節作為復仇大戲之結尾，可看出作者安排的別有用心。

復仇大戲後便是向知己、用己的吳國效忠，《吳越春秋》安排了伍子胥以「智」為闔閭、夫差謀畫之過程，使吳國情勢如日中天，強化了子胥對吳之忠，讓子胥發揮其智以報效吳國納己之恩。而伍子胥知恩圖報之性格亦展現於遇漁父之子、擊綿女之母的情節中，不僅有所呼應更有強化的作用。將二者對比觀之，伍子胥於《越絕書》與《吳越春秋》中呈顯出的主要核心形象為「忠」與為父復仇之「孝」，而「智」、「勇」、「賢」等可視為伍子胥為求「忠」與復仇成功而使用的方法。透過二書對於忠孝節義的強調，可見伍子胥於《越絕書》及《吳越春秋》中所被強調、展現的形象隱約帶有民間思想，因此可視為伍子胥故事由史傳系統進入民間系統的過渡。

不僅是小說化文本對伍子胥進行評價，亦可由士大夫階層書寫中，見伍子胥於此時期所被突顯的形象為何，如班固《漢書》便突出伍子胥之「忠」形象：

> 臣聞子胥盡忠而忘其號，比干盡仁而遺其身，忠臣竭誠不顧鈇鉞之誅以陳其愚，志在匡君安社稷也。〔註164〕

〔註164〕〔漢〕班固撰；〔唐〕顏師古注；楊家駱主編：《漢書》，〈武五子傳〉，（臺北：鼎文書局，1986年），頁2745。

此則載壺關三老上書爲太子平反，其中謂「子胥盡忠」，並且將伍子胥與比干合而稱之，認爲「忠臣竭誠不顧鈇鉞之誅」，只因忠臣「志在匡君安社稷」，不但將焦點置於伍子胥「忠」形象的展現，以子胥爲忠臣例更可見伍子胥與「忠」的連結。對伍子胥有同樣評價者尚有〈東方朔傳〉、〈蓋諸葛劉鄭孫毋將何傳〉中所錄：

> 今世之處士，魁然無徒，廓然獨居，上觀許由，下察接輿，計同范蠡，忠合子胥，天下和平，與義相扶，寡耦少徒，固其宜也，子何疑於我哉？若夫燕之用樂毅，秦之任李斯，酈食其之下齊，說行如流，曲從如環，所欲必得，功若丘山，海內定，國家安，是遇其時也，子又何怪之邪！〔註165〕

> 是後所言益不用，豐復上書言：「臣聞伯奇孝而棄於親，子胥忠而誅於君，隱公慈而殺於弟，叔武弟而殺於兄。夫以四子之行，屈平之材，然猶不能自顯而被刑戮，豈不足以觀哉！使臣殺身以安國，蒙誅以顯君，臣誠願之。獨恐未有云補，而爲眾邪所排，令讒夫得遂，正直之路雍塞，忠臣沮心，智士杜口，此愚臣之所懼也。」〔註166〕

東方朔言處士之性格，其中「忠」之屬即以伍子胥作爲代表，可見在伍子胥所呈現的眾多形象中，「忠」已成爲其標誌。豐復所上之書亦以伍子胥忠而被誅之典故來說明自己畏讒之心境，將伍子胥忠於吳國而被太宰嚭讒之事作爲事例，將自己投射入伍子胥角色，申明己志，除突出伍子胥「忠」形象，亦強化伍子胥與「忠」形象之間的連結。

原先透過故事呈現的伍子胥形象，在文人用典進行創作時，因需不同而有所揀選；在東漢末年至魏晉時期，在伍子胥故事逐漸成熟的作用下，伍子胥各形象亦隨著情節發展與文人評價消長。「智」、「賢」、「忠」在此時期確立，成爲伍子胥最爲人所知的形象，強而有力地附掛於伍子胥身上，而其中又以「忠」形象最爲突出，如范曄《後漢書》的〈鄧寇列傳〉所載：

> 臣聞勇者不逃死，智者不重困，固不爲明朝惜垂盡之命，願赴湘、

〔註165〕〔漢〕班固撰；〔唐〕顏師古注；楊家駱主編：《漢書》，（臺北：鼎文書局，1986年），頁2867。

〔註166〕〔漢〕班固撰；〔唐〕顏師古注；楊家駱主編：《漢書》，（臺北：鼎文書局，1986年），頁3250。

沅之波，從屈原之悲，沈江湖之流，弔子胥之哀。臣功臣苗緒，生
長王國，懼獨含恨以葬江魚之腹，無以自別於世，不勝狐死首丘之
情，營魂識路之懷。犯冒王怒，觸突帝禁，伏於兩觀，陳訴毒痛，
然後登金鑊，入沸湯，糜爛於熾爨之下，九死而未悔。悲夫，久生
亦復何聊！蓋忠臣殺身以解君怒，孝子殞命以寧親怨，故大舜不避
塗廩浚井之難，申生不辭姬氏讒邪之謗。〔註167〕

寇恂之曾孫寇榮於逃亡途中上書，內容便以子胥、屈原典故來表明己志，「忠
臣殺身以解君怒」一句可見此處子胥與屈原皆被列於忠臣之屬，伍子胥形
象「忠」形象由文人揀選而得到突顯。除了言子胥「忠」，東漢末荀悅所著
《前漢紀》亦透過比併屈原等歷史忠賢之臣的筆法，將伍子胥入於忠臣之
列：

夫知賢之難，用人不易，忠臣自古之難也。雖在明世，且猶若茲，
而況亂君闇主者乎？然則屈原赴湘水，子胥鴟夷於江，安足恨
哉？……夫忠臣之於其主，猶孝子之於其親，盡心焉，盡力焉，進
而喜，非貪位，退而憂，非懷寵，結志於心，慕戀不已，進得及時，
樂行其道。……此忠臣所以泣血，賢俊所以傷心也。〔註168〕

荀悅於此評論馮唐與國君討論得名臣則可不憂匈奴一事，《前漢記》以屈原、
伍子胥等典故進行論述，直謂「此忠臣所以泣血，賢俊所以傷心也」，說明忠
賢之臣不爲君所用、忠臣心懸君主卻抑鬱不得志之慨，不僅將屈原、伍子胥
並列同屬，更評價屈原、子胥是爲「忠臣」，突顯伍子胥的「忠」形象。

　　西漢時期較常將伍子胥與之比併者爲比干，二者皆以忠心而得名；東漢
開始，以屈原作爲和伍子胥相互比併之對象的狀況日益增加〔註169〕。屈原投
水自盡與子胥死後以鴟夷裹尸而投水相似，且屈原所作之《九章》更用伍子
胥典故以抒發悲懷，頗有惺惺相惜之義，是故世人將二者歸爲忠臣之列，且
二人傳說皆與江水有關，發展至後世更有觀潮以紀念伍子胥之說〔註170〕，不

〔註167〕 〔劉宋〕范曄撰；〔唐〕李賢等注；〔晉〕司馬彪補志；楊家駱主編：《後漢書》，
　　　　　（臺北：鼎文書局，1981年），頁631至632。
〔註168〕 〔漢〕荀悅：《前漢紀》，（臺北：臺灣商務印書館，1971年），頁74。
〔註169〕 此處並非指伍子胥與屈原比併之情形從東漢始見，而是指東漢時期後此情形
　　　　　之數量大幅提高。西漢時期東方朔即以伍子胥與屈原之典故爲文，因此此情
　　　　　形並非東漢後始見。
〔註170〕 張瑞芬提出「今江浙一帶，每逢八月十八必有觀潮盛事，並祭祀子胥」，並且
　　　　　將子胥視爲漲潮之神；而關於子胥與屈原皆被視爲水神之因，張瑞芬認爲「早

難想像二者被塑造成相似形象的原因。

　　對於「復仇」之描寫或評價原本僅在伍子胥故事中可見，因文人多使用伍子胥忠諫吳王卻不遇之事作為典故，因此在文人創作中，伍子胥隱忍為復仇之戲份不若「忠諫」來得多，然至魏晉時期，伍子胥復仇事蹟得到文人側重，成為說明己志的材料之一：

> 寶夤對曰：「讎恥未復，枕戈俟旦，雖無申包之志，敢忘伍胥之心。今仰仗神謀，俯屬將帥，誓必拉彼姦勁，以清王略。聖澤下臨，不勝悲荷。」因泣涕橫流，哽咽良久。於後，盧昶軍敗，唯寶夤全師而歸。〔註171〕

在「讎恥未復，枕戈俟旦」後，以「敢忘伍胥之心」說明自己如同伍子胥一般，片刻不敢忘為父兄報仇，以此申明己志；此處側重伍子胥復仇行動所展現出的形象，展現伍子胥隱忍、堅毅的形象。同樣側重此形象者，於《魏書》中亦可見：

> 尋徵肅入朝，高祖手詔曰：「不見君子，中心如醉，一日三歲，我勞如何。飾館華林，拂席相待，卿欲以何日發汝墳也？故復此敕。」又詔曰：「肅丁荼蓼之世，志等伍胥，自拔吳州，膺求魏縣，躬操忘禮之本，而同無數之喪，誓雪怨恥，方展申復，窮諭再期，蔬絰不改，誠季世之高風，末代之孝節也。……」〔註172〕

「志等伍胥」同樣以伍子胥發憤復仇作為側重點，途中雖飢寒交迫，數度入危境，伍子胥仍隱忍並且堅持，如此評價亦肯定伍子胥堅忍不拔，未敢忘父兄之死的孝心。不同於將焦點置於伍子胥之忠諫或智慧、賢能的展現，「復仇」於此亦得到關注，然伍子胥之「忠臣」形象發展至此時已趨成熟，「忠」與伍子胥之連結更為深沈，如《晉書》便以評價伍子胥忠臣形象作為焦點：

> 夫名狀以當才為清，品輩以得實為平，安危之要，不可不明。清平者，政化之美也；枉濫者，亂敗之惡也，不可不察。然人才異能，備體者寡。器有大小，達有早晚。前鄙後修，宜受日新之報；抱正

期子胥為江神之說與屈原合流，是以二人皆沉江故，而後江浙海潮與子胥傳說結合」，才與五月五日弔屈原的活動一分為二，自此才區分出端午祭悼屈原、觀潮以念子胥的傳統。參考自張瑞芬：《伍子胥變文及其故事之研究》，中國文化大學中國文學研究所，碩士論文，1985年，頁304至305。

〔註171〕〔北齊〕魏收撰；西魏書〔清〕謝啓昆撰；楊家駱主編：《魏書》，（臺北：鼎文書局，1980年），頁1315。

〔註172〕〔北齊〕魏收撰；西魏書〔清〕謝啓昆撰；楊家駱主編：《魏書》，（臺北：鼎文書局，1980年），頁1408。

違時，宜有質直之稱；度遠闊小，宜得殊俗之狀；任直不飾，宜得
清實之譽；行寡才優，宜獲器任之用。是以三仁殊塗而同歸，四子
異行而均義。陳平、韓信笑侮於邑里，而收功於帝王；屈原、伍胥
不容於人主，而顯名於竹帛，是篤論之所明也。〔註173〕

此處說明政治之所以清美，正因人之性質所致；屈原、伍胥雖不被君主所用，
卻能揚名於歷史中，雖無明確直接評價屈原與子胥，但此種比併方式即暗示
了屈原與子胥雖不遇卻仍力諫君王，肯定伍子胥之「忠」，亦是對於伍子胥「忠」
形象的顯揚。

　　伍子胥各形象歷經了先秦時期的初步建構、西漢時期的蓬勃發展。至東
漢時期，在《越絕書》與《吳越春秋》對伍子胥故事的描寫下，已可看見原
本多元發展的伍子胥形象於此時期已漸趨穩定，且「智」、「忠」、「賢」形象
更被凸顯，甚至「忠」已被視為伍子胥之核心形象，與伍子胥間的連結最為
深刻；每每言及伍子胥或用子胥典時必言其「忠」。「忠」形象的穩定影響伍
子胥於魏晉後之評價，在東漢至魏晉南北朝這段時間，伍子胥故事隨著情節
小說化的作用趨於穩定，人物形象逐漸進入成熟期，影響士大夫階層對於伍
子胥形象的揀選與應用。

二、子部與集部中的伍子胥

　　除《越絕書》、《吳越春秋》等史部文本對於伍子胥形象的塑造與突顯，
在士大夫用伍子胥典故的揀選中，亦可見伍子胥形象的突出。如李蕭遠〈運
命論〉中，伍子胥亦作為一「忠臣」出現：

夫忠直之近於主，獨立之負於俗，理勢然也。……蓋見龍逢比干之
亡其身，而不惟飛廉惡來之滅其族也。蓋知伍子胥之屬鏤力俱於吳，
而不戒費無忌之誅夷於楚也。〔註174〕

李蕭遠言忠直之士諍諫上位者則被視為忤逆，後以關龍逢、比干、伍子胥等
人遭殺身之事作為典故，雖〈運命論〉主要論點在於無論命、運、時，皆為
天定而不可改變，然在行文中，李蕭遠將伍子胥作為「忠直」之代表，於此
亦可知魏晉時期伍子胥「忠」形象不但較為突出，更已然進入成熟階段；在

〔註173〕〔唐〕房玄齡等撰；楊家駱主編：《晉書》，（臺北：鼎文書局，1980年），頁
　　　　　1273至1274。
〔註174〕〔梁〕蕭統編；〔唐〕李善注：《文選》，（上海：上海古籍出版社，1986年），
　　　　　頁2302至2303。

文人需能夠在文人用典時。南朝劉孝標〈辯命論〉同是透過人物比併而用典以述其論者，不同的是劉孝標比併的對象爲伍子胥與屈原：

> 至乃伍員浮尸於江流，三閭沈骸於湘渚。賈大夫沮志於長沙，馮都尉皓髮於郎署。君山鴻漸，鎩翼羽儀於高雲；敬通鳳起，摧迅翮於風穴。此豈才不足而行有遺哉？〔註175〕

〈辯命論〉一段透過伍子胥、三閭大夫屈原、賈誼等不遇之能臣長才不得伸展的事蹟，表述其認爲人窮達皆由天命所定之論點，子胥、屈原、賈誼等人皆爲有才卻不得志之代表，可看出〈辯命論〉所聚焦處爲三人「懷才不遇」，可視爲文人揀選伍子胥形象後所做出的投射。除此之外，劉孝標用伍子胥典故處尚有〈廣絕交論〉：

> 是以伍員濯溉於宰嚭，張王撫翼於陳相。是曰窮交，其流四也。〔註176〕

此謂宰嚭因伍子胥而榮顯，然宰嚭「既貴而譖員」〔註177〕，諷刺南朝士大夫階層的無情世態，因伍子胥才能而使宰嚭得以榮顯，因此〈廣絕交論〉在用伍子胥典故說理的同時，伍子胥使宰嚭得以顯貴的才能與機智也被特別突出。

王逸於〈九思〉中亦以「俛念兮子胥，仰憐兮比干」〔註178〕一句，將比干與伍子胥之典故作爲對象以抒發感慨，伍子胥形象於此透過比併合稱的評價方式，突顯其「忠」而「不遇」的際遇。這些用伍子胥典故的手法，造成伍子胥形象於文人創作中的呈現有所不同；原先在故事中所呈現之伍子胥形象是多元的，不僅「智」且「勇」、不僅「孝」且「忠」，但在文人爲創作需求而揀選的狀況下，伍子胥部份形象得到側重，突顯於世人眼前。在因前文本採用伍子胥 A 形象後，進而影響後文本對伍子胥形象的接受，致使後文本用伍子胥典故時，同樣採用 A 形象作爲素材。經由此過程，伍子胥形象歷經揀選、突出，逐漸以穩定且成熟的某一形象出現，但能肯定的是，不論創作

〔註175〕〔梁〕蕭統編；〔唐〕李善注：《文選》，（上海：上海古籍出版社，1986 年），頁 2348。

〔註176〕〔梁〕蕭統編；〔唐〕李善注：《文選》，（上海：上海古籍出版社，1986 年），頁 2373。

〔註177〕李善之注。見於〔梁〕蕭統編；〔唐〕李善注：《文選》，（上海：上海古籍出版社，1986 年），頁 2373。

〔註178〕〔宋〕洪興祖撰；白化文等點校：《楚辭補注》，〈哀歲〉，（北京：中華書局，1983 年），頁 325。

目的是為慨嘆自己的不遇、或提出思想論述，伍子胥「智」、「忠」、「賢」於此時期被不斷使用而更為突出，可見伍子胥形象的成熟。

第參章　伍子胥形象的聚焦及變異

　　伍子胥故事歷經東漢至魏晉南北朝時期間的發展，情節趨於小說化，而《越絕書》、《吳越春秋》對伍子胥故事之擴增，亦影響《伍子胥變文》中的伍子胥故事及其形象，充分展現民間文學的生命力。進入唐代後，在士大夫文學方面，唐詩、唐文中，因文人身份、際遇與話語場域等因素的作用下，文人用伍子胥典故多側重其「忠」形象，「忠」於此得到聚焦；另一方面，於《伍子胥變文》中，則可看見濃厚宗教性與民間色彩。

　　伍子胥「忠」形象不僅於士大夫文學中獲得聚焦，其形象的神格化更於此時完成：筆記小說中稱其為「伍子胥神」、「五髭鬚神」，視之為江神；唐詩中亦多有以「伍胥濤」、「伍胥潮」等民間傳說作為典故之作，不僅反映民間性，子胥之怒化為洶湧波濤的傳說更加入了詩人不遇情結的投射。唐文中除有側重伍子胥的「忠」形象並以之為典者，更有朝臣針對伍員廟是否重修一事上書之作，表現唐代伍子胥形象於士庶階層間互相流動的情形。在這個伍子胥形象已純然成熟的階段，不論文學載體屬於雅正或是通俗，伍子胥之「忠」與神格化形象皆於此時期在雅俗間彼此流動、互相涉入，不僅推動後世對伍子胥故事進行更複雜的演繹，亦影響伍子胥形象的呈現。

第一節　伍子胥形象的價值投射：「忠」的聚焦

　　伍子胥形象歷經建構、發展，至魏晉南北朝後進入成熟階段，至《伍子胥變文》的描寫，情節不但更為複雜且雜糅民間色彩，至此，故事架構及情節大致不出《越絕書》、《吳越春秋》及《伍子胥變文》所載。唐代文學繁盛，

伍子胥於文人創作中乃是熱門的用典素材，在伍子胥多元的形象中，唐朝文人特別揀選伍子胥「忠」形象進行論述，而在如此聚焦「忠」形象的作用下，亦反映出文人投射自身不遇於伍子胥身上的情結。以下分別論述伍子胥於注疏、唐詩與唐文中被偏重的形象。

一、注疏中的伍子胥

唐朝時期，伍子胥「忠臣」形象已成熟，不論是典故使用或是文人評價中，對伍子胥「忠」形象之描寫佔大多數，如李善多次於《文選》注中謂伍子胥「忠臣」，在〈王文考魯靈光殿賦〉中「忠臣孝子，烈士貞女」〔註1〕一句，李善注：

> 忠臣，屈原、子胥之等。孝子，申生、伯奇之等。烈士，豫讓、聶政之等。貞女，梁寡、昭姜之等。〔註2〕

在伍子胥故事中，其表現出的形象並非僅是「忠」爾，透過其爲父報仇、交託伍家子嗣予友人的行爲，更可見其「孝」；然李善於此將伍子胥列爲忠臣之屬，而非孝子之屬，便可見在伍子胥「復仇」與「忠諫」兩大核心記事中，李善對於後者的側重。同樣評價亦可見於宋玉〈九辯〉注，在「卻騏驥而不乘兮」〔註3〕一句，李善注：「斥逐子胥與比干也。」〔註4〕宋玉於〈九辯〉中抒發不遇之慨，以「騏驥」等良馬比喻自己，如同良馬不被騎乘、無法展現價值般，宋玉有才卻不遇，因此抒懷。李善於此注「卻騏驥而不乘兮」如同「斥逐子胥與比干」般，可看出李善對於伍子胥及比干之評價，認爲其爲騏驥之才，且將伍子胥與比干合書，不僅突出二人的不遇際遇，也側重二人的「忠」形象。

在注屈原〈九章‧涉江〉：「忠不必用兮，賢不必以。伍子逢殃兮，比干菹醢。與前世而皆然兮，吾又何怨乎今之人！」〔註5〕一句，李注：

〔註1〕〔梁〕蕭統編；〔唐〕李善注：《文選》，（上海：上海古籍出版社，1986年），頁516。

〔註2〕〔梁〕蕭統編；〔唐〕李善注：《文選》，（上海：上海古籍出版社，1986年），頁516。

〔註3〕〔梁〕蕭統編；〔唐〕李善注：《文選》，（上海：上海古籍出版社，1986年），頁1537。

〔註4〕〔梁〕蕭統編；〔唐〕李善注：《文選》，（上海：上海古籍出版社，1986年），頁1537。

〔註5〕〔梁〕蕭統編；〔唐〕李善注：《文選》，（上海：上海古籍出版社，1986年），頁1529。

伍子，伍子胥也。爲吳王夫差臣，諫令伐越，夫差不聽，遂賜劍而
自殺。後越竟滅吳。故逢殃也。……謂行忠直而遇患害，若比干、
子胥也。〔註6〕

屈原際遇與伍子胥雷同，因而以伍子胥故事作爲典故以抒發憤懣時，亦可見
屈原此處的心理投射；透過屈原的引用，後人在接受屈原對伍子胥之書寫時，
亦可能因屈原眼光而影響自身對伍子胥的評價。李善於注中將伍子胥故事詳
細描寫，並同於屈原地將伍子胥視爲「忠直」之臣，伍子胥「忠」形象於此
處再被加深一筆。

　　不僅是伍子胥形象，在李善注〈吳都賦〉「犲狺靈胥」〔註7〕一句，更可
見伍子胥形象變化、疊加的過程：

靈胥，伍子胥神也。昔吳王殺子胥於江，沈其尸於江，後爲神，江
海之間莫不尊畏子胥。將濟者，皆敬祠其靈，以爲性命，舟檝之師，
獨能犲狺之也。……《越絕書》曰：「子胥死，王使捐於大江口，乃
發憤馳騰，氣若奔馬，乃歸神大海，蓋子胥水仙也。」〔註8〕

李善謂「靈胥」是爲「伍子胥神」，因《越絕書》載伍子胥憤氣致使江潮奔騰，
成爲「水仙」，可見伍子胥形象已受《越絕書》稱其「水仙」及東漢始流傳的
水神信仰影響，伍子胥已從《史記》中吳人爲之立祠的歷史地位，提昇至「神」
層次，可見伍子胥神格化的軌跡，亦可見江海地區的伍子胥信仰。在民間信
仰與文學記述的強化下，「伍子胥神」在唐代已不僅是民間所產生的產物，而
是在士庶階層間不斷流動的伍子胥形象之一，文人雅士、黎民百姓對伍子胥
神的認識不因身份階級而有所差異。

二、唐詩中的伍子胥

　　除了《伍子胥變文》中所展現的伍子胥形象，文人於創作中使用伍子
胥典故時，亦可見伍子胥於此時期所被聚焦的形象爲何。唐詩中，以伍子
胥事蹟作爲典故以創作者，題材多懷古、詠史或純粹用典之作，共四十九

〔註6〕〔梁〕蕭統編；〔唐〕李善注：《文選》，（上海：上海古籍出版社，1986年），
頁1529。

〔註7〕〔梁〕蕭統編；〔唐〕李善注：《文選》，（上海：上海古籍出版社，1986年），
頁227。

〔註8〕〔梁〕蕭統編；〔唐〕李善注：《文選》，（上海：上海古籍出版社，1986年），
頁227。

首，且多偏重伍子胥之「忠」，將視線聚焦於伍子胥的「忠」形象，可見伍子胥忠臣形象於唐代已然成熟。以伍子胥典故入詩者，內容可分為純寫景之作、觸景懷古、聚焦於伍子胥「忠」形象藉以詠史或懷古以抒慨。〔註9〕除純粹寫景的主題，不論以「伍胥濤」、「伍胥潮」為典，或寫子胥遭遇等懷古之作，或以史事抒發己慨者，詩人有志一同地在詩中揀選伍子胥「忠」形象作為材料，不僅可見伍子胥與「忠臣」二字間的強力連結，亦可見在詩人不遇心理的投射下，「忠」價值的突出。下表為伍子胥相關詩作之內容性質及其數量：

（表一：唐詩中與伍子胥相關詩作的主題與數量）

詩作主題		數量	內容
純粹寫景		14 則	單純寫潮景或伍相廟周邊景觀，或以子胥借代潮水，豐富詩作想像。
部份隱含投射	觸景懷古	11 則	因遺跡、景色懷古，或抒發滄海桑田之慨
忠形象聚焦	忠	8 則	寫子胥不遇、冤與憤等，皆可視為「忠」形象的深層表現。
	不遇	8 則	
	冤	4 則	
	憤	4 則	

「純粹寫景」一類，包含孟浩然〈與杭州薛司戶登樟亭樓作〉、孫逖〈立秋日題安昌寺北山亭〉、李端〈幽居作〉、白居易〈杭州春望〉及〈微之重誇州居，其落句有西州羅剎之謔，因嘲茲石，聊以寄懷〉及〈憶杭州梅花因敘舊遊寄蕭協律〉、李紳〈欲到西陵寄王行周〉、元稹〈渡漢江〉、賈島〈送劉知新往襄陽〉、李德裕〈述夢詩四十韻〉、陸龜蒙〈奉酬襲美先輩吳中苦雨一百韻〉、貫休〈觀懷素草書歌〉、黃滔〈寄蔣先輩〉等作。

此類多為詩人於觀景、觀潮之際，因景懸想伍子胥江潮傳說；「伍胥濤／潮」之說雖入詩為典，然其中並無對伍子胥有所評價，亦無突出其形象，但卻能看出。「伍胥濤／潮」傳說於唐代已然成熟。如「山藏伯禹穴，城壓伍胥

〔註9〕本文對「懷古」詩與「詠史」詩之界定，參考自李世忠：〈詠史懷古辨異〉，《唐山師範學院學報》，第 28 卷第 4 期，2006 年 7 月，頁 20 至 22。廣泛而稱，「懷古」與「詠史」皆屬於「詠史」之範疇。

濤」〔註10〕、「山圍伯禹廟，江落伍胥潮」〔註11〕，僅是詩人於觀景時所見，並以「伍胥濤」、「伍胥潮」形容潮水。「回潮迎伍相，驟雨送湘君」〔註12〕、「地接三茅嶺，川迎伍子濤」〔註13〕、「塚上題詩蘇小見，江頭酹酒伍員來」〔註14〕亦然，是爲想像在潮水襲來之際迎接伍子胥，將伍胥潮傳說作爲典故入詩。白居易之「濤聲夜入伍員廟，柳色春藏蘇小家」〔註15〕、「伍相廟邊繁似雪，孤山園裡麗如妝」〔註16〕；李紳「猶瞻伍相青山廟，未見雙童白鶴橋」〔註17〕；賈島「花木三層寺，煙波五相樓」〔註18〕，皆爲純粹描寫杭州伍相廟周邊景色之作。又如「嵌空石面標羅刹，壓捺潮頭敵子胥」〔註19〕，以「子胥」借代潮水以寫景抒懷，並無突出子胥形象；「鯢鯨歸穴東溟溢，又作波濤隨伍員」、「又疑伍胥濤，蛟蜃相蹙拶」〔註20〕、「羅刹石上坐伍子胥，蒯通八字立對漢高祖」〔註21〕亦同，僅是將伍子胥視爲江神，或隨波濤而流，或與魚龍翻騰於水中，或坐於水中險石羅刹之上，作爲豐富詩人寫景想像之用。

〔註10〕孟浩然〈與杭州薛司戶登樟亭樓作〉。錄於〔清〕彭定求、楊中訥等輯：《全唐詩》，（臺北：明倫出版社，1971 年），卷 16，頁 1644。

〔註11〕孫逖〈立秋日題安昌寺北山亭〉。錄於〔清〕彭定求、楊中訥等輯：《全唐詩》，（臺北：明倫出版社，1971 年），卷 118，頁 1197。

〔註12〕李端〈幽居作〉。錄於〔清〕彭定求、楊中訥等輯：《全唐詩》，（臺北：明倫出版社，1971 年），卷 286，頁 3279。

〔註13〕李德裕〈述夢詩四十韻〉。錄於〔清〕彭定求、楊中訥等輯：《全唐詩》，（臺北：明倫出版社，1971 年），卷 475，頁 5390 至 5391。

〔註14〕黃滔〈寄蔣先輩〉。錄於〔清〕彭定求、楊中訥等輯：《全唐詩》，（臺北：明倫出版社，1971 年），卷 705，頁 8111。

〔註15〕白居易〈杭州春望〉。錄於〔清〕彭定求、楊中訥等輯：《全唐詩》，（臺北：明倫出版社，1971 年），卷 443，頁 4959。

〔註16〕白居易〈憶杭州梅花因敘舊遊寄蕭協律〉。錄於〔清〕彭定求、楊中訥等輯：《全唐詩》，（臺北：明倫出版社，1971 年），卷 446，頁 5013。

〔註17〕李紳〈欲到西陵寄王行周〉。錄於〔清〕彭定求、楊中訥等輯：《全唐詩》，（臺北：明倫出版社，1971 年），卷 483，頁 5493。

〔註18〕賈島〈送劉知新往襄陽〉。錄於〔清〕彭定求、楊中訥等輯：《全唐詩》，（臺北：明倫出版社，1971 年），卷 573，頁 6675 至 6676。

〔註19〕白居易〈微之重誇州居，其落句有西州羅刹之譴，因嘲茲石，聊以寄懷〉。錄於〔清〕彭定求、楊中訥等輯：《全唐詩》，（臺北：明倫出版社，1971 年），卷 446，頁 5000。

〔註20〕陸龜蒙〈奉酬襲美先輩吳中苦雨一百韻〉。錄於〔清〕彭定求、楊中訥等輯：《全唐詩》，（臺北：明倫出版社，1971 年），卷 617，頁 7111。

〔註21〕貫休〈觀懷素草書歌〉。錄於〔清〕彭定求、楊中訥等輯：《全唐詩》，（臺北：明倫出版社，1971 年），卷 828，頁 9335。

　　「觸景懷古」一類，包含李白〈遊溧陽北胡亭望瓦屋山懷古贈同旅〉、姚合〈杭州觀潮〉、徐凝〈題伍員廟〉、陸龜蒙〈奉和襲美館娃宮懷古次韻〉、羅隱〈送王使君赴蘇臺〉及〈青山廟〉、皮日休〈館娃宮懷古五絕〉之四、魚玄機〈浣紗廟〉、儲嗣宗〈得越中書〉、喻坦之〈題樟亭驛樓〉、李中〈姑蘇懷古〉之二等作。

　　此類詩作多爲詩人觀潮、接觸吳國遺跡或於伍相廟題詩，觸發情感而感懷歷史，進而抒發今昔盛衰之慨嘆或投射自身遭遇於其中，在詩人有意識揀選並投射自身不遇在伍子胥身上的作用下，伍子胥的部份形象於此些詩作中被賦予不同意義。如李白〈遊溧陽北湖亭望瓦屋山懷古贈同旅〉一首，李白遊溧陽而興懷古之情，因而作詩贈孟浩然，詩云：

> 聞有貞義女，振窮溧水灣。清光了在眼，白日如披顏。高墳五六墩，
> 崒兀棲猛虎。遺跡翳九泉，芳名動千古。子胥昔乞食，此女傾壺漿。
> 運開展宿憤，入楚鞭平王。〔註22〕

伍子胥於溧陽水邊向擊綿女乞食，得以飽餐一頓；在擊綿女自殺後，伍子胥再度踏上漫漫逃亡路。李白遊溧陽而懷想擊綿女助子胥事蹟，稱擊綿女爲「貞義女」，認爲伍子胥能「運開」而得以「入楚鞭平王」向楚王報仇成功，一展宿憤，此女功不可沒。李白以「憤」寫子胥，強調伍子胥對楚之「忠」崩解後，背負爲父兄報仇之志，展開逃亡並醞釀復仇的憤恨，突顯伍子胥「忠」卻被迫流亡、家破人亡之「憤」。

　　除遊溧陽懷想擊綿女事蹟、題詩伍員廟等作，亦有透過館娃宮懷古者，如陸龜蒙〈奉和襲美館娃宮懷古次韻〉、皮日休〈館娃宮懷古五絕〉之四二首：

> 鏤檔消落濯春雨，蒼翠無言空斷崖。草碧未能忘帝女，燕輕猶自識
> 宮釵。江山祇有愁容在，劍珮應和愧色埋。賴在伍員騷思少，吳王
> 才免似荊懷。〔註23〕
> 素襪雖遮未掩羞，越兵猶怕伍員頭。吳王恨魄今如在，只合西施瀨
> 上遊。〔註24〕

〔註22〕 李白〈遊溧陽北湖亭望瓦屋山懷古贈同旅〉。錄於〔清〕彭定求、楊中訥等輯：《全唐詩》，（臺北：明倫出版社，1971 年），卷 169，頁 1747。
〔註23〕 陸龜蒙〈奉和襲美館娃宮懷古次韻〉。錄於〔清〕彭定求、楊中訥等輯：《全唐詩》，（臺北：明倫出版社，1971 年），卷 625，頁 7180。
〔註24〕 皮日休〈館娃宮懷古五絕〉之四。錄於〔清〕彭定求、楊中訥等輯：《全唐詩》，（臺北：明倫出版社，1971 年），卷 615，頁 7096。

館娃宮相傳係吳王爲西施所建，吳王接受越國進貢珍寶、美人西施的賄賂，伍子胥屢次進諫不宜使越尚存一息，應一舉伐之以免後患無窮，然吳王對子胥之諫不予理會，最終吳果爲越所滅，應證伍子胥所言。二詩皆因館娃宮而懷想吳越爭霸史事，側面烘托了伍子胥爲吳國運籌帷幄、盡心之「忠」。魚玄機〈浣紗廟〉則描寫西施於吳越爭霸所產生的作用，在魚玄機懷想史事進而書寫時，亦間接地描繪出伍子胥形象，詩云：

> 吳越相謀計策多，浣紗神女已相和。一雙笑靨纏迴面，十萬精兵盡
> 倒戈。范蠡功成身隱遯，伍胥諫死國消磨。只今諸暨長江畔，空有
> 青山號苧蘿。〔註25〕

以范蠡因有所忌憚而不居功，選擇隱遯其身、保全性命的選擇，對比伍子胥的行動。「伍胥諫死國消磨」一句更可見伍子胥因忠諫而死之遭遇，而國家亦如同伍子胥所言滅亡，令人唏噓不已。此詩雖以西施爲核心書寫對象，然寫伍子胥「諫死」仍表突出了其忠心爲國的形象。

　　除此之外，姑蘇臺亦使詩人觸景懷古，生發今非昔比之嘆，如羅隱〈送王使君赴蘇臺〉以「兩地干戈連越絕，數年麋鹿臥姑蘇」寫吳越爭霸之勢與吳滅後繁華勝景轉爲破敗荒蕪、姑蘇臺爲麋鹿所棲的蒼涼；「疲甿賦重全家盡，舊族兵侵太半無。料得伍員兼旅寓，不妨招取好揶揄」則以自身遭遇與伍子胥呼應，頗有自嘲之意，然可見詩人如此筆法亦將伍子胥爲吳盡忠卻不得善終的形象與遭遇突出。李中〈姑蘇懷古〉之二亦是同樣手法，詩云：「花疑西子臉，濤想伍胥神」〔註26〕，藉由置身姑蘇懷想史實，寫及西施與伍子胥遭遇，將陣陣波濤化爲子胥之憤，將姑蘇今非昔比的滄桑感與子胥際遇相呼應，突顯其忠而不遇的形象。

　　儲嗣宗〈得越中書〉寫「詩想懷康樂，文應弔子胥」〔註27〕亦突出伍子胥令人感慨之遭遇，與「吳人憐之」的感情不謀而合。雖因寫景而觸發懷古惋才之情，卻也顯現子胥遭遇爲多數人所慨嘆、惋惜，詩人對伍子胥忠而不遇的憐憫與肯定於此得見。

〔註25〕魚玄機〈浣紗廟〉。錄於〔清〕彭定求、楊中訥等輯：《全唐詩》，（臺北：明倫出版社，1971年），卷804，頁9048。

〔註26〕李中〈姑蘇懷古〉二首之二。錄於〔清〕彭定求、楊中訥等輯：《全唐詩》，（臺北：明倫出版社，1971年），卷747，頁8498。

〔註27〕儲嗣宗〈得越中書〉。錄於〔清〕彭定求、楊中訥等輯：《全唐詩》，（臺北：明倫出版社，1971年），卷594，頁6884。

姚合〈杭州觀潮〉亦是觸景而懷想伍子胥遭遇之作：

浪高風更起，波急石難沈。鳥懼多遙過，龍驚不敢吟。坳如開玉穴，

危似走瓊岑。但礪千人魄，那知伍相心。〔註28〕

觀潮水「浪高風更起，波急石難沈」之勢，不僅「鳥懼多遙過」，更是「龍驚不敢吟」，見潮水洶湧之勢懷想子胥事蹟，「那知伍相心」一句將伍子胥忠於吳國卻被迫自刎、鴟夷沉江的忿恨，透過江水之勢的聯想，伍子胥的「忠」形象更在壯闊波瀾的景色裡被突出。

同樣筆法者尚有徐凝〈題伍員廟〉，詩人題詩伍員廟而懷想伍子胥事蹟，詩云：「千載空祠雲海頭，夫差亡國已千秋。浙波只有靈濤在，拜奠青山人不休。」〔註29〕以夫差亡國呼應「靈濤」，對比吳國滅亡已千載，然濤水卻年年洶湧，卻仍無法消解子胥之忿恨，伍子胥忠諫而不遇的遭遇於此得到強調。羅隱〈青山廟〉亦同，詩云：

市簫聲咽跡崎嶇，雪恥酬恩此丈夫。霸主兩亡時亦異，不知魂魄更

無歸。〔註30〕

羅隱寫由青山廟懷想伍子胥遭遇，藉由史事興發感慨。伍子胥於逃亡路途乞食、鼓腹吹簁，隱忍只為「雪恥」也為「酬恩」，羅隱於此處突顯伍子胥堅毅不拔、知恩圖報的形象。喻坦之〈題樟亭驛樓〉亦為透過景色遙想伍子胥事蹟與心緒之作，樟亭是為杭州觀潮之亭，詩云：「西陵煙樹色，長見伍員情」〔註31〕，藉由亭中所見美景，進而懷想伍子胥遭遇，忿恨化為濤水足見伍子胥之「情」。詩人以景烘托伍子胥忠諫而死的形象，突出子胥之「忠」。常雅〈題伍相廟〉亦是，詩云：「蒼蒼古廟映林巒，漠漠煙霞覆古壇。精魄不知何處在，威風猶入浙江寒。」〔註32〕描寫伍相廟周邊景色，並與伍子胥遭遇相合，遙想「精魄不知何處在」，謂子胥魂魄為「精魄」，於詩肯定伍子胥並以

〔註28〕姚合〈杭州觀潮〉。錄於〔清〕彭定求、楊中訥等輯：《全唐詩》，（臺北：明倫出版社，1971年），卷499，頁5677。

〔註29〕徐凝〈題伍員廟〉。錄於〔清〕彭定求、楊中訥等輯：《全唐詩》，（臺北：明倫出版社，1971年），卷474，頁5378。

〔註30〕羅隱〈青山廟〉。錄於〔清〕彭定求、楊中訥等輯：《全唐詩》，（臺北：明倫出版社，1971年），卷664，頁7609。

〔註31〕喻坦之〈題樟亭驛樓〉。錄於〔清〕彭定求、楊中訥等輯：《全唐詩》，（臺北：明倫出版社，1971年），卷713，頁8199。

〔註32〕常雅〈題伍相廟〉。錄於〔清〕彭定求、楊中訥等輯：《全唐詩》，（臺北：明倫出版社，1971年），卷850，頁9627。

「威風猶入浙江寒」嘆其不遇身死的遭遇。

　　「觸景懷古」一類為因景而觸發懷古之情的詩作，並且將史事入詩，透過文字含蓄表現伍子胥形象者；而「詠史、懷古以抒慨」一類則透過史事的描寫述及自身，可謂借古人之事書己懷抱，因此詩作多聚焦於伍子胥「忠」形象的書寫，而削弱其他形象，如此筆法亦與創作者的不遇情結有關。

　　在「詠史、懷古以抒慨」一類詩作中，對於伍子胥「忠」形象的書寫，又可因內涵區分：有僅言「忠」者、有言其忠而不遇者、有寫其雖「忠」卻蒙「冤」者、有言其忠諫身死而「憤」者。

　　以詩句表現伍子胥之「忠」者，有劉商〈姑蘇懷古，送秀才下第歸江南〉、元稹〈樂府古題：冬白紵〉、許渾〈重經姑蘇懷古〉二首之二、張祐〈送魏尚書赴鎮州行營〉、胡曾〈詠史詩：吳江〉與〈詠史詩：吳宮〉、儲嗣宗〈送顧陶校書歸錢塘〉、周曇〈春秋戰國門：夫差〉等作。於此些詩作中，可觀察到伍子胥忠臣形象為詩人所突顯，如劉商〈姑蘇懷古，送秀才下第歸江南〉，詩云：

> 伍員結舌長噓嘻，忠諫無因到君耳。城烏啼盡海霞銷，深掩金屏日高睡。王道潛驕伍員死，可嘆斗間瞻王氣。會稽句踐擁長矛，萬馬鳴蹄掃空壘。〔註33〕

詩人寫出伍子胥屢次上諫、「結舌長噓嘻」之忠，然「忠諫無因到君耳」，縱使懷忠心於胸臆之中，亦不為吳王所接受，最後含恨而終，如此筆法聚焦於對伍子胥「忠」的描寫。元稹〈樂府古題：冬白紵〉則作「寢醒閣報門無事，子胥死後言為諱。近王之臣諭王意，共笑越王窮慄慄。夜夜抱冰寒不睡。」〔註34〕以伍子胥屢諫吳王之事入詩，表現伍子胥為國懷忠而死之志，此為「忠」形象的突顯。張祐〈送魏尚書赴鎮州行營〉與許渾〈重經姑蘇懷古〉二首之二，對伍子胥的描寫更為直截，詩云：「伍員忠是節，陸績孝為心」〔註35〕、「當年國門外，誰識伍員忠」〔註36〕，伍子胥形象於「形象初建期」本為有

〔註33〕劉商〈姑蘇懷古，送秀才下第歸江南〉。錄於〔清〕彭定求、楊中訥等輯：《全唐詩》，（臺北：明倫出版社，1971 年），卷 303，頁 344。

〔註34〕元稹〈樂府古題：冬白紵〉。錄於〔清〕彭定求、楊中訥等輯：《全唐詩》，（臺北：明倫出版社，1971 年），卷 418，頁 4605。

〔註35〕張祐〈送魏尚書赴鎮州行營〉。錄於〔清〕彭定求、楊中訥等輯：《全唐詩》，（臺北：明倫出版社，1971 年），卷 510，頁 5803。

〔註36〕許渾〈重經姑蘇懷古〉二首之二。錄於〔清〕彭定求、楊中訥等輯：《全唐詩》，（臺北：明倫出版社，1971 年），卷 530，頁 6056。

智有勇、有孝有忠的多元呈現，然在張祜、許渾詩作中，將伍子胥歸於「忠」一類，直言其忠，可見伍子胥形象經歷代疊加、突出，於此時期「忠」形象已成為核心，使伍子胥作為一「忠臣」為詩人創作所用。

　　胡曾之詠史詩亦突顯伍子胥「忠」形象，〈吳江〉、〈吳宮〉二首皆透過史事表現子胥遭遇，詩云：「子胥今日委東流，吳國明朝亦古丘。大笑夫差諸將相，更無人解守蘇州。」〔註37〕、「草長黃池千里餘，歸來宗廟已丘墟。出師不聽忠臣諫，徒恥窮泉見子胥。」〔註38〕前者以子胥身已隨潮水東流、吳國亦已成古丘等事蹟作為呼應，寫吳王不納子胥之諫而終致滅亡的下場，突顯子胥忠諫卻死的悲慘遭遇；後者寫吳王「不聽忠臣諫」，亡國之際「徒恥窮泉見子胥」之事，以「忠臣」稱伍子胥，突顯伍子胥屢次上諫吳王的「忠臣」形象。寫伍子胥「直諫」、「忠臣」者，尚有儲嗣宗〈送顧陶校書歸錢塘〉與周曇〈春秋戰國門：夫差〉二首：

　　　清苦月偏知，南歸瘦馬遲。囊輕緣換酒，髮白為吟詩。水色西陵渡，
　　　松聲伍相祠。聖朝思直諫，不是掛冠時。〔註39〕

　　　信聽讒言疾不除，忠臣須殺竟何如。會稽既雪夫差死，泉下胡顏見
　　　子胥。〔註40〕

詩人突顯了伍子胥「直諫」的行動，謂其為「忠臣」，不僅係因創作需求而揀選「忠」形象來加以書寫，如此筆法亦將伍子胥「忠」形象特別刻畫出，在在加深伍子胥與「忠」價值的連結。

　　「詠史、懷古以抒慨」一類中，除有直截評論伍子胥「忠」以強化其形象者，亦有將焦點置於其忠而不遇的遭遇者，如李白〈行路難〉三首之三、〈江上贈竇長使〉與〈萬憤詞投魏郎中〉；薛據〈泊震澤口〉；吳筠〈覽古〉十四首之五；白居易〈雜興〉三首之三；殷堯藩〈吳宮〉；張祜〈送盧弘本浙東觀省〉等作。李白以數位歷史名臣與伍子胥比併合稱，詩云：

〔註37〕 胡曾〈詠史詩：吳江〉。錄於〔清〕彭定求、楊中訥等輯：《全唐詩》，（臺北：明倫出版社，1971 年），卷 647，頁 7422。

〔註38〕 胡曾〈詠史詩：吳宮〉。錄於〔清〕彭定求、楊中訥等輯：《全唐詩》，（臺北：明倫出版社，1971 年），卷 647，頁 7433。

〔註39〕 儲嗣宗〈送顧陶校書歸錢塘〉。錄於〔清〕彭定求、楊中訥等輯：《全唐詩》，（臺北：明倫出版社，1971 年），卷 594，頁 6888。

〔註40〕 周曇〈春秋戰國門：夫差〉。錄於〔清〕彭定求、楊中訥等輯：《全唐詩》，（臺北：明倫出版社，1971 年），卷 728，頁 8344。

　　吾觀自古賢達人，功成不退皆殞身。子胥既棄吳江上，屈原終投湘
水濱。〔註41〕

　　漢求季布魯朱家，楚逐伍胥去章華。萬里南遷夜郎國，三年歸及長
風沙。〔註42〕

　　子胥鴟夷，彭越醢醯。自古豪烈，胡爲此繫。〔註43〕

雖三首所表達心境與態度不同，然李白將屈原、彭越等人事蹟與伍子胥並
列，三人被並列書寫的交集係爲忠而不遇的遭遇。伍子胥鴟夷沉江、屈原投
湘水、彭越爲君打天下卻受讒被處醢醯之刑，雖爲「賢達」、「豪烈」且忠於
聖上，終究落得淒慘下場。李白於詩末云「且樂生前一杯酒，何須身後千載
名」〔註44〕、「不同珠履三千客，別欲論交一片心」〔註45〕、「如其聽卑，脫
我牢狴。儻辨美玉，君收白圭」〔註46〕，以三種心情爲詩作結，見李白曠達
態度與其感念友人誠摯迎接的義氣。「萬里南遷夜郎國」一句寫李白遭流放夜
郎，與伍子胥去楚、屈原遭流放的遭遇相似，因此同爲忠而不遇之臣，李白
將自身遭遇投射於子胥、屈原二人身上，除抒發己慨，如此筆法亦突顯伍子
胥忠而不遇的際遇。不僅李白，薛據、吳筠、白居易、殷堯藩、張祜等人詩
作中所用的伍子胥典故，亦皆突顯子胥「忠」而「不遇」的形象：

　　伍胥既仗劍，范蠡亦乘流。歌竟鼓枻去，三江多客愁。〔註47〕

　　天性猶可間，君臣固其宜。子胥烹吳鼎，文種斷越鈹。屈原沈湘流，
厥戚咸自貽。何不若范蠡，扁舟無還期。〔註48〕

〔註41〕李白〈行路難〉三首之三。錄於〔清〕彭定求、楊中訥等輯：《全唐詩》，（臺
　　　　北：明倫出版社，1971年），卷162，頁1684。

〔註42〕李白〈江上贈竇長史〉。錄於〔清〕彭定求、楊中訥等輯：《全唐詩》，（臺北：
　　　　明倫出版社，1971年），卷170，頁1753。

〔註43〕李白〈萬憤詞投魏郎中〉。錄於〔清〕彭定求、楊中訥等輯：《全唐詩》，（臺
　　　　北：明倫出版社，1971年），卷183，頁1867。

〔註44〕李白〈行路難〉三首之三。錄於〔清〕彭定求、楊中訥等輯：《全唐詩》，（臺
　　　　北：明倫出版社，1971年），卷162，頁1684。

〔註45〕李白〈江上贈竇長史〉。錄於〔清〕彭定求、楊中訥等輯：《全唐詩》，（臺北：
　　　　明倫出版社，1971年），卷170，頁1753。

〔註46〕李白〈萬憤詞投魏郎中〉。錄於〔清〕彭定求、楊中訥等輯：《全唐詩》，（臺
　　　　北：明倫出版社，1971年），卷183，頁1867。

〔註47〕薛據〈泊震澤口〉。錄於〔清〕彭定求、楊中訥等輯：《全唐詩》，（臺北：明
　　　　倫出版社，1971年），卷253，頁2854。

〔註48〕吳筠〈覽古〉十四首之五。錄於〔清〕彭定求、楊中訥等輯：《全唐詩》，（臺

小人知所好，懷寶四方來。奸邪得藉手，從此倖門開。古稱國之寶，

穀米與賢才。今看君王眼，視之如塵灰。伍員諫已死，浮屍去不迴。

姑蘇臺下草，麋鹿暗生麑。〔註49〕

吳王愛歌舞，夜夜醉嬋娟。見日吹紅燭，和塵掃翠鈿。徒令句踐霸，

不信子胥賢。莫問長洲草，荒涼無限年。〔註50〕

東望故山高，秋歸值小舠。懷中陸績橘，江上伍員濤。好去寧雞口，

加餐及蟹螯。知君思無倦，為我續〈離騷〉。〔註51〕

或與范蠡作為對比，或與文種、屈原遭遇比併合稱，詩人寫伍子胥「諫」而身死，不如范蠡身退而保全性命，有惋惜伍子胥賢才卻不為所用之意，在如此筆法的書寫下，此處所突出者仍是伍子胥「忠」形象。伍子胥一片忠心而無懼觸怒龍顏，屢次上諫，然不遇明主的遭遇，使伍子胥「浮屍去不迴」，最終越國果真如伍子胥所言崛起而滅吳，吳國繁盛不再，「姑蘇臺下草，麋鹿暗生麑」，伍子胥之忿化為「江上伍員濤」，年年洶湧翻騰。五首詩作內容雖各異，然皆聚焦於伍子胥「忠而不遇」的遭遇，詩人將自身的不遇情結投射至伍子胥身上，藉此抒懷，使得伍子胥故事、傳說被透過詩作不斷被傳誦的同時，亦間接形塑了伍子胥的形象。

在突顯伍子胥「忠」形象的詩作中，亦有以子胥之「冤」為主題者，如李白〈句〉三首之二云：「因何逢伍相，應是想秋胡。舉袖露條脫，招我飯胡麻。」〔註52〕李白此詩抒發對於不幸溺死之少女的同情，以輕薄男子「秋胡」為喻，暗示少女應受輕薄、含冤而死，以「伍相」之「冤」呼應少女之「冤」，伍子胥忠而含冤的遭遇於此被突顯。劉長卿〈登吳古城歌〉亦突出伍子胥之「冤」，詩云：「伍員殺身誰不冤，竟看墓樹如所言」〔註53〕，因登吳古城而歌，在歷

北：明倫出版社，1971 年），卷 853，頁 9645。

〔註49〕白居易〈雜興〉三首之三。錄於〔清〕彭定求、楊中訥等輯：《全唐詩》，（臺北：明倫出版社，1971 年），卷 424，頁 4659。

〔註50〕殷堯藩〈吳宮〉。錄於〔清〕彭定求、楊中訥等輯：《全唐詩》，（臺北：明倫出版社，1971 年），卷 492，頁 5563。

〔註51〕張祜〈送盧弘本浙東觀省〉。錄於〔清〕彭定求、楊中訥等輯：《全唐詩》，（臺北：明倫出版社，1971 年），卷 510，頁 5798。

〔註52〕李白〈句〉三首之二。錄於〔清〕彭定求、楊中訥等輯：《全唐詩》，（臺北：明倫出版社，1971 年），卷 185，頁 1893。

〔註53〕劉長卿〈登吳古城歌〉。錄於〔清〕彭定求、楊中訥等輯：《全唐詩》，（臺北：明倫出版社，1971 年），卷 151，頁 1576。

史遺跡觸動下，詩人以伍子胥身死抒發慨嘆，不僅寫其「冤」，更寫其「忠」，「竟看墓樹如所言」更以伍子胥臨終預言呼應姑蘇聚麋鹿之嘆，突顯伍子胥忠卻含冤而死的形象。同樣筆法者，尚有元稹〈去杭州〉，詩云：「潮戶迎潮擊潮鼓，潮平潮退有潮痕。得得為題羅剎石，古來非獨伍員冤。」〔註 54〕詩人直寫潮起潮退之洶湧皆為因「伍員冤」所起，特別強調伍子胥忠於吳君卻遭賜死之「冤」。不同於直言其「冤」者，徐夤〈龍蟄〉則謂伍子胥於吳市吹簫、冀缺執耒躬耕如同龍蟄伏一般，以此自勉。子胥於此詩中雖非主要的書寫對象，然「龍蟄蛇蟠卻待伸，和光何惜且同塵。伍員豈是吹簫者，冀缺非同執耒人」〔註 55〕卻描繪出伍子胥原先忠於楚君卻被迫家破人亡，且乞食、吹簫於吳市之悲慘遭遇，使得伍子胥忠而蒙冤的形象於詩句間顯示。

　　詩中更有寫子胥之「憤」者，如李紳〈姑蘇臺雜句〉、元稹〈相憶淚〉、張祜〈哭汴州陸大夫〉、胡曾〈詠史詩：柏舉〉。其中，伍子胥之「憤」依對象不同分為二者，一為對吳王之「憤」，另一則為對楚王之「憤」：

> 伍胥抉目看吳滅，范蠡全身霸西越。〔註 56〕

> 會向伍員潮上見，氣充頑石報心讎。〔註 57〕

> 冤深陸機霧，憤積伍員濤。〔註 58〕

> 野田極目草茫茫，吳楚交兵此路傍。誰料伍員入郢後，大開陵寢撻平王。〔註 59〕

前三者所表現出的「憤」是伍子胥對吳王之「憤」。「伍胥抉目看吳滅」、「氣充頑石報心讎」、「憤積伍員濤」寫伍子胥死前預言吳亡不遠矣，而怒氣忿恨化為濤水之事，如此驚心動魄的伍胥濤、字字血淚的預言，不僅突顯伍子胥

〔註 54〕元稹〈去杭州〉。錄於〔清〕彭定求、楊中訥等輯：《全唐詩》，（臺北：明倫出版社，1971 年），卷 421，頁 4630 至 4631。

〔註 55〕徐夤〈龍蟄〉。錄於〔清〕彭定求、楊中訥等輯：《全唐詩》，（臺北：明倫出版社，1971 年），卷 708，頁 8149。

〔註 56〕李紳〈姑蘇臺雜句〉。錄於〔清〕彭定求、楊中訥等輯：《全唐詩》，（臺北：明倫出版社，1971 年），卷 482，頁 5483。

〔註 57〕元稹〈相憶淚〉。錄於〔清〕彭定求、楊中訥等輯：《全唐詩》，（臺北：明倫出版社，1971 年），卷 415，頁 4588。

〔註 58〕張祜〈哭汴州陸大夫〉。錄於〔清〕彭定求、楊中訥等輯：《全唐詩》，（臺北：明倫出版社，1971 年），卷 510，頁 5809。

〔註 59〕胡曾〈詠史詩：柏舉〉。錄於〔清〕彭定求、楊中訥等輯：《全唐詩》，（臺北：明倫出版社，1971 年），卷 647，頁 7434。

對吳王的忠心耿耿，亦表現其盡忠卻受讒、卻被賜死之「憤」。「誰料伍員入郢後，大開陵寢撻平王」則表現伍子胥對楚王之「憤」；伍家世代為楚忠臣，伍氏父子無罪而受讒、被誅，伍子胥背負家破人亡的慘境踏上逃亡路途，過程中嘗盡辛酸，在為父兄報仇一刻，「大開陵寢撻平王」，抒發了其累積許久之「憤」。雖伍子胥原先效忠於楚，然撻平王墓的復仇行動亦表現伍氏一家忠於楚王卻家破人亡、逃亡他國之「憤」，亦可在伍子胥「忠」形象的展現下見詩人用典的深層意涵，其中亦包含後人遙想伍子胥遭遇的深沈哀嘆。

　　東漢時已有「伍胥濤」、「伍胥潮」之說，民間將洶湧波濤視為伍子胥憤恨所化成，此傳說於民間流傳後，亦影響了唐詩中的伍子胥形象。詩中將洶湧浪潮與伍子胥連結，不論是因景起興之〈題伍相廟〉、〈杭州觀潮〉，或是透過浪潮抒發己志、懷古等，「伍胥濤」、「伍胥潮」、「伍員濤」、「伍子濤」等皆指伍子胥憤恨所化成之濤水，由此些詩作中，可看出伍子胥水神信仰於唐代已普及。「伍胥潮」、「伍胥濤」典故出於子胥忠而不遇以致懷恨而死的情節，因此在某種程度上，江潮典故可視為伍子胥「忠」形象之延伸，正因其忠卻不為國君所重的遭遇，才由民間衍生出為感念伍子胥而立祠、甚至視其為水神的信仰。文人見滔滔江水，更將自己不遇的遭遇投射於伍子胥身上，因而在以伍子胥江潮傳說作為典故入詩，伍子胥「忠」形象便得以在詩人創作的過程中被聚焦、突顯，加深伍子胥與「忠」的連結。相形之下，其他形象則失落許多，在詩人的創作中，伍子胥多以一介「忠臣」的身份出現，而非「智者」、「孝子」等其他形象，而如此突出「忠」的結果，致使伍子胥「忠臣」形象於唐代不斷被聚焦。

　　在唐詩中，對於伍子胥事蹟的描述大多承襲自唐前文獻，而江潮傳說則與民間傳說、信仰相關。不論詩作主題為何，伍子胥「忠」形象的展現仍佔多數。因詩人的「人臣」身份，其詩作之投射多為政治領域，無論是「自說自話」、或是遊覽而興起懷古之情的創作，內容的呈現皆與創作者身份、際遇相關，因此在與伍子胥相關之詩作中，創作者所側重之價值為「忠」，而非「孝」。龔敏為唐代詩人以伍子胥作為對象創作，提出看法：

> 中國九世紀至十世紀這段時間，宦官禍患，藩鎮割據，相互攻伐，唐室衰象顯現，詩人以忠臣（伍子胥）作為歌詠對象，藉以諷刺時局，乃是情理之事。〔註60〕

〔註60〕龔敏：〈唐代伍子胥忠、孝形象研究〉，《東方人文學誌》，1 卷 2 期，2002 年 6

不僅唐末，西元七、八世紀之詩人，如孟浩然、李白等，皆有敘述子胥忠臣事蹟之作，因此伍子胥的「忠」形象於唐詩中相對較得側重，除了可看出唐前伍子胥故事的承接、變化，亦可見民間傳說與信仰的涉入，再加上創作者身份、際遇之影響，與預期讀者的設定，詩人將自身遭遇投射於伍子胥身上，是故伍子胥「忠」形象於唐詩中被突顯、聚焦，伍子胥與「忠臣」之間的連結在唐詩中顯得相當緊密。

三、唐文中的伍子胥

在文學蓬勃發展的唐代，不僅詩中可見伍子胥身影，文中亦如此。唐文中，以伍子胥典故進行創作者有三十四條，文人揀選伍子胥事蹟與形象作爲典故書寫，或以上諫君主、或以詠史，甚至是以史爲借鏡抒懷等，其中，創作者身份、際遇、接受對象的差異亦影響著創作者對伍子胥的描寫，致使某些形象得以被側重。

與伍子胥相關之唐文中，主題包含記史、江潮傳說、上書君王、說理等，其中以書寫伍子胥「忠」者，有十二則；「忠」、「孝」合稱者，有三則；表現子胥「孝」者，有二則；書寫子胥之「智」者，有二則；以「賢」形象書寫者，有一則。其餘則爲以漁父義渡故事爲典者，有一則；寫其江潮傳說及神格化者，有五則；記伍子胥史事、以史爲典者，有三則；用伍子胥典故以說理者，有四則；質疑伍子胥復仇行動者，有一則。綜觀以上，以伍子胥「忠」形象作爲典故而創作者爲多數，於唐詩中所呈現相去不遠，可知伍子胥「忠臣」形象於此時期士大夫聚焦下，已達相當成熟之境。

文人於創作中用伍子胥典故，並且偏重表現伍子胥「忠」形象者，有十四，分別爲李白〈溧陽瀨水貞義女碑銘〉、劉寬〈陳情書〉、任公叔〈登姑蘇臺賦〉、李觀〈大夫種銘並序〉、邵說〈代郭公請雪裴僕射表〉、李德裕〈荀悅哀王商論〉、盧肇〈海潮賦有序〉、皮日休〈反招魂並序〉、李華〈靈濤贊〉、于邵〈與常相公書〉、蔣防〈汨羅廟記〉、黃滔〈公孫甲松〉等作，可見此時伍子胥的「忠」形象在文人書寫下被大力聚焦、側重。

在人臣上書進諫國君的文書中，以伍子胥故事及「忠」形象作爲典故，表達忠君之心者，有三。劉寬於〈陳情書〉云：

陛下不垂明察，採聽流言，欲令忠直之臣，枉陷讒邪之黨。臣實不

月，頁97。

> 欺天地，不負神明，夙夜三思，……陛下若以此誅臣，何異伍子胥
> 存吳，卒浮尸於江上；大夫種霸越，終賜劍於稽山。〔註61〕

劉寬上書陳情，以「陛下若以此誅臣，何異伍子胥存吳，卒浮尸於江上」之言，自比為伍子胥，說明自己是「忠直之臣」，忠心耿耿若子胥，於此劉寬所揀選的即為伍子胥「忠」形象。邵說〈代郭公請雪裴僕射表〉亦是如此筆法：

> 臣某言：臣聞忠邪不可以並立，善惡不可能同群。吳任宰嚭伍胥鴟
> 夷，楚任靳尚而屈原放逐。遠惟前事，孰不痛心？〔註62〕

邵說先說「忠邪不可以並立，善惡不可能同群」，接著以伍子胥、屈原遭遇作為事例，稱其為「忠」亦表達自己如同子胥、屈原，是為忠臣，伍子胥於此所被突顯的亦為「忠」形象，特別是與屈原比併而書時，「忠」形象被強化的痕跡更為明顯。黃滔〈公孫甲松〉則記公卿求公孫甲畫松一事，以東方朔與武帝間的對話，突顯伍子胥「忠」形象：

> 「臣敢以陳之。昔妲己之假，奪比干之真。靳尚之假，奪屈原之真。
> 宰嚭假，奪伍員之真。是三者，皆以至真之誠，卒不能制其假。矧
> 不逮者乎？」武帝悄然改容。翼日，雪司馬史於既刑，台庶太子於
> 不反。〔註63〕

東方朔以比干、屈原與伍子胥，受妲己、靳尚、宰嚭進讒蒙冤之故，作為「真」與「假」之對比，雖無直言伍子胥「忠」，然透過史事的層層比併，突顯出伍子胥盡「忠」的「真」實誠然，亦是聚焦於伍子胥「忠」形象的筆法。

　　碑銘中亦有用伍子胥典故並突顯「忠」形象者，如李觀〈大夫種銘並序〉所書：

> 姑蘇之仇，敵國既亡，大夫何哉。不知其去，只知其來。子胥至忠，
> 不信於吳。鴟夷知幾，浩然乘桴。君胡役役，謀國遺軀。或曰不然，
> 吉凶相賓。不有覆車，孰懲為臣。不有泛舟，孰為濟人。道無全功，
> 用有屈伸。冥然陳力，得於開卷。神能感我，仿佛如面。往者之悔，

〔註61〕劉寬〈陳情書〉。錄於〔清〕董誥等輯：《欽定全唐文》，（北京：中華書局，1983年），卷432，頁4395至4396。

〔註62〕邵說〈代郭公請雪裴僕射表〉。錄於〔清〕董誥等輯：《欽定全唐文》，（北京：中華書局，1983年），卷452，頁4623。

〔註63〕黃滔〈公孫甲松〉。錄於〔清〕董誥等輯：《欽定全唐文》，（北京：中華書局，1983年），卷824，頁8688。

來者之憲。志於元石，將懋將喑。〔註64〕

指伍子胥是「至忠」之人，卻「不信於吳」，最終「鴟夷」、「乘桴」於江，李觀不僅直寫伍子胥「忠」，更突顯其不遇明主的悲慘際遇。不僅只有碑銘所記突出伍子胥忠臣形象，亦有以江潮傳說爲典故，表現伍子胥「忠」者，如盧肇〈海潮賦有序〉記「陽侯玩威於鬼工，伍胥洩怒乎忠力。是以納人於聾昧，遺羞乎後代。」〔註65〕以「伍胥洩怒乎忠力」突顯伍子胥「忠」形象，將海濤奔湧視爲伍子胥忠卻被吳王所殺的忿恨。而在任公叔〈登姑蘇臺賦〉則透過登臺懷古，寫子胥之「忠」，賦云：「中心不必兮，子胥何爲？懷直道而驟諫，遭重昏之見危。」〔註66〕寫子胥「懷直道」並「驟諫」，雖無直寫子胥「忠」，仍突顯伍子胥力諫國君的忠心。同樣側重伍子胥「忠」形象而書寫者，有李德裕〈荀悅哀王商論〉云：「國之衰也，忠賢先去，……伍胥戮而夫差亡」〔註67〕，以伍子胥與夫差爲事例，說明因「忠賢」去而國衰的情形。李德裕將伍子胥歸爲「忠賢」之屬，特別突出了伍子胥「忠」形象。皮日休〈反招魂〉序言：「皮子以爲忠放不如守介而死，奚招魂爲？故作《反招魂》一篇以辨之」〔註68〕，說明此賦創作緣由。賦云：「餘昔爲伍胥之魂兮，胥而餘逝些。未聞胥貪位以惜生兮，執屬鏤而不滯些。君兮歸來，故都憤不可留些。」〔註69〕皮日休認爲與其保持忠心而被流放，不如守持耿介之質而死，並謂伍子胥爲「忠放」代表，不論文中所主張的思想爲何學派，在皮日休揀選伍子胥「忠」形象爲材料進行書寫時，伍子胥的「忠」形象便已得到被突出的機會，展現於世人眼前。于邵〈與常相公書〉亦記：「感伍員之逆施，拳拳之心，欲罷不忍」〔註70〕，謂伍子胥有眞摯誠懇的「拳拳之心」，如此筆

〔註64〕李觀〈大夫種銘並序〉。錄於〔清〕董誥等輯：《欽定全唐文》，（北京：中華書局，1983年），卷535，頁5432。

〔註65〕盧肇〈海潮賦有序〉。錄於〔清〕董誥等輯：《欽定全唐文》，（北京：中華書局，1983年），卷768，頁7989。

〔註66〕任公叔〈登姑蘇臺賦〉。錄於〔清〕董誥等輯：《欽定全唐文》，（北京：中華書局，1983年），卷459，頁4686。

〔註67〕李德裕〈荀悅哀王商論〉。錄於〔清〕董誥等輯：《欽定全唐文》，（北京：中華書局，1983年），卷708，頁7271。

〔註68〕皮日休〈反招魂〉。錄於〔清〕董誥等輯：《欽定全唐文》，（北京：中華書局，1983年），卷798，頁8376。

〔註69〕皮日休〈反招魂〉。錄於〔清〕董誥等輯：《欽定全唐文》，（北京：中華書局，1983年），卷798，頁8376。

〔註70〕于邵〈與常相公書〉。錄於〔清〕董誥等輯：《欽定全唐文》，（北京：中華書

法亦對伍子胥忠心形象有著突出的作用。

蔣防〈汨羅廟記〉記：「日月明而忠賢生，日月翳而忠賢斃。……故萇宏闘，伍員梟，范蠡魯連去，徐衍負石，三閭懷沙。」〔註71〕將伍子胥、范蠡、三閭大夫屈原視爲「忠賢」。除了在表面上評價伍子胥之「忠」，透過人物比併合書的方式，伍子胥既忠且賢的特質於此被強調。不只有士大夫認爲子胥「忠」，唐太宗李世民於〈金鏡〉一篇亦給予伍子胥同樣評價：

> 伍胥竭力爲國，終罹賜劍之禍：乃是君之過也，非臣之罪也。〔註72〕

唐太宗直言伍子胥爲國盡忠而竭盡全力，卻仍難逃「賜劍之禍」，此爲吳王之過，而非子胥之罪也，不僅給予伍子胥正面肯定，亦透過評價突顯伍子胥「忠臣」形象。在士大夫接力式的描寫下，唐文中的伍子胥形象在書寫者偏重、揀選下，特別突出了「忠」形象，而如此筆法更將伍子胥塑造成純然的「忠臣」，亦影響後人對於伍子胥形象之認識與接受。

伍子胥於士大夫筆下中呈現「忠」、「孝」二形象者，有三，分別爲李白〈溧陽瀨水貞義女碑銘〉、盧元輔〈胥山銘祠並序〉、李善夷〈重修伍員廟〉、馮用之〈權論〉。李白〈溧陽瀨水貞義女碑銘〉內容闡述，和〈遊溧陽北湖亭望瓦屋山懷古贈同旅〉一詩相似，皆記擊綿女「貞義」而援子胥一事，針對伍子胥遭遇深入描寫：

> 當楚平王時，王虐忠助讒苛虐厥政。茇於尚，斬於奢，血流於朝，赤族伍氏。怨毒於人，何其深哉？子胥始東奔勾吳，月涉星遁，或七日不火，傷弓於飛。……雖員爲忠孝之士，焉能咆哮□赫施於後世耶？〔註73〕

李白先言楚王「虐忠助讒」，誅奢、尙二人，迫使伍子胥流亡，以「員爲忠孝之士」一句將伍子胥列爲忠孝兩全之人：爲吳竭力直諫，可見其「忠」；隱忍等待復仇之機，爲父報仇則可見其「孝」。〈溧陽瀨水貞義女碑銘〉書「王虐忠」、「忠孝之士」將焦點置於伍子胥「忠」、「孝」形象，有別於僅「忠」形

局，1983 年），卷 426，頁 4341。

〔註71〕蔣防〈汨羅廟記〉。錄於〔清〕董誥等輯：《欽定全唐文》，（北京：中華書局，1983 年），卷 719，頁 7403。

〔註72〕唐太宗李世民〈金鏡〉。錄於〔清〕董誥等輯：《欽定全唐文》，（北京：中華書局，1983 年），卷 10，頁 128。

〔註73〕李白〈溧陽瀨水貞義女碑銘〉。錄於〔清〕董誥等輯：《欽定全唐文》，（北京：中華書局，1983 年），卷 350，頁 3551 至 3552。

象被側重的書寫，頗有教化意味，如此筆法亦可見創作者所預設的文本接受者不同時，話語內容亦會隨之改變。簡言之，若話語接受者分別爲國君與百姓，那麼話語內容必會有所不同，文本中被突顯的價值便會產生差異。又如盧元輔〈胥山銘祠並序〉記：

> 有周行人伍公字子胥，陪吳之職，得死直言。國人求忠者之尸，禱
> 水星之舍，將瞰鷗革，遂臨浙江。千五百年，廟貌不改。漢史遷曰
> 胥山，今雲青山者繆也。籲！善父爲孝，《記》曰：「父仇不與共戴
> 天」；諫君爲忠，《經》曰：「諸侯有諫臣不失國。」……〔註74〕

百姓爲感念子胥之功，爲其立祠於胥山。〈胥山銘祠並序〉以「忠者」稱子胥，更言「善父爲孝」、「諫君爲忠」，謂子胥爲忠孝之士，突顯伍子胥忠、孝兼備的品德。〈胥山銘祠並序〉一篇不僅有紀念功能，更具教化意義。馮用之〈權論〉更云伍子胥「盡事君之節，雪殺父之冤」〔註75〕同樣突出了伍子胥「忠」與「孝」形象，評價伍子胥「不其偉歟」，在既忠且孝的評價下，伍子胥不再只是一名歷史人物，更是得以教化百姓的教材、士大夫稱頌的對象。

李善夷〈重修伍員廟〉亦云伍子胥「不欺天者忠也，復父仇者孝也。忠孝既備，安得無馨香之祀乎？」〔註76〕當時伍員廟爲兵火所焚，然伍子胥作爲一忠孝兼備之人，「安得無馨香之祀乎？」因此，李善夷上書國君，並以「忠孝既備」爲由，作爲伍員廟當需重修的原因。然特別的是，並非所有人皆認同子胥所作所爲，亦有持相反意見者，劉蛻便於〈諭江陵耆老書〉貶斥伍子胥：

> 子胥親逐其君臣，夷其墳墓，且楚人之所宜怨也，而江陵反爲之廟，
> 世享其仇，謂耆老而忘其君父也。……吾以爲其廟申包胥之廟也，
> 包胥有複（復）楚之功。〔註77〕

劉蛻認爲伍子胥親逐君臣、夷楚王墓，楚人應怨之而不應爲立廟，反而應立申包胥之廟也。唐朝時，文人對於伍子胥的看法可持有不同觀點，並且能進行不同立場的討論，由此正、反二者意見，可知伍子胥故事的結構與形象於

〔註74〕盧元輔〈胥山銘祠並序〉。錄於〔清〕董誥等輯：《欽定全唐文》，（北京：中華書局，1983年），卷695，頁7137。

〔註75〕馮用之〈權論〉。錄於〔清〕董誥等輯：《欽定全唐文》，（北京：中華書局，1983年），卷404，頁4131。

〔註76〕李善夷〈重修伍員廟〉。錄於〔清〕董誥等輯：《欽定全唐文》，（北京：中華書局，1983年），卷829，頁8744。

〔註77〕劉蛻〈諭江陵耆老書〉。錄於〔清〕董誥等輯：《欽定全唐文》，（北京：中華書局，1983年），卷789，頁8258。

唐朝已趨於穩定、成熟。

　　士大夫以伍子胥作爲創作素材時，仍多以其「忠」形象作爲核心。在創作者身份、所在場域與創作目的不同等因素的影響下，促使士大夫多聚焦於「忠」形象，因創作者將自身遭遇投射於伍子胥，以此抒己懷抱、以此申明效忠，在某種程度上也強化了自己在政治場域的權力。除卻「政治」因素，當士大夫創作的目的僅爲單純抒情時，伍子胥的悲劇際遇亦是書寫的絕佳材料，是故無論士大夫創作的目的是否含有政治意圖，皆左右著伍子胥在文本中所呈現出的形象。

第二節　伍子胥形象的變異：民間性與神格化的完成

　　歷經形象成熟階段，伍子胥形象到唐代分別走出二條不同的道路，一爲向「忠」形象聚焦，另一則爲「神格」出現的形象變異。前者係因士大夫階層特別揀選伍子胥「忠」形象，並投射自身情感的表現；後者則爲伍子胥形象歷經民間傳說、信仰涉入後所產生的變異——「神格化」完成。然此二道路並非與彼此毫無干係，相反地，無論是一位忠臣，或是一位神，二者皆是於士庶階層相互流動的。士大夫文學接受了民間色彩的伍子胥神格形象，並以此作爲創作的素材；士大夫階層所稱頌的忠臣形象亦在民間作教化百姓之用。

　　伍子胥形象「變異」之始最早可從《吳越春秋》與《越絕書》見其萌芽，伍子胥吳越神秘氛圍的塑造下，擁有了特異能力。在觀眾期待心理、民間信仰涉入、文體特色等因素影響下，伍子胥故事與形象在《伍子胥變文》中變異出不同於《左傳》、《史記》所記的樣貌，充分具有民間性，更以水神姿態出現於筆記小說中，顯現伍子胥神格化的完成。

一、《伍子胥變文》中的伍子胥

　　不同於文人用典時對伍子胥「智」與「忠」形象的側重，在《伍子胥變文》中，伍子胥的形象受到民間故事、宗教觀涉入與情節安排的影響，使得伍子胥故事所呈現的人物形象更爲鮮明。小野純子《敦煌變文主題及其相關問題之研究——以董永變、舜子變、伍子胥變文三篇爲主》針對《伍子胥變文》的故事內容進行深入分析，將《伍子胥變文》中的伍子胥故事大致分爲六段：

　　　1. 楚平王無道而殺死伍奢和子尚
　　　2. 伍子胥從楚國逃奔外國

　　　　a. 在潁水之旁，遇見浣紗女

　　　　b. 跟姊姊相會，姊姊賜葫蘆飯

　　　　c. 知二甥逐，用法術來避難

　　　　d. 遇見妻子而破壞雙板齒

　　　　e. 在吳江北岸，遇見漁父

　3. 伍子胥成為吳國的宰相

　4. 伍子胥伐楚而報仇報恩

　　　　a. 殺死楚昭王及大夫魏陵

　　　　b. 祭祀被殺死的父兄靈

　　　　c. 掘出平王之屍而斬平王骨

　　　　d. 封漁父之子楚王

　　　　e. 祭祀浣紗女靈

　　　　f. 打壞二甥的變齒板

　　　　g. 拜訪妻子而要求道歉

　5. 伍子胥忠諫吳王而賜劍自盡

　　　　a. 越王勾踐不納范蠡的諫言而伐吳，困於會稽

　　　　b. 吳王夫差讓子胥跟宰嚭解夢

　　　　c. 吳王怒，子胥從殿上襄而下

　　　　d. 吳王賜子胥燭玉之劍

　　　　e. 遺囑在安城東門懸頭而死

　6. 越王滅亡吳國

　　　　a. 因越國之謀計，吳國遇到飢饉

　　　　b. 越王行賄佞臣宰彼

　　　　c. 越王伐吳時，抱怒蝸來鼓勵越兵

　　　　d. 越王在河中投瓠酒而讓越兵喝

　　　　e. 吳王做忠臣子胥對他說越兵要攻打吳國的夢〔註78〕

由小野純子的歸納，可看出伍子胥故事發展至《伍子胥變文》時，不僅情節
擴增、豐富化，亦增加諸多前所未見的角色，如伍子胥姐、二外甥、伍子胥

〔註78〕小野純子：《敦煌變文主題及其相關問題之研究——以董永變、舜子變、伍子
　　　　胥變文三篇為主》，國立政治大學中國文學研究所，碩士論文，1985 年，頁
　　　　146 至 148。

妻等，使情節更爲曲折。而最能突顯伍子胥形象處，則在於伍子胥言語的內容及變文對其動作的生動描繪。當伍子胥故事進入民間系統，並且透過講唱藝人演繹時，爲迎合民間下層百姓喜好，故事通常富有深刻的民間色彩，因爲「民間系統，主要源於直接地現實生活，它比後一個系統更生活化、大眾化、通俗化，因而更易被廣大的下層人民所接受」〔註 79〕，造就了《伍子胥變文》中生動的伍子胥形象。因變文係爲講唱文學，爲符合聽眾期待心理並吸引觀眾目光，以達成收益目標，因此故事節奏需緊湊明快，更需要突出人物形象，是故變文中對伍子胥形象的塑造，即是「民間聽眾心中所存有的價值觀與道德觀」〔註 80〕的展現。

透過小野純子的歸納，更可看出《伍子胥變文》中情節的安排與推進速度亦與講唱文學的特性有關。講唱文學的特性爲何？陸永峰在《敦煌變文研究》中便指出，變文的講唱特性產生的原因，是爲使聽眾更容易以聽覺增進對故事的理解，因此在講述中多以順敘法闡述故事。〔註 81〕以此觀照《伍子胥變文》，其情節便是以順敘手法，層層推進故事，並將敘事重心置於「逃亡」與「復仇」二大部份，爲伍子胥逃亡過程增添驚心動魄的細節，亦讓伍子胥歷經隱忍、等待才得以復仇成功，目的皆爲配合聽眾心理需求。再者，重視教化亦爲民間講唱文學的特色之一，《伍子胥變文》爲配合民間講究忠孝節義的心理，才特別突顯伍子胥的「忠」與「孝」形象。

承繼《吳越春秋》中的呈現，《伍子胥變文》中的伍子胥形象與《吳越春秋》大致相同，然對於表情、動作與心靈層面的描寫，《伍子胥變文》顯得更爲深入且立體。張曉寧〈論「伍子胥變文」中伍子胥之形象及其塑造〉一文認爲，《伍子胥變文》所呈現出的伍子胥形象可分爲外在與內在思想。外在層面，主要凸顯的是伍子胥逃亡時的狼狽與落魄、異於他人的英雄形象與善占卜的智慧形象；內在則呈現「孝」與「愛恨鮮明」的形象。〔註 82〕然內在層面除了「孝」與「愛恨鮮明」，應當還包含了無畏犯上之勇、知恩圖報之義等

〔註 79〕 參考自黃亞平：〈伍子胥故事的演變——史傳系統與敦煌變文爲代表的民間系統的對比〉，《敦煌研究》，總第 78 期，2003 年第 2 期，頁 96。

〔註 80〕 張曉寧：〈論「伍子胥變文」中伍子胥之形象及其塑造〉，《中正大學中國文學研究所研究生論文集刊》，9 期，2007 年 5 月，頁 47。

〔註 81〕 參見陸永峰：《敦煌變文研究》，（成都：巴蜀書社，2000 年），第八章第一節：〈口頭文學特徵〉，頁 241 至 258。

〔註 82〕 參見張曉寧：〈論「伍子胥變文」中伍子胥之形象及其塑造〉，《中正大學中國文學研究所研究生論文集刊》，9 期，2007 年 5 月，頁 27 至 51。

形象。《伍子胥變文》一開始便爲伍子胥的性格下了「並悉忠貞，爲人洞達」〔註83〕的評價，而伍子胥之「智」、「勇」與「知恩」亦在伍子胥逃亡過程中展現地一覽無遺。面對楚王「村坊搜刮，誰敢隱藏；競擬追收，以貪重賞」〔註84〕的追殺，伍子胥逃亡過程充滿艱辛，然遇打紗女、漁父時，他們皆可認出眼前「行步獐狂，精神恍惚，面帶飢色」〔註85〕之人是爲伍子胥，不僅顯示出伍子胥逃亡路程之險，亦表現出伍子胥的不凡。除了路途之險、子胥之慘狀，其猜疑性格也在逃亡情節中被塑造：

> 子胥心口思惟：「此人向我道家中取食，不多喚人來捉我以否？」遂
> 即拋船而走，遂向蘆中藏身。〔註86〕

除了猜疑性格，「知恩」亦是伍子胥逃亡情節中相當生動的形象之一。不僅解劍相酬，在漁人覆船而死後，子胥「愧荷漁人，哽咽悲啼不已」〔註87〕亦顯現了伍子胥於《伍子胥變文》中被塑造出的豐沛情感。逃亡中的種種艱辛除了爲「復仇」安排了伏筆，同時也爲伍子胥形象積累了「孝」的能量，並於「復仇」情節爆發，如此安排一方面符合民眾對於「復仇」的期待心理，另一方面也塑造了伍子胥的「孝」形象。

　　除了情節的刻意安排，《伍子胥變文》亦於行文中直接評價伍子胥，如此亦產生形象塑造的作用，如於子胥入吳後，《伍子胥變文》描寫：「子胥爲臣志節，恒懷匪懈之心；夙夜兢兢，事君終無二意。」〔註88〕不只以情節發展來展現伍子胥形象，更直言評斷伍子胥「事君終無二意」的忠心，作者對伍子胥的評價亦間接影響了觀眾對於伍子胥形象的接受。在子胥將死的情節中，同樣亦可見《伍子胥變文》對子胥之「忠」的聚焦：

> 范蠡啓王曰：「吳國賢臣仵子胥，吳王令遣自死。屋無強樑，必當頹
> 毀；牆無好土，不久即崩；國無忠臣，如何不壞！……」〔註89〕

> 吳王夜夢見忠臣仵子胥一言曰：「越將兵來伐，王可思之。」〔註90〕

〔註83〕潘重規編著：《敦煌變文集新書》，（臺北：文津出版社，1994年），頁831。
〔註84〕潘重規編著：《敦煌變文集新書》，（臺北：文津出版社，1994年），頁834。
〔註85〕潘重規編著：《敦煌變文集新書》，（臺北：文津出版社，1994年），頁835。
〔註86〕潘重規編著：《敦煌變文集新書》，（臺北：文津出版社，1994年），頁843。
〔註87〕潘重規編著：《敦煌變文集新書》，（臺北：文津出版社，1994年），頁845。
〔註88〕潘重規編著：《敦煌變文集新書》，（臺北：文津出版社，1994年），頁848。
〔註89〕潘重規編著：《敦煌變文集新書》，（臺北：文津出版社，1994年），頁857。
〔註90〕潘重規編著：《敦煌變文集新書》，（臺北：文津出版社，1994年），頁858。

在作者的書寫下，伍子胥於此被冠上「忠臣」之名。由此可見，《伍子胥變文》豐富的情節除了展現伍子胥故事複雜化的發展，並從情節中展現了伍子胥爲父兄報仇之「孝」，亦可見伍子胥故事發展至唐代變文時，伍子胥「忠臣」、「孝子」形象的成熟。《伍子胥變文》不僅憑藉情節豐富化、人物增加等手法強化伍子胥故事的精彩度，使其更加符合民間聽眾的需求，亦呈現出更爲立體的伍子胥形象，更透過隱語、藥名詩、韻文，使伍子胥故事充滿民間色彩，故事也鋪衍地更爲反應民間生活。

二、筆記小說中的伍子胥

除了《伍子胥變文》中富含民間色彩、有血有肉的伍子胥形象，受到江潮傳說的影響，伍子胥形象亦產生了變異。白居易〈祝皋亭神文〉載：「一昨禱伍相神，祈城隍祠，靈雖有應，雨未沾足，是用擇日一作撰詞祗事，改請於神。」〔註91〕可知在當時伍子胥已成爲民眾祝禱祈福的對象，是爲「神」者。在唐代筆記小說的書寫中，已可見伍子胥神格化形象的完成。

如李肇《唐國史補》所載：

> 每歲有司行祀典者，不可勝紀，一鄉一里，必有祠廟焉。爲人禍福，其弊甚矣。南中有山洞，一泉往往有桂葉流出，好事者因目爲流桂泉，後人乃立棟宇，爲漢高帝之神，尸而祝之。又有爲伍員廟之神像者，五分其髯，謂之五髭鬚神。如此皆言有靈者多矣。〔註92〕

《唐國史補》載因伍員神像「五分其髯」，因而被稱爲「五髭鬚神」，且百姓認爲其甚是靈驗。於此可見伍子胥形象已然神格化的變異，伍子胥已由一歷史人物轉變成「神」，受人祭祀。而李玫《纂異志‧蔣琛》則將伍子胥作爲水神，描寫得更爲生動。在水神大會中，屈原與伍子胥更有了直接互動：

> 舞未竟，外有宣言：「申徒先生從河上來，徐處士與鴟夷君自海濱至。」乃隨導而入。江、溪、湘、湖，禮接甚厚。屈大夫曰：「子非蹈瓮抱石抉眼之徒歟？」對曰：「然。」屈曰：「余得朋矣。」於是朱弦雅張，清管徐奏，酌瑤觥，飛玉觴，陸海珍味，靡不臻極。……鴟夷君銜杯作歌曰：「雲集大野兮，血波洶洶。玄黃交戰兮，吳無全

〔註91〕白居易〈祝皋亭神文〉。錄於〔清〕董誥等輯：《欽定全唐文》，（北京：中華書局，1983 年），卷 680，頁 6956。

〔註92〕〔唐〕李肇：《唐國史補》，收錄於〔清〕張海鵬輯刊：《學津討原》，（臺北：藝文印書館，1965 年），頁 20。

蠥。既霸業之將墜，宜嘉謨之不從。國步顛躓兮，吾道遘凶。處鴟
夷之大困，入淵泉之九重。上帝潛餘之非辜兮，俾大江鼓怒其冤蹤。
所以鞭浪山而疾驅波嶽，亦粗足展餘拂鬱之心胸。當靈境之良宴兮，
謬尊俎之相容。擊簫鼓兮撞歌鍾，吳謳越舞兮歡未極，遽軍城曉鼓
之冬冬。願保上善之柔德，何行樂之地兮難相逢。」〔註93〕

此則寫蔣琛因常捕獲巨龜並釋之，因而得到觀水神大會的機會。大會中不僅
龜黿魚鱉不可勝數，更有蛟蜃自東西馳來，蔚為奇觀。其中「鴟夷君」伍子
胥與屈原皆參與此場盛會，與江神、溪神、湘王等水神歌舞為樂，「鴟夷君」
更歌「上帝潛餘之非辜兮，俾大江鼓怒其冤蹤」，從「大江鼓怒其冤蹤」一句
即可與伍子胥遭遇連結，從而推論伍子胥即為水神「鴟夷君」。

杜光庭《錄異記・異水》則記伍子胥化為水神之因：

錢塘江潮頭，昔伍子胥累諫吳王，忤旨賜屬鏤劍而死。臨終誡其子
曰：「懸吾首於南門，以觀越兵來伐吳；以鮧魚皮裹吾尸，投於江中，
吾當朝暮乘潮以觀吳之敗。」自是自海門山潮頭洶湧高數百尺，越
錢唐，過漁浦，方漸低小，朝暮再來。其聲震怒，雷奔電激，聞百
餘里。時有見子胥乘素車白馬，在潮頭之中，因立廟以祀焉。〔註94〕

杜光庭載伍子胥於臨終前告誡其子「懸吾首於南門，以觀越兵來伐吳；以鮧
魚皮裹吾尸，投於江中，吾當朝暮乘潮以觀吳之敗」。「懸吾首」符合《史記》、
《吳越春秋》等書對於伍子胥臨終之言的記述，不同之處僅「以鮧魚皮裹吾
尸，投於江中」的動作原本是由吳王下令要求，在《錄異記・異水》則不然。
在杜光庭的描寫下，伍子胥鴟夷沉江的遭遇連結了其臨終之言，再寫潮頭「其
聲震怒，雷奔電激，聞百餘里」，甚至可見「子胥乘素車白馬，在潮頭之中」，
將伍子胥江神傳說由來敘述得更為詳盡。

透過筆記小說對「伍子胥神」的描寫，以及詩人以靈濤、伍員廟作為創
作素材，可以看出伍子胥神格化的形象在民間已廣泛流傳並發展，且有向士
大夫階層流動的痕跡。在伍子胥「形象聚焦及變異時期」，伍子胥的「忠」形
象在士大夫的創作需求下被聚焦、揀選，藉此作為士大夫心靈投射的對象，

〔註93〕〔唐〕李玫：《纂異記》，收錄於〔宋〕李昉等人編：《太平廣記》，卷三百九，
　　　　（北京：中華書局，1961年），頁2446。
〔註94〕〔唐〕杜光庭：《錄異記》，收錄於〔明〕張宇初、邵以正、張國祥編纂：《正
　　　　統道藏》，第18冊，上海涵芬樓影印本，（上海：新文豐出版公司，1985年），
　　　　頁331-2至332-1。

因而使伍子胥與「忠臣」產生密不可分的連結，而伍子胥其他形象則相對失落。而《伍子胥變文》的塑造，則使伍子胥呈現出符合民間觀眾道德標準的「忠」與「孝」形象，並且使情節更為曲折、強化伍子胥形象，更為情節增加相應的出場人物，不僅豐富了故事內涵，亦使伍子胥形象在《伍子胥變文》的塑造下，正式從史傳系統進入民間系統的範疇。伍子胥形象於此時期不僅在士大夫文學中逐漸向「忠臣」聚焦，也在通俗文學中變異出不同以往的特殊面貌，民間性的展現與筆記小說中伍子胥神格化形象的展現，則影響了後代戲曲對伍子胥故事的演繹，為伍子胥故事累積了變化的養分。

第肆章　伍子胥形象變化背後的文化價值

　　在伍子胥故事歷代的轉變下，子胥的「忠」形象越發得到顯揚，甚至壓縮了原本在《左傳》、《國語》等歷史文本中所呈現出的多元形象，至後伍子胥甚至完全以「忠臣」面貌存在於世人認知中。伍子胥故事發展至《伍子胥變文》，情節內容已相當複雜，然伍子胥在唐詩、唐文中所呈現出的形象，仍以「忠臣」為主。唐代後對於伍子胥形象的書寫基本上已定型，伍子胥已然作為一個歷經艱辛痛苦只為復仇、忠良卻不遇、直諫而不畏死的賢臣，活躍於文學作品中。在伍子胥形象歷經建構、疊加、變化的過程中，背後的文化因素是促其變化的最大推手。伍子胥故事與形象受民間傳說與宗教觀、儒家忠孝及復仇觀、創作者所處政治氛圍與話語場域影響，進而產生變化，更可見伍子胥故事與形象歷經千年流變所呈現的文化價值。

第一節　民間傳說與宗教觀的塑造

　　伍子胥故事透過民間力量的流傳，情節不斷擴大，也影響其形象；從《左傳》奠基並擴大發展到《伍子胥變文》中的複雜樣貌。《伍子胥變文》可說是唐代前伍子胥故事的總匯〔註1〕，《伍子胥變文》以歷代伍子胥故事架構為基礎，並針對「逃亡」、「復仇」等深受觀眾喜愛的片段進行深入描述，因而發

〔註 1〕 參考自蘇盈輝：〈論敦煌本史傳變文與中國俗文學〉，收錄於《中國敦煌學百年文庫‧文學卷（五）》，（蘭州：甘肅文化出版社，1999 年），頁 12。

展出情節豐富的伍子胥故事。David Johnson 認為《伍子胥變文》不同於其他變文，功用是在於「娛樂」而非教化，為配合讀者或聽眾之教育程度，這些變文不僅取材自「高等知識份子的文學傳統」，也取材自「一般百姓的口頭傳說」，使得「菁英份子（elite）的信仰思想進入通俗領域，又使民間的心態與價值影響知識階層」〔註2〕；透過民間傳說與知識份子的相互影響，伍子胥故事演變才逐漸發展呈現今面貌。

伍子胥故事的來源與發展皆與民間的塑造息息相關，David Johnson 於〈伍子胥變文及其來源〉指出：

> 伍子胥故事早在西元前五世紀就已流傳著，我們可以假定，到了唐代，它已累積成一個相當巨大的故事體，其中包含了為大羣人所熟悉的簡單故事、軼聞及說書人所說之較複雜的故事。由於說書人通常在故事中加入了民間傳說的材料聽眾更覺有趣和易理解，因此要將民間傳說和說書間不同的故事要素區別出來似乎不可能！〔註3〕

由此可見，伍子胥故事在發展的過程中受到了文學傳統的影響，再加上為了迎合百姓的喜好，並使故事易於理解與接受，民間傳說亦融入故事中，進而影響情節發展與人物形象的呈現，因此民間傳說對伍子胥故事進行的塑造影響甚巨。若文本所錄事件「較其前後內容的背景突出」，那麼則「顯示了其特性——如幻想的、夢幻的、神奇的——此一特性說明了這些事來自民間傳說」〔註4〕，如伍子胥為隱藏身份而敲斷門齒、與漁父相遇、懸首級雙眼於吳都城牆、鴟夷皮裏尸、斷頭引越軍入吳等，皆充滿古老傳說色彩，可見伍子胥故事與神話的關係甚為密切。〔註5〕由此可見伍子胥事蹟歷經《左傳》、《呂氏春秋》、《史記》、《越絕書》、《吳越春秋》等文本書寫後，發展到集大成的《伍

〔註 2〕 參考自〔美〕大衛・強生（David Johnson）著；蔡振念譯：〈伍子胥變文及其來源〉（第二部：上），《中華文化復興月刊》，17 卷 3 期總號 192，1984 年 3 月，頁 21。

〔註 3〕 〔美〕大衛・強生（David Johnson）著；蔡振念譯：〈伍子胥變文及其來源〉（第二部：上），《中華文化復興月刊》，17 卷 3 期總號 192，1984 年 3 月，頁 22。

〔註 4〕 〔美〕大衛・強生（David Johnson）著；蔡振念譯：〈伍子胥變文及其來源〉（第二部：上），《中華文化復興月刊》，17 卷 3 期總號 192，1984 年 3 月，頁 22。

〔註 5〕 參考自〔美〕大衛・強生（David Johnson）著；蔡振念譯：〈伍子胥變文及其來源〉（第二部：上），《中華文化復興月刊》，17 卷 3 期總號 192，1984 年 3 月，頁 22。

子胥變文》，民間傳說的色彩從未在故事中缺席，甚至影響伍子胥故事的發展與變化。

　　除了前後文是否吻合，可作爲判斷民間傳說滲入之依據，David Johnson 認爲更能分辨出伍子胥故事發展至變文時，是否受口頭故事影響之處在於「江水」，其指出：

> 「江水」在故事中到處可見，子胥父兄之尸被投於水、伍子胥流亡的路途都沿著水、遇浣紗女於水、浣紗女自沉於水、其姐家居水傍、使兩外甥深信他已沒於水、自家亦居於水傍、又告訴其妻兩友已沒於濟河途中（值得注意的是：和水無關的過昭關一幕，雖見於各種版本，獨不見於變文），另外江邊遇漁人的一段是變文中和水有關的事件中最重要的：江水廣深，巨浪滔天，惟見漁人。漁人助情急之子胥渡河，途中，子胥擲劍入水，激使江神騰波而來，最後，如同浣紗女，漁人也自沉於水。〔註6〕

「江水」的意義並非在《伍子胥變文》才展現，漁人在《呂氏春秋》即已出現，而《越絕書》及《吳越春秋》更有敘述子胥之尸投水後波濤洶湧的情節，因此，可推知這些情節可能來自於民間傳說，甚至在口頭傳說中，伍子胥與江水浪濤可能亦有密切關係。〔註7〕子胥之怒化爲洶湧濤水的傳說經過口頭流傳，不僅於民間文學中呈現，亦滲透入士大夫階層的創作活動中，士大夫將伍子胥怒濤傳說作爲書寫素材。傳說在士庶階層流動甚至影響世人認知中的伍子胥樣貌，變化出不同樣貌的伍子胥故事。

　　除了民間信仰讓故事得以流傳、創新，林思綺〈從伍子胥故事的演變論歷史知識的通俗化〉一文更認爲因伍子胥故事符合「民族思想對於忠孝節義的要求，所以它獲得了民族的共同情感，人們基於對伍子胥悲慘遭遇的同情與憐憫，因而將情節化不可能爲可能」。〔註8〕正因爲民間同情伍子胥遭遇，因此在情節流傳的過程中便加入更多想像，因此，不但使情節擴大，亦可見

〔註6〕〔美〕大衛・強生（David Johnson）著；蔡振念譯：〈伍子胥變文及其來源〉（第二部：上），《中華文化復興月刊》，17卷3期總號192，1984年3月，頁22。

〔註7〕〔美〕大衛・強生（David Johnson）著；蔡振念譯：〈伍子胥變文及其來源〉（第二部：上），《中華文化復興月刊》，17卷3期總號192，1984年3月，頁22。

〔註8〕林思綺：〈從伍子胥故事的演變論歷史知識的通俗化〉，下，《人文及社會學科教學通訊》，6卷1期總號31，1995年6月，頁101。

伍子胥故事「傳奇化」的痕跡。「一個史實流傳民間之後，通常會攙入民間藝人的想像力，而且爲了迎合一般平民的喜好及滿足社會的想像需要，人們必定會在史實中加以虛構、發揮、甚至誇張」。〔註9〕受到「市場」需求的影響，民間藝人在演繹伍子胥故事時便配合民眾期望增入富含俚俗趣味的變化，使得伍子胥故事在演變的過程中，更不脫民間傳說與思想。

透過民間力量的改造，伍子胥故事趨於複雜、豐富，情節改變更促使伍子胥形象產生變化。楊義便在《中國歷朝小說與文化》指出《伍子胥變文》中「增添不少場面鋪陳、心理刻畫和細節描寫」〔註10〕，可見《伍子胥變文》已「從歷史向文學邁進」。〔註11〕在接受民間的伍子胥傳說後，文人的書寫依自己的意識與需求加以增減，使伍子胥故事逐漸擴大，「每經過一次加工，就會加強情節的曲折度」。〔註12〕因此，造成伍子胥形象變化的因素，若站在民間文化影響文學系統的角度，便不能忽略口頭傳說與民間信仰對伍子胥故事所造成的影響。

伍子胥故事自春秋末在民間流傳以來，發展至《伍子胥變文》已有不同樣貌，在情節改變的過程中，不僅可看見民間傳說與信仰的涉入，也反映出時代的宗教觀。小野純子認爲「伍子胥變文也是對民眾講唱的，所以唐末民間社會的風俗事物也反映在伍子胥變文上」。〔註13〕在表現民間社會風俗的層面，小野純子提出六種於《伍子胥變文》中所展現的民間通俗信仰。首先，在以佛教思想爲主的敦煌文獻中，所反映出的便是佛教的因果思想，如寫伍子胥姐之嘆：

> 阿姊（姊）抱得弟頭，哽咽聲嘶，不敢大哭，歎言：「痛哉！苦哉！
> 自撲搥凶（胸），共弟前身何罪，受此孤恓！」〔註14〕

除此之外，尚有天道思想：

〔註 9〕林思綺：〈從伍子胥故事的演變論歷史知識的通俗化〉，下，《人文及社會學科教學通訊》，6 卷 1 期總號 31，1995 年 6 月，頁 101。

〔註10〕楊義：《中國歷朝小說與文化》，（臺北：業強出版社，1993 年），頁 204。

〔註11〕楊義：《中國歷朝小說與文化》，（臺北：業強出版社，1993 年），頁 204。

〔註12〕王雅儀：〈先秦至唐伍子胥故事演變之研究〉，《雲漢學刊》，10 期，2003 年 6 月，頁 209。

〔註13〕小野純子：《敦煌變文主題及其相關問題之研究——以董永變、舜子變、伍子胥變文三篇爲主》，國立政治大學中國文學研究所，碩士論文，1985 年，頁 195。

〔註14〕潘重規編著：《敦煌變文集新書》，（臺北：文津出版社，1994 年），頁 837。

六龍降瑞，地像嘉和，風不鳴條，雨不破塊。街衢道路，濟濟鏘鏘，蕩蕩坦坦然，留名萬代。〔註15〕

感得景龍應瑞，赤雀咸（銜）書，芝草並生，嘉和（禾）合秀。〔註16〕

今遭落薄（魄），知復何言。語已懷〔恨〕，氣上衝咽，業也命也，並悉關天。〔註17〕

卿但努力，謹慎前路，天道相饒，讐心必宄（究）。〔註18〕

不僅是佛教因果思想的涉入，天道觀的展現亦使《伍子胥變文》的情節趨於曲折、精彩，而「江神遙聞劍吼。戰悼（掉）湧沸騰波，魚鱉忙怕攢涅，魚龍奔波透出。江神以手捧之，懼怕乃相分付」〔註19〕一句寫劍掉入水中之震撼，將民間的江神信仰表現地一覽無遺。民間的占夢信仰則出現於以下三處：

朕昨夜三更，夢見賢人入境，遂乃身輕體健，踊躍不勝。卿等詳儀（議），爲朕解其善惡。〔註20〕

時吳王夜夢見殿上有神光，二夢見城頭鬱鬱槍槍（蒼蒼），三夢見城門交兵鬥戰，四夢見血流東南。吳王即遣宰彼（嚭）解夢……〔註21〕

吳王夜夢見忠臣仵（伍）子胥一言曰：「越將兵來伐，王可思之。」〔註22〕

透過夢境來推動情節的前進，更以夢作爲對未來的「預言」。占夢信仰的涉入在在強化了伍子胥故事的神秘色彩。除了以上所述，小野純子認爲祖先崇拜與人鬼崇拜的信仰亦是《伍子胥變文》中足以反映民間信仰的一部分。祖先崇拜信仰出現於描寫子胥行至江邊而祭父兄之靈一處：

子胥喚昭王曰：「我父被殺，棄擲深江。」遂乃偃息停流，取得平王骸骨。並魏陵昭帝，並悉總取心肝，行至江邊，以祭父兄靈曰：「小子子胥，深當不孝，父兄枉被殺戮，痛切奈何！比爲勢力不

〔註15〕潘重規編著：《敦煌變文集新書》，（臺北：文津出版社，1994年），頁831。
〔註16〕潘重規編著：《敦煌變文集新書》，（臺北：文津出版社，1994年），頁848。
〔註17〕潘重規編著：《敦煌變文集新書》，（臺北：文津出版社，1994年），頁845。
〔註18〕潘重規編著：《敦煌變文集新書》，（臺北：文津出版社，1994年），頁849。
〔註19〕潘重規編著：《敦煌變文集新書》，（臺北：文津出版社，1994年），頁844。
〔註20〕潘重規編著：《敦煌變文集新書》，（臺北：文津出版社，1994年），頁847。
〔註21〕潘重規編著：《敦煌變文集新書》，（臺北：文津出版社，1994年），頁856。
〔註22〕潘重規編著：《敦煌變文集新書》，（臺北：文津出版社，1994年），頁858。

加，所以蹉跎年歲。今還殺伊父子，棄擲深江，奉祭父兄，惟神
納受。」〔註23〕

在子胥爲報浣紗女之恩而投百金於水中，則反映了人鬼崇拜的信仰：

> 行至潁水河傍，仰面向天嘆而言曰：「我昔逃逝至此，遂從女子求飡；
> 其女亦不相違，抱石投河而死，今日更無餘物，報女子之恩。」一
> 依生存之言，遂取百金投潁水。子胥祭曰……〔註24〕

民間傳說的流傳既爲影響伍子胥形象演變的因素之一，因此提及民間傳
說時便不可忽略民間的伍子胥信仰，因此小野純子認爲有關伍子胥的傳說與
神格化，皆與其成爲祠廟信仰的對象有密切關係。〔註25〕後人爲伍子胥立祠
胥山的紀錄最早可見於《史記》：

> 吳王聞之大怒，乃取子胥之尸，盛以鴟夷革，浮之江中，吳人憐之，
> 爲立祠於江上。因命曰胥山。〔註26〕

因吳人憐惜伍子胥遭遇，因此「爲立祠於江上」，以「祠」紀念伍子胥，感念
其功。「祠」與「廟」功能不同，然在東漢王充《論衡》即已載丹徒大江、錢
塘浙江立子胥廟之事：

> 傳書言：吳王夫差殺伍子胥，煮之於鑊，乃以鴟夷橐投之於江。子
> 胥恚恨，驅水爲濤，以溺殺人。今時會稽丹徒大江，錢唐浙江，縣，
> 曲折而東以入於海。潮水晝夜再上，奔騰衝激，聲撼地軸，郡人以
> 八月十八日傾城觀潮爲樂。……皆立子胥之廟。蓋欲慰其恨心，止
> 其猛濤也。〔註27〕

由此可見子胥傳說與錢塘潮之關係。在民間傳說中，伍子胥被視爲江神來祭
祀，因此也提供了情節變化的動因，讓伍子胥故事與江水的連結被強化，不
僅情節中多處可見與江水相關的安排，伍子胥之死亦與江水相關。有伍子胥
信仰之處，便是伍子胥傳說流傳之處。從紀念性質的「祠」發展至「廟」的

〔註23〕潘重規編著：《敦煌變文集新書》，（臺北：文津出版社，1994 年），頁 851。

〔註24〕潘重規編著：《敦煌變文集新書》，（臺北：文津出版社，1994 年），頁 853。

〔註25〕參考自小野純子：《敦煌變文主題及其相關問題之研究——以董永變、舜子
變、伍子胥變文三篇爲主》，國立政治大學中國文學研究所，碩士論文，1985
年，頁 142。

〔註26〕〔漢〕司馬遷撰；〔劉宋〕裴駰集解；〔唐〕司馬貞索隱；〔唐〕張守節正義：
《史記》，（臺北：鼎文書局，1981 年），頁 2180。

〔註27〕〔東漢〕王充著；黃暉校：《論衡校釋》，（北京：中華書局，1990 年），頁 180
至 181。

規模，再加上祭祀之俗的帶動，伍子胥故事隨民間的江神信仰而得以代代相傳，並且被完整保留。〔註28〕

　　據東漢王充《論衡》所載，可推知東漢時已有祭祀伍子胥的傳統，並且當時認為錢塘潮之所以洶起大浪便是因於子胥的憤恨，而建伍子胥「廟」之意義已全然不同於建「祠」。「祠」係以「紀念」為目的，而「廟」則已「祭祀」為主，說明伍子胥形象已從受人感念的歷史賢臣，逐漸邁入神格化階段。再加上伍子胥水死與屈原遭遇間的相似關聯，因此「產生了在川上迎接伍子胥的民間信仰」〔註29〕，而形象的變化與伍子胥故事的改變亦息息相關，小野純子指出：

> 由《史記》的立〈伍子胥列傳〉，還有伍子胥的神格化而建立伍子胥神廟，以及在《荊楚歲時記》有關民間的伍子胥信仰。逐漸變形，成為中古世紀民間傳說中的伍子胥：他為父報仇而自己也是個悲劇英雄。在民間，伍子胥是相當受大家的歡迎的。所以到了唐代，伍子胥成為民眾所講的變文中的一種題材。〔註30〕

伍子胥傳說變化的因素，不僅是內容的改變，更加上了民間傳說與神格化的作用，使伍子胥故事得以不斷流傳，甚至創新。作為一個深受民間喜愛的歷史人物，伍子胥到了唐代更成為民眾作為娛樂的變文主題之一，除了在民間大受歡迎，也影響了文人對伍子胥的評價。在《吳越春秋》中對伍子胥事蹟的描述，亦可看出伍子胥形象受宗教影響而變化的痕跡：

> 子胥曰：「尚且安坐，為兄卦之。今日甲子，時加於巳，支傷日下，氣不相受。君欺其臣，父欺其子。今往方死，何侯之有？」〔註31〕

《吳越春秋》所書使伍子胥有了善於卜卦的術士形象。雖《吳越春秋》作者與成書時間尚有爭議，然多認為其成書於西元 58 年至 75 年間，對應道教興起於東漢末年的時間，因此可推測《吳越春秋》所載極可能受當時盛行的道

〔註28〕 David Johnson 著；蔡振念譯：〈伍子胥變文及其來源〉（第二部：上），《中華文化復興月刊》，17 卷 3 期總號 192，1984 年 3 月，頁 26。

〔註29〕 小野純子：《敦煌變文主題及其相關問題之研究——以董永變、舜子變、伍子胥變文三篇為主》，國立政治大學中國文學研究所，碩士論文，1985 年，頁 144。

〔註30〕 小野純子：《敦煌變文主題及其相關問題之研究——以董永變、舜子變、伍子胥變文三篇為主》，國立政治大學中國文學研究所，碩士論文，1985 年，頁 144。

〔註31〕 〔東漢〕趙曄：《吳越春秋》，（上海：上海書局，1989 年），頁 12-1。

教思想影響，因而在伍子胥故事中將伍子胥塑造成具備法術、占卜等能力的特異之人。〔註32〕

　　除了《吳越春秋》中的術士形象，〈「吳越春秋」等三部古籍中的民間傳說〉更梳理出三則關於伍子胥顯靈的傳說，分別為「子胥化為怒濤」、「夫差祭子胥，杯動酒盡」、「伍子胥使越軍繞道」，皆顯現了伍子胥傳說在《越絕書》與《吳越春秋》中的神秘色彩。〔註33〕如「子胥化為怒濤」一事，《吳越春秋》載：

　　　　吳王乃取子胥屍盛以鴟夷之器，投之於江中，言曰：「胥汝一死之後，何能有知？」即斷其頭，置高樓上，謂之曰：「日月炙汝肉，飄風飄汝眼，炎光燒汝骨，魚鱉黿食汝肉。汝骨變形灰，有何所見？」乃棄其軀，投之江中。子胥因隨流揚波，依潮來往，蕩激崩岸。〔註34〕

同樣敘述子胥死後因怒化為濤水之事，在《越絕書》中亦載：

　　　　王使人捐於大江口。勇士執之，乃有遺響，發憤馳騰，氣若奔馬。威凌萬物，歸神大海。彷彿之間，音兆常在。後世稱述，蓋子胥，水僊也。〔註35〕

二者皆表現江水與伍子胥間的關聯，「蓋子胥，水僊也」的描寫，可見伍子胥被視為江神且被民眾祭祀的習俗在東漢時已流傳。而「夫差祭子胥，杯動酒盡」一事可見於《太平御覽》引古本《吳越春秋》的記載：

　　　　《吳越春秋》曰：「夫差帥諸羣臣出國東，祠子胥江水濱。諸臣並在，夫差乃言曰：「寡人蒙先王之遺恩，為千乘之主。昔不聽相國之言，乃用讒佞之辭，至令相國遠沒江海。自亡已來，濛濛惑惑，如霧蔽日，莫誰與言。」泣下沾衿，哀不自勝。左右羣僚，莫不悲傷。」〔註36〕

　　　　《吳越春秋》云：「夫差設祭，杯動酒盡。」〔註37〕

〔註32〕　參考自王雅儀：〈先秦至唐伍子胥故事演變之研究〉，《雲漢學刊》，10 期，2003年 6 月，頁 208。

〔註33〕　參見周兆新、李恩英：〈「吳越春秋」等三部古籍中的民間傳說〉，《學術論文集》，第 7 期，2005 年 8 月，頁 57。

〔註34〕　〔東漢〕趙曄：《吳越春秋》，（上海：上海書局，1989 年），頁 61-2 至 62-1。

〔註35〕　李步嘉校釋：《越絕書》，（武昌：武漢大學出版社，1992 年），頁 326。

〔註36〕　〔宋〕李昉編：《太平御覽》，（臺北市：商務印書館，1975 年），頁 2518-1。

〔註37〕　〔宋〕李昉編：《太平御覽》，（臺北市：商務印書館，1975 年），頁 475-1。

古本《吳越春秋》載夫差率群臣於江水濱祭祀子胥，此處的描寫強化了伍子胥與江水之間的緊密關聯，「杯動酒盡」更可見民間傳說爲夫差祭子胥所塗抹上的神秘色彩。「伍子胥使越軍繞道」的傳說則見於《吳越春秋》，其載：

> 吳王大懼，夜遁。越王追奔攻吳，兵入於江陽松陵，欲入胥門，來至六七里，望吳南城，見伍子胥頭巨若車輪，目若耀電，鬚髮四張，射於十里。越軍大懼，留兵假道。即日夜半，暴風疾雨，雷奔電激，飛石揚砂，疾於弓弩。越軍壞敗，松陵去退，兵士僵斃，人血分解，莫能救止。范蠡、文種乃稽顙肉袒，拜謝子胥，願乞假道。子胥乃與種、蠡夢曰：「吾知越之必入吳矣，故求置吾頭於南門，以觀之破吳也。惟欲以窮夫差。定汝入我之國，吾心又不忍，故爲風雨以還汝軍。然越之伐吳，自是天也，吾安能止哉？越如欲入，更從東門，我當爲汝開道，貫城以通汝路。」於是越軍明日更從江出，入海陽，於三道之瞿水，乃穿東南隅以達。越軍遂圍吳，守一年，吳師累敗。
> 遂棲吳王於姑胥之山。〔註38〕

此段描寫伍子胥頭「巨若車輪，目若耀電，鬚髮四張，射於十里」而使越軍大懼的場景，夜半時的奇異之況：「暴風疾雨，雷奔電激，飛石揚砂」與「越軍壞敗，松陵去退，兵士僵斃，人血分解，莫能救止」，更讓范蠡、文種束手無策，於是「稽顙肉袒，拜謝子胥」，神秘的氛圍被渲染得更爲強烈。《吳越春秋》最後更書伍子胥託夢予文種、范蠡，爲越軍開道以破吳師，而後果然「吳師累敗」，如此敘事手法展現吳越一地的神秘色彩，更與伍子胥民間信仰相合。

故事發展至《伍子胥變文》，伍子胥的術士形象被敘述得更爲深刻，不但「眼潤畫地而卜」〔註39〕，還能「畫而言曰：『捉我者殃，趁我者亡，急急如律令。』」〔註40〕伍子胥於《伍子胥變文》中的形象已然是位術士，變文中伍子胥所念的咒語「急急如律令」一詞係出於道教的逃遁法術，用以驅逐惡鬼、命令神祇等，可見道教思想滲透入《伍子胥變文》的痕跡。不僅因當時道教盛行，民間百姓亦相信可透過法術消除災厄或治療疾病，因而使此種信仰觀影響《伍子胥變文》對伍子胥的描寫，使伍子胥擁有卜筮能力，且能運用法

〔註38〕〔東漢〕趙曄：《吳越春秋》，（上海：上海書局，1989年），頁58-1至58-2。
〔註39〕潘重規編著：《敦煌變文集新書》，（臺北：文津出版社，1994年），頁838。
〔註40〕潘重規編著：《敦煌變文集新書》，（臺北：文津出版社，1994年），頁838。

術，將伍子胥塑造得更爲全能。〔註41〕除了受道教影響，「民間心理狀態的呈現」亦是變文中伍子胥術士形象產生的原因之一。人民憐惜伍子胥遭遇並希望其能得以逃脫，此種民間的期待心理促使作者安排伍子胥透過巫術解決困難、化險爲夷，因此形成了伍子胥善用巫術的形象。

小野純子認爲「伍子胥變文這樣濃厚的反映出道教的影響，而且可知當時佛教都市的敦煌民眾也根深蒂固地信仰道教」，且在敦煌發現的文獻中「除了佛教文獻外，道教寫本爲最多」，因此可知「當時民眾彼此抄寫道教寫本而且廣泛閱讀，乃是一般民眾的道教信仰」。〔註42〕據此，《伍子胥變文》中寫子胥卜筮、運用法術，或是「眼瞤耳熱」預知吉凶等事，皆可看見變文將伍子胥塑造成術士、道士的痕跡，亦展現了宗教觀對於伍子胥故事的影響。

《伍子胥變文》中所反映的宗教信仰是「民俗化了的宗教觀」〔註43〕，此種宗教觀「主要是以占卜畫符及因果報應爲主，甚且儒、釋、道三者合流，雜糅不分」。〔註44〕雖三教雜糅，《伍子胥變文》中道教思想的展現更爲顯著，相對的，在佛教色彩的展現上則相對薄弱。因此，在道教思想的呈現上，《伍子胥變文》作者發揮得甚是有力，如藥名詩、解夢、占卜、天文、五行等，且在情節串連的過程中皆扮演了重要的角色，是故事中最爲精彩之處，於此可見變文作者刻意的安排。〔註45〕

伍子胥故事於春秋末藉由口傳開始流傳，並且在《左傳》、《史記》等歷史文本的書寫下，正式進入史傳系統。經過歷代的書寫、流傳，基礎結構得

〔註41〕 參考自王雅儀：〈先秦至唐伍子胥故事演變之研究〉，《雲漢學刊》，10 期，2003年 6 月，頁 208。

〔註42〕 小野純子：《敦煌變文主題及其相關問題之研究——以董永變、舜子變、伍子胥變文三篇爲主》，國立政治大學中國文學研究所，碩士論文，1985 年，頁 201 至 202。

〔註43〕 小野純子：《敦煌變文主題及其相關問題之研究——以董永變、舜子變、伍子胥變文三篇爲主》，國立政治大學中國文學研究所，碩士論文，1985 年，頁 63。

〔註44〕 小野純子：《敦煌變文主題及其相關問題之研究——以董永變、舜子變、伍子胥變文三篇爲主》，國立政治大學中國文學研究所，碩士論文，1985 年，頁 63。

〔註45〕 針對《伍子胥變文》中道家思想呈現與情節安排之關係，詳見小野純子：《敦煌變文主題及其相關問題之研究——以董永變、舜子變、伍子胥變文三篇爲主》，國立政治大學中國文學研究所，碩士論文，1985 年，頁 65 至 86。因道教的內容與起源並非本研究欲探討之主題，故於此皆不贅述。

以確立，故事發展到傾向小說化的《越絕書》、《吳越春秋》時，有別於史傳
對於材料揀選的嚴謹，伍子胥故事開始複雜化。到《伍子胥變文》更可見民
間力量與宗教觀涉入伍子胥故事的情形，進而影響故事的呈現，以及其中的
伍子胥形象。經過民間傳說的塑造與百姓期待心理的作用，再加上民間信仰、
道教、佛教等因素影響後，伍子胥故事逐漸發展出能夠反映宗教觀點、符合
庶民階層趣味的情節，在如此文化力量的作用下，伍子胥呈現於世人眼前的
形象更為多彩。

第二節　儒家忠、孝觀與復仇觀的作用

　　觀照伍子胥故事的流變，載體形式、接受對象與創作目的皆對故事產生
變化的推力。當接受者是為底層百姓時，更需配合民眾期待心理與需求改變
情節、增加故事的精彩度，以吸引民眾。相對於庶民，士大夫階層所接受的
伍子胥故事又是在什麼文化力量下被塑造的呢？伍子胥故事的書寫除了與民
間傳說、宗教信仰與民眾預期心理息息相關，時代的價值觀亦影響情節變化
與伍子胥形象。從《左傳》為伍子胥事蹟留下文字紀錄後，伍子胥故事及形
象變化亦反映時代的價值觀。綜觀《左傳》、《國語》、《呂氏春秋》、《韓非子》
等對伍子胥事蹟有所記載的先秦文本，可觀察到伍子胥形象由多元的狀態逐
漸向「忠」靠攏的現象，並且影響後代文本對伍子胥故事的撰寫。

　　若要釐清「忠」與伍子胥之間的關聯，必先對「忠」之內涵進行分析。
「孝」概念觀念的體系較「忠」概念生成得更早。對父母行「孝」在古人道
德價值觀中乃天經地義，而「忠」則是國家體制產生後才有的道德概念。佐
藤將之《中國古代的「忠」論研究》一書中認為，「忠」字於春秋、戰國時
期所代表的意涵已不相同。其將《左傳》中對於「忠」與「忠信」的用例進
行歸納〔註46〕：

　　　第一章　一種國家道德

　　　第貳章　對神聖的真心

　　　第參章　對百姓的真心

　　　第肆章　為公家或社稷效勞的忠臣

〔註46〕參見佐藤將之：《中國古代「忠」論研究》，（臺北：國立臺灣大學出版中心，
　　　　2010 年），頁 56。

第伍章　比較廣義、或一般的誠懇之心

佐藤將之認爲，「在《左傳》中的『忠』幾乎沒有意指『臣下』對『主上』個人之忠誠」〔註47〕，且「《左傳》的『忠』之主要對象應該涉及對於國家共同體的忠誠，也就是公共的『忠』」。〔註48〕因此，《左傳》中所言之「忠」應是對國家、社稷的忠誠，並非對國君一人的忠誠，且「在《國語》、《左傳》以及中山王陵彝器銘文中的『忠』和『忠信』概念幾乎是決定國家社稷存亡的最高價值」。〔註49〕對比現今的「忠」，《左傳》與《國語》時期的「忠」是將國家與社稷之利益置爲優先。佐藤將之指出：

> 雖然在春秋時期到戰國早期許多「忠」和「忠信」用例是就「君臣關係」而言的，其作者所要主張的重點，實在於宣揚對國家社稷或對代表國家社稷之諸侯的忠誠。因此，就算臣民對君主有貢獻，但若此貢獻只限於達成君主的私利，則《國語》和《左傳》的作者並不將之稱爲「忠」。如此，「忠」的實際對象並不針對君主本人而言，其究竟對象乃是超乎君主的共同利益。〔註50〕

由此可知，在《左傳》及《國語》中，「忠」發揮的主要對象爲國家與社稷，且「其究竟目標是國家的安定」〔註51〕，以此作爲依據的行爲才可被認爲是「忠」。甚至，「在作爲『君德』的功能上，『忠』和『忠信』概念逐漸被視爲

〔註47〕 佐藤將之以〈成公九年〉范文子讚美楚囚之評語進行分析。《左傳‧成公九年》載：「楚囚，君子也。言稱先職，不背本也；樂操土風，不忘舊也；稱大子，抑無私也；名其二卿，尊君也。不背本，仁也；不忘舊，信也；無私，忠也；尊君，敏也。仁以接事；信以守之；忠以成之；敏以行之；事雖大必濟，君盍歸之，使合晉楚之成。」佐藤將之認爲「對《左傳》的作者來説，在『忠』的含意中『君臣』之間的互動是次要的，而個人心中的『無私』之德行才是主涵」。參見佐藤將之：《中國古代「忠」論研究》，（臺北：國立臺灣大學出版中心，2010年），頁57。

〔註48〕 〈宣公十二年〉載：「林父之事君也。進思盡忠，退思補過。社稷之衛也。」佐藤將之認爲此處表示荀林父「盡『忠』的終極對象還是『社稷』」。參見佐藤將之：《中國古代「忠」論研究》，（臺北：國立臺灣大學出版中心，2010年），頁57。

〔註49〕 佐藤將之：《中國古代「忠」論研究》，（臺北：國立臺灣大學出版中心，2010年），頁36。

〔註50〕 佐藤將之：《中國古代「忠」論研究》，（臺北：國立臺灣大學出版中心，2010年），頁177至178。

〔註51〕 佐藤將之：《中國古代「忠」論研究》，（臺北：國立臺灣大學出版中心，2010年），頁178。

君主爲了『獲得民眾的親附』的德目。」〔註52〕可見「忠」於此指的是對國家與社稷的認同。正因春秋戰國以來的社會變化、新國家型態及社會的形成，「促進了對社稷的認同，因而從春秋到戰國早期之『忠』和『忠信』之意涵原來就與政治意義息息相關」〔註53〕，因此，「忠」概念於此時的核心意涵即是「能貢獻國家社稷的繁榮和安寧之行爲，以及其實踐者的『誠懇』之心態」。〔註54〕

　　「忠」概念發展至戰國中期則以「國家人民的利益」作爲主要考量因素與核心內涵，並且透過諫言的方式呈現其效果。佐藤將之認爲，若「忠臣」與國君進行正面的互動，那麼「臣下試圖矯正主上之誤」的行爲便是「忠」。在「諫言」提出後，國君此採納並且使己身言行舉止合乎道德規範，如此國家便會安定繁榮。反之，若「忠臣」與國君產生了負面的互動，國君並不採納諫言，言行舉止僅爲追求個人利益，如此臣下便可選擇脫離君臣關係。〔註55〕由此可知，在戰國中期儒、墨二家論述中，「『忠』概念尚未成爲單方面要求臣下『一定要死忠於上』的片面倫理」，「忠」與「不忠」在戰國早中期之依據乃在於「某一個人的想法或行爲是否合乎（1）國家利益、（2）人民福利，及（3）道德原則」。〔註56〕再者，戰國早中期「忠」概念的內涵需要「國家本身的利益」、「天下人民之利益」、「合乎道德倫理」三者作爲支撐，而是否符合國君需求或私利則是次要的。〔註57〕因此，「忠」概念隨政治關係因而產生變化，在戰國早中期，人臣「忠」與否取決於社稷，但至戰國末年，人臣之「忠」則被歸於具體的君臣關係下。〔註58〕隨著國家權力高張，「忠」概念於此由對

〔註52〕佐藤將之：《中國古代「忠」論研究》，（臺北：國立臺灣大學出版中心，2010年），頁178。

〔註53〕佐藤將之：《中國古代「忠」論研究》，（臺北：國立臺灣大學出版中心，2010年），頁70。

〔註54〕佐藤將之：《中國古代「忠」論研究》，（臺北：國立臺灣大學出版中心，2010年），頁70。

〔註55〕此論述參見佐藤將之：《中國古代「忠」論研究》，（臺北：國立臺灣大學出版中心，2010年），頁86至87。

〔註56〕參考自佐藤將之：《中國古代「忠」論研究》，（臺北：國立臺灣大學出版中心，2010年），頁87。

〔註57〕參考自佐藤將之：《中國古代「忠」論研究》，（臺北：國立臺灣大學出版中心，2010年），頁88。

〔註58〕參考自佐藤將之：《中國古代「忠」論研究》，（臺北：國立臺灣大學出版中心，2010年），頁180。

社稷負責的「君德」層次，轉換成以國君爲對象的「臣德」範疇，可見「忠」概念的實質內涵歷經了細緻的改變。

回歸至對伍子胥的刻劃，《左傳》中並無書其「忠」，到了戰國末年《呂氏春秋》及《韓非子》，文本中對於伍子胥「忠」的刻劃不僅增多，更以「忠」、「忠直」等評價之，除了可見思想家透過論述發揚政治思想，更可見「忠」概念演變的過程。從原先的「君德」，以國家、社稷之福祉作爲目標，發展至「臣德」，作爲人臣個人實踐的道德。因此，「『忠』概念名正言順地成爲較爲清楚的『臣德』倫理概念，而重新誕生的『忠』概念支配了以後兩千年的東亞政治、社會之價值觀以及意識形態」〔註59〕故於《左傳》中並不寫伍子胥「忠」，當時的「忠」概念應是範疇更廣泛且崇高者，而後隨著韓非子、荀子等針對時代需求對「忠」提出辯論，在「忠」概念轉變下，伍子胥的「忠」才逐漸被突出。

不同於佐藤將之認爲「忠」的意義隨時代而改變的說法，簡宗梧則認爲《左傳》僅強調伍子胥「智」、「仁」、「勇」、「孝」等形象，而不言其「忠」是別有用心。面對母國——楚國，伍子胥興兵攻郢，難免爲人所責難，因此《左傳》剪去伍子胥傾覆楚國的身影，僅寫夫槪王等人之英勇、破楚之氣勢來暗示伍子胥居中斡旋的動作。最後再以鬭辛兄弟對話爲伍子胥行動的合宜性提出詮釋，「可見《左傳》運用高度的結構技巧，美妙的文辭，塑造伍子胥的形象，也闡發了君臣之義、仁孝智勇之德」。〔註60〕在文學與史學脈絡下，《左傳》不書伍子胥「忠」與作者所欲闡發的君臣大義相關。蔡師妙眞認爲「《左傳》以『社稷爲主』的民本觀念爲封建君臣「隸屬」關係解套，對忠或不忠的評判，就容易回歸「任事態度」的檢驗，而非「服事一人」的行爲約束」〔註61〕，因此《左傳》不言子胥「忠」，使讀者能夠保有對伍子胥行爲解讀的權利，將「忠」與「不忠」的解釋交給讀者，卻又在敘事的同時傳遞《左傳》作者欲言的價值，使得「忠」價值的內涵不再只是扁平的概念。

在官方、時代氛圍等力量的介入下，忠、孝概念與復仇觀念受到政治環

〔註59〕 佐藤將之：《中國古代「忠」論研究》，（臺北：國立臺灣大學出版中心，2010年），頁182。

〔註60〕 簡宗梧：《鎔裁文史的經典——左傳》，（臺北：黎明文化事業股份有限公司，1999年），頁119至122。

〔註61〕 蔡師妙眞：〈變焦鏡頭——《左傳》價值辯證手法〉，《興大中文學報》，第21期，2007年6月，頁23。

境的影響而受到側重或相形失落，如此道德價值的變化亦左右了伍子胥形象的塑造。除了「忠」，「孝」概念亦影響伍子胥記事及形象演變。「忠」、「孝」皆為儒家中「仁」的範疇，而《左傳》載子尚於行前告誡子胥之言，亦是作者所欲倡明者，因此伍子胥故事在流傳、被文字記載後，已可見各文本的作者依循「忠」、「孝」等概念來鋪陳、強化情節的手法。

言及「孝」概念，便不可忽略伍子胥「復仇」大戲的演出。《呂氏春秋》已有「鞭墳」記載，到了《史記》，司馬遷將伍子胥復仇的過程鉅細靡遺地描寫，而各朝代的復仇觀點亦左右著伍子胥「復仇」過程的鋪衍。

針對「復仇」觀的起源，林素娟認為：「早在先秦時期，在安撫鬼靈、維護血親之間的緊密感、報等精神要求下，復讎風氣已十分盛行，而儒家強調宗法倫理，又使得復讎風氣得到進一步的安定和宣揚」〔註62〕，此外，「復讎對於家族內部來說可達到緊密情感的目的；對於死者，具有安撫靈魂的功效，至於生者，則透過『報』而實踐其倫理的義務；在儒家的定和支持下，復讎又被賦予道德的理想性」〔註63〕，可知「復仇」觀念成形的穩定過程。而李隆獻於〈復仇觀的省察與詮釋——以「春秋」三傳為重心〉一文提出其針對《春秋》三傳復仇觀的看法：

> 《公羊》與《穀梁》基本上肯定復仇，《左傳》則似乎不贊成復仇。
> 若對照儒家的復仇觀，這種現象並非不可理解：不同的經師對復仇
> 的觀點可以贊成，可以反對，故《禮記》、《大戴禮記》、《公羊傳》、
> 《穀梁傳》都贊成復仇，《周禮》、《左傳》則基本上不贊成復仇，顯
> 示儒家或因流派不同，或因時代、地域／文化的差異，而有不同的
> 復仇觀。〔註64〕

對於伍子胥的復仇記事，《公羊傳》詳細記述過程，並且對此給予正面肯定，《穀梁傳》亦同，然《左傳》卻未載「撻平王之墓」，更穿插郢公之事，態度令人玩味不已。因此，李隆獻認為受不同流派、時代、文化等因素影響，儒家經典對於「復仇」的態度亦有所不同。回歸至伍子胥記事，今人未可知《左

〔註62〕 林素娟：〈漢代復仇議題所凸顯的君臣關係及忠孝觀念〉，《成大中文學報》，
　　　　 24卷1期總號48，2005年7月，頁25。
〔註63〕 林素娟：〈春秋戰國時期為君父復讎所涉之忠孝議題及相關經義探究〉，《漢學
　　　　 研究》，24卷1期總號48，2006年6月，頁36。
〔註64〕 李隆獻：〈復仇觀的省察與詮釋——以「春秋」三傳為重心〉，《臺大中文學報》，
　　　　 22期，2005年6月，頁36。

傳》對伍子胥復仇的態度，於此李隆獻認為：

> 從記載史實的角度分析，《左傳》可以是純粹的記述歷史，並無認同
> ／反對的立場；若從後設書寫的角度分析，《左傳》記述這段史實可
> 能將自己的意見融入其中，達到懲惡勸善的目的。〔註65〕

林素娟則針對伍子胥復仇所反映的忠孝衝突問題提出歸納：

> 伍子胥前後態度反映了重要的訊息：1.事君如事父，二者均需顧全。
> 2.為父復讎而毀壞君臣之義，行為並不可取。3.父必須在無罪被君所
> 殺的情況下，子才被允許復仇。4.弒君以復仇，還必須在國君為昏
> 君的情況下，才具有「憂中國之心」的正當性。此即不虧君之義，
> 以復父讎；不以私而害公。〔註66〕

因此，伍子胥記事在復仇觀念差異的影響下，不但產生價值觀衝突，亦左右
了記事內容。不僅先秦時代如此，一個時代的政治、價值觀等，皆影響了伍
子胥故事的樣貌與文人對其評價的內容，再加上民間傳說的揉合，促使伍子
胥形象不斷被形塑。

「在大一統的政治背景下，忠被極力講求，與孝相併提」〔註67〕，因此
漢儒在解釋經書時，忠、孝觀與復仇觀間的衝突往往應運而生，而如此衝突
亦延伸至魏晉時期。到了魏晉時期，孝與忠之間的矛盾更為劇烈，在司馬氏
奪曹魏政權而起的歷史背景下更「移孝作忠」，以孝治天下。因此，在官方大
力顯揚某些道德價值的介入下，亦影響了當時代對「忠」、「孝」的詮解，伍
子胥故事與形象在這樣的歷史脈絡下，也深受影響。

不僅「忠」、「孝」概念，「復仇」觀的展現亦與政治權力相關。漢代有蘇
不韋為父復仇一事，何休將蘇不韋喻為伍子胥，郭林宗甚至認為蘇不韋更勝
伍子胥一籌。〔註68〕林素娟認為「由於二人在士人社群中的聲望，蘇不韋受

〔註65〕 李隆獻：〈復仇觀的省察與詮釋——以「春秋」三傳為重心〉，《臺大中文學報》，
22 期，2005 年 6 月，頁 35。

〔註66〕 林素娟：〈春秋戰國時期為君父復讎所涉之忠孝議題及相關經義探究〉，《漢學
研究》，24 卷 1 期總號 48，2006 年 6 月，頁 58。

〔註67〕 林素娟：〈漢代復仇議題所凸顯的君臣關係及忠孝觀念〉，《成大中文學報》，
24 卷 1 期總號 48，2005 年 7 月，頁 26。

〔註68〕 《後漢書·郭杜孔張廉王蘇羊賈陸列傳·蘇章族孫不韋》載：「士大夫多譏其
發掘冢墓，歸罪枯骨，不合古義，唯任城何休方之伍員。太原郭林宗聞而論
之曰：『子胥雖云逃命，而見用強吳，憑闔廬之威，因輕悍之眾，雪怨舊郢，
曾不終朝，而但鞭墓戮屍，以舒其憤，竟無手刃後主之報。豈如蘇子單特孑

到士人的尊崇。於此不但可以看出士人階級對復讎的看重，亦可見伍子胥掘平王墓的行為雖有爭議，然而其所展現對復讎的堅持和無畏，於當時士人心中頗具份量」。〔註69〕在這樣提倡復仇的氛圍下，伍子胥復仇場面的書寫也得到了擴大、複雜的可能。

　　漢代大一統的政治環境，影響了對於忠、孝等價值的推動，亦對「復仇」產生了深遠的影響。林素娟對漢代復仇風氣盛行提出看法：

> 由於復讎為儒家認為孝子、忠臣所應盡的義務，因此漢代忠孝的推行對復讎風氣造成鼓勵作用。然而統治者卻不能忍受公權力受到挑戰，因此在獎勵忠孝和法令禁止復讎間即造成張力。漢代的官吏往往受到崇尚仁孝、節義等風氣影響，對私自復讎者執法上多所矛盾。又如漢代帝王推行孝道，主要的目的在於達到「事親孝，故忠可移於君」、「資於事父以事君而敬同」，終至「長有天下，令宗廟血食也」的功效。因此孝道的推行同時，對忠的要求亦相對提高，忠與孝二者相抗相持，其間矛盾亦相對提高。〔註70〕

正因為忠、孝與復仇觀間存在衝突，漢代文人冀望調和二者，紛紛提出解釋，然此問題仍未得到解決，至魏晉時期反而使衝突加深。李隆獻指出：「曹魏主政者意識到漢代寬縱復仇所導致的問題，於是明訂禁止復仇的律令，用法律來規範復仇行為，強化國家的控制力。」〔註71〕可知曹魏對於復仇行為的抑制。到了南北朝，官方對復仇的態度又產生了改變。李隆獻指出：

> 南北朝分裂後，對待復仇的態度頗不相同：南朝由於朝代更迭頻繁，士族成為紛擾政局下相對穩定的力量，與其強調國家的「忠」，不如強調士族的「孝」，於是「孝」成為比「忠」更重要的道德價值，遂

立，靡因靡資，強讎豪援，據位九卿，城闕天阻，宮府幽絕，埃塵所不能過，霧露所不能沾。不韋毀身燋慮，出於百死，冒觸嚴禁，陷族禍門，雖不獲遑，為報已深。況復分骸斷首，以毒生者，使屬懷忿結，不得其命，猶假手神靈以斃之也。力唯匹夫，功隆千乘，比之於員，不以優乎？』議者於是貴之。」出於〔劉宋〕范曄撰；〔唐〕李賢等注；〔晉〕司馬彪補志；楊家駱主編：《後漢書》，（臺北：鼎文書局，1981 年），頁 1108 至 1109。

〔註69〕林素娟：〈漢代復仇議題所凸顯的君臣關係及忠孝觀念〉，《成大中文學報》，24 卷 1 期總號 48，2005 年 7 月，頁 40。

〔註70〕林素娟：〈漢代復仇議題所凸顯的君臣關係及忠孝觀念〉，《成大中文學報》，24 卷 1 期總號 48，2005 年 7 月，頁 45。

〔註71〕李隆獻：〈兩漢魏晉南北朝復仇與法律互涉的省察與詮釋〉，《臺大文史哲學報》，68 期，2008 年 5 月，頁 72。

　　致具有強烈孝義倫理色彩的復仇行為，在南朝往往能獲致輿論的支
　　持，也多能得到官方／帝王的寬赦，乃至嘉許；與南朝相較，在政
　　治上相對穩定的北朝，則傾向強調「忠」，甚至透過將「忠」定義為
　　「大孝」的詮釋方式，以「忠」涵「孝」，壓低「孝」的地位；同時，
　　也在法律上明訂禁止侵犯公權力的復仇行為。〔註72〕

　　縱使文人針對忠、孝與復仇間衝突問題提出解釋，伍子胥於文人心中的
評價似乎不受動搖。從戰國時期「智」、「勇」、「孝」的多元評價，到漢代以
後「忠」不斷聚焦的現象，伍子胥的復仇行動似乎被文人放置在較崇高的地
位來看待，文人給伍子胥評價時多以其忠君力諫的行為作為準則，進而使伍
子胥逐漸有了「歷史忠臣」的形象。

　　伍子胥故事被創作時，在時代氛圍、官方權力的作用下，影響了伍子胥
「忠」、「孝」與「復仇」的描寫。簡言之，若官方獎勵復仇之風，在這樣的
時代背景下，時下文人便會大力聚焦於伍子胥復仇行動的書寫；反之，若當
時不鼓勵復仇甚至禁止，如此伍子胥復仇在當時可能便不會成為文人書寫的
素材。因此，隨著歷代對「忠」、「孝」、「復仇」等概念的詮釋與重視程度的
不同，文人在寫伍子胥故事或用典時所呈現出的伍子胥形象便會產生差異。
在伍子胥形象不斷疊加的過程中，歷代忠、孝與復仇觀的差異，使得伍子胥
形象於文人創作中呈現不同面貌，子胥的「忠」、「孝」形象與復仇行動更有
了不同的詮解。

第三節　投射心理與話語場域的影響

　　伍子胥形象不僅受時代的道德價值觀影響，亦與敘事者所在的話語場域
息息相關。文人書寫伍子胥故事，或以子胥典故創作時，書寫中所投射出的
皆為自己。身為「臣」，在政治場域中所為強調的即是「忠」價值，因此文人
寫子胥之「忠」便是言自身之「忠」。子胥的「忠」形象便在士大夫有政治目
的的書寫下不斷被偏重，而「孝」形象則相對受到削弱。自漢至唐，伍子胥
的「忠」形象不斷被提高且強調，此現象與敘事者的立場關係密切。

　　話語場域、創作者生命際遇、創作目的等因素，皆牽動著伍子胥故事的

〔註72〕李隆獻：〈兩漢魏晉南北朝復仇與法律互涉的省察與詮釋〉，《臺大文史哲學
　　　　報》，68 期，2008 年 5 月，頁 72。

描寫、對伍子胥的評價以及當其作爲典故被書寫時所呈現的價值觀。榮格指出「心理藝術作品的題材總是來自人類意識經驗這一廣闊領域，來自生動的生活前景」，因此，「人生的教訓」、「情感的震驚」、「激情的體驗」、「人類命運的普遍危機」等，皆構成了人類的心理，而這些創作者生活的一部分透過創作被表現〔註73〕，讀者便能從中觀看創作者的心理生活，更可從中見創作者的投射心理。

　　士大夫運用伍子胥典故進行創作時，因當時代政治氛圍與其所在的話語場域的差異，進而影響士大夫對於伍子胥形象的揀選，簡言之便是配合場所改變言語內容。因此，伍子胥形象歷經「初建」、「發展」、「成熟」與「聚焦及變異」等時期，形象也不斷疊加、突顯，這些皆可看見創作者在其中的投射，而這種心理便是在當創作者處於某種話語場域中所形成的。

　　「投射」指將己身特點、感情或意志等投射於他人身上的認知，認爲自己具有某種特質或意志，而別人定與自己相同。文人在看伍子胥遭遇時彷彿也看到自身遭遇，於是在用伍子胥典故時，面對伍子胥多元的形象，士大夫選擇聚焦於伍子胥的「忠」形象。透過伍子胥之「忠」寫自身對國君之「忠」，透過伍子胥「不遇」寫自身「不遇」，透過伍子胥被讒之「冤」寫自身遭讒、排擠之「冤」，此皆士大夫投射心理的展現。屈原寫「吳信讒而弗味兮，子胥死而後憂……不畢辭而赴淵兮，惜壅君之不識」、司馬遷寫「棄小義，雪大恥，名垂於後世」、李白寫「漢求季布魯朱家，楚逐伍胥去章華。萬里南遷夜郎國，三年歸及長風沙」，皆將自己投射到伍子胥遭遇身上，藉由認同伍子胥與自身遭遇皆同，從中得到心靈的慰藉。

　　從屈原、東方朔、司馬遷，到李白、吳筠、元稹、薛據、李紳等人，在時間漫長的綿衍下，原本多元的伍子胥形象在文人揀選下，「忠」形象逐漸得到相當程度的突顯，因諸多文人將自身「忠」而「不遇」、「忠」卻受讒的遭遇「投射」於伍子胥身上，如此作法亦促使子胥的「忠」形象受到偏重與聚焦，進而影響後出文本中的伍子胥面貌。

　　文人懷才不遇，有志難伸爲其長久之生命課題，對於文學中的「士不遇」主題，趙國乾認爲：

　　　　從個人的角度來看，中國古代文化的發展，決定和造就了詩人是中

〔註73〕　參考自卡爾‧古斯塔夫‧榮格（Carl Gustav Jung）著；馮川、蘇克譯：《心理學與文學》，（臺北：九大文化股份有限公司，1990年），頁99。

國封建社會知識份子中的精華。他們幾乎無一例外地都要飽讀詩書，以便滿腹經綸，經世致用。而傳統文化的影響規定了他們的人生道路本就是「修身、齊家、治國平天下」，其最終目標是輔佐君王，濟蒼生，安邦定國。因此，他們從小就胸懷天下，有著極大的理想抱負。從而在他們身上也就存在著「仕」與「不仕」以及如何「仕」的矛盾，即使那些一時身居官位的，也會因被貶，或官職卑微不能濟蒼生而矛盾重重。〔註74〕

知識份子以「修身、齊家、治國平天下」為目標，期望自己能夠透過「仕」實現此最高價值，並且為國家、社稷盡己之責，因此「那些有抱負的知識份子總是希望能夠矯正君王的過失，使國富民強。但他們這種良苦用心卻往往會遭到專橫昏庸皇帝的不理睬，甚至會得罪君主」。〔註75〕是故，知識份子深感壯志未酬而有不遇之嘆，因而透過創作一抒胸臆間之悲歡，「借助於詩歌抒發這種悲憤情緒，使痛苦得以理性的昇華」。〔註76〕歷經漫長的時間流動，伍子胥故事雖越發精彩，所呈現出的人物形象應是越顯豐厚、立體，然而在士大夫接力式地揀選、突出下，「忠」成為與伍子胥密不可分的形象。士大夫的不遇既是每朝每代皆有的慨嘆，那麼透過創作抒發悲憤的現象便不會停止，正因士大夫有不遇之感，因此透過創作委婉抒慨、或直截斥責，或將和自己同遭遇之人的事蹟入詩、入文，此即為士大夫在文學上的投射心理。

歷經各朝代士大夫的集體投射，伍子胥的「忠」形象成為士大夫階層深感不遇、忠而受讒、不見於主時的「掩護」，在這樣的「掩護」下，士大夫們透過創作與伍子胥對話、惺惺相惜。在士大夫階層的不斷「聚焦」下，伍子胥「忠」形象於創作中次次被突顯，伍子胥與「忠」之間的鏈結已牢靠地聯繫著。

不僅是士大夫投射心理的作用，「話語場域」亦影響著文人對於伍子胥形象的揀選。「場域」（field）一詞由布迪厄（Bourdieu, P.）所提出，「場域」是由各種社會地位所建構出的空間，「是為多面向的社會網絡」〔註77〕，此空間

〔註74〕趙國乾：〈中國文學「士不遇」主題的文化審美闡釋〉，《雲南社會科學學報》，2004 年第 3 期，頁 120。

〔註75〕趙國乾：〈中國文學「士不遇」主題的文化審美闡釋〉，《雲南社會科學學報》，2004 年第 3 期，頁 120。

〔註76〕趙國乾：〈中國文學「士不遇」主題的文化審美闡釋〉，《雲南社會科學學報》，2004 年第 3 期，頁 120。

〔註77〕高宣揚：《布迪厄的社會理論學》，（上海：同濟大學出版社），2004 年，頁 138。

並非實體的存在，而是在個人與社會群體之間的想像領域，並且由權力所構成，因此場域之中的參與者必須具備權力，並且在場域中鬥爭。〔註78〕布迪厄明確指出「文學或藝術場域是一個各種力量存在和較量的場域」。〔註79〕場域是互相滲透的，因此士大夫不僅屬於文學場域，亦可能屬於某政治場域中，而爲了在場域中獲得權力，從而實現自我價值與理想，或是實踐某些目的時，士大夫便會透過書寫進行「較量」或申明心志。

因創作者所處的「話語場域」〔註80〕不同，因此在書寫伍子胥故事或揀選形象時便有不同面向的考量。在描寫伍子胥的話語場域中，可分爲「士」與「庶」二者。當位於「士」階層的話語場域，創作者突顯伍子胥「忠」與「賢」形象之目的便是爲了「稱忠稱賢」，除了將自身遭遇與心境投射在伍子胥身上，藉以抒發慨嘆，更是透過伍子胥忠君上諫等事蹟表明自己的忠心耿耿。簡言之，以唐代人臣上書進諫國君之文爲例，劉寬〈陳情書〉謂國君：「陛下不垂明察，採聽流言，欲令忠直之臣，枉陷讒邪之黨。臣實不欺天地，不負神明，夙夜三思，……陛下若以此誅臣，何異伍子胥存吳，卒浮尸於江上。」在「士」階層的話語場域中，最重要的「聽眾」便是國君，書寫者於文本中突顯的價值，勢必會受到場域中聽眾身份的影響，因此，〈陳情書〉揀選伍子胥「忠」形象，而不用伍子胥「智」或「孝」等形象作爲論述之據。甚至，在人臣上諫文書中，爲避免一臣之言無法撼動國君並且達到勸諫國君的目的，因此在爲文中以古代先聖先賢作爲借鑒，以收勸諫之效，是故以伍子胥作爲忠於國君的賢臣代表來創作，以古鑑今，便和話語場域對書寫的影響相關。

相反地，當書寫者處於「庶」階層的話語場域中，而「聽眾」爲平民百姓時，爲配合百姓知識水平與心理需求，書寫者在文本中所突顯的價值則可能更爲多元。爲了達到宣揚教化的目的，突顯伍子胥「忠」與「孝」形象便是爲了「教忠教孝」。以《伍子胥變文》爲例，當聽眾爲一般平民百姓時，文本便需符合百姓心中的道德標準，因此《伍子胥變文》特別突出對伍子胥「忠」與「孝」形象的描寫，以符合民間所宣揚的忠孝節義等價值。

《講故事──對敘事虛構作品的理論分析》一書指出：「歷史和話語不

〔註78〕高宣揚：《布迪厄的社會理論學》，（上海：同濟大學出版社），2004年，頁138。
〔註79〕高宣揚：《布迪厄的社會理論學》，（上海：同濟大學出版社），2004年，頁82。
〔註80〕在伍子胥形象變化的過程中，不僅受文學場域影響，政治場域亦對伍子胥的書寫有所作用，因此本文將二者合稱爲「話語場域」，探討對伍子胥的書寫在面對不同場域及場域中的個體、群體時，所呈現出的文字差異。

是顯示出諸多文本之間的差異，而是顯示出單個文本中敘述的語域的差異。」
〔註81〕在伍子胥形象變化的歷程中，不僅因話語場域不同，導致伍子胥形象
呈現的差異，創作者對伍子胥故事的描寫、形象的塑造與揀選或是評價，皆
受書寫者身份、際遇、創作目的及接受對象等因素影響。歷經時間的綿衍與
文體的擴大，伍子胥故事架構與人物形象更為豐富。由創作者遭遇觀之，或
忠而不遇、或遭受排擠、或受讒被逐、或隱忍委屈，這些都透過對伍子胥故
事的描寫與形象的選擇，將自身的悲懷投射於伍子胥身上，由此一抒悲憤或
得到寬慰。而在創作者身份與創作目的差異下，為了宣揚忠孝價值，或教化
人心，被聚焦、突顯的伍子胥形象便是為了達成目的的手段之一。不過，創
作的目的相當多元，場域也不僅只有「政治」一種類型，或許某些創作者僅
為了「抒情」而寫伍子胥故事或評價伍子胥，並不對其「忠」或「孝」等形
象有所評價，然在不同的詮釋下所呈現出的伍子胥形象或許亦會不同於創作
者原本的預設，甚至進而影響後出的文本。

　　綜觀伍子胥形象變化的過程，不僅因民間傳說與宗教觀涉入而產生影
響，時代與官方權力對忠、孝與復仇觀念的詮解、獎勵或禁止，亦影響伍子
胥故事的書寫與形象的呈現。回到創作者的話語場域，受場域權力結構及創
作者際遇影響，伍子胥形象更成為書者在文學與心靈上的庇護所，一方面排
遣胸臆不平憤懣之氣，借他人酒杯，澆胸中之塊壘，一方面於場域中展現力
量。伍子胥形象變化的過程漫長而複雜，但也因形象其經歷漫長的累積與疊
加，並且使士庶階層中對於伍子胥的接受與塑造相互滲透、流動，進而激盪
出豐富而立體的伍子胥形象。不論目的為何，皆可看出伍子胥故事的演變不
僅經歷綿長時間的積累，更被諸多文化力量所牽動，所展現的不只有伍子胥
形象的變化，在這樣的變化下更可看見伍子胥故事流變所蘊涵的文化價值。

〔註81〕史蒂文‧科恩（Steven Cohan）、琳達‧夏爾斯（Linda M. Shires）著；張方譯：
　　　　《講故事──對敘事虛構作品的理論分析》（Telling stories: a theoretical
　　　　analysis of narrative fiction），（臺北：駱駝出版社，1997 年），頁 102。

第伍章　結　論

　　本研究將焦點置於春秋至唐代間伍子胥故事的流變，並且從變化的過程中觀照其蘊涵的文化價值，因此透過梳理歷代伍子胥故事內容的差異，可見伍子胥在歷代文本中所呈顯的形象。從史傳系統的《左傳》、《史記》，發展到小說化的《越絕書》、《吳越春秋》，而後更演變成《伍子胥變文》，伍子胥故事歷經時間綿衍與文體變化，在故事的架構、情節的安排、出場的人物、細節的描繪皆有了改變的同時，伍子胥的形象也被牽動著。

　　在「形象初建期」，《左傳》、《國語》首先以文字爲伍子胥故事進行初步架構，而《韓非子》、《呂氏春秋》爲伍子胥故事增添逃亡情節與人物，此時期更有諸子爲闡述思想而評價伍子胥，這些都直接或間接地形塑了伍子胥的形象，使伍子胥於此時期表現了「智」、「仁」、「勇」、「孝」、「忠」、「賢」的多元樣貌，也讓伍子胥故事在骨架外更添血肉，亦爲故事與形象蓄積了向後世發展的能量。

　　在「形象初建期」累積不少養分後，伍子胥的故事與形象開始蓬勃發展。到了「形象發展期」，伍子胥故事架構在〈伍子胥列傳〉的書寫下更爲完整，伍子胥形象亦在《新書》、《史記》、《說苑》等文本的直接與間接建構下，被塑造得更爲立體。透過東方朔、嚴忌等文人借子胥典故進行創作，以抒發心志、闡述思想的強化下，伍子胥部份形象——如「智」、「忠」、「賢」等逐漸被突出，同時《史記》不但寫伍子胥「入江而神不化」與吳人爲伍子胥立祠之事，更爲後世伍子胥形象的變異埋下種子。

　　歷經重重發展，伍子胥身上的形象越發穩定。到了「形象成熟期」，《越絕書》及《吳越春秋》爲伍子胥故事踵事增華，伍子胥故事逐漸由史傳系統

過渡到民間系統，不僅帶有小說色彩，更可見宗教思想的涉入。伍子胥故事在《史記》提供架構、《越絕書》與《吳越春秋》二書加之鋪衍後，伍子胥形象逐漸進入成熟階段，人物性格呈現得更為立體生動，伍子胥被賦予的能力更帶有宗教色彩，可見道教思想於其中產生的作用。除了故事的踵事增華，士大夫則以「智」、「賢」、「忠」形象為核心評價子胥，使三者穩定披掛於伍子胥身上，並且為士大夫所使用。對比起形象初建時期的多元呈現，伍子胥形象在士大夫創作的突出下，已有意識地向「智」、「賢」、「忠」等形象靠攏，伍子胥與此些形象的連結顯得更為穩固，而其他形象則相對失落。

經過成熟的階段後，伍子胥故事與形象到唐代分化出二個方向，分別為「忠」形象的聚焦與神格化的產生。「忠」形象的聚焦與士大夫階層關係密切，士大夫在創作過程中特別突出子胥之「忠」，以此投射自身意志或思想，或於政治性的話語場域中以子胥之「忠」作為依據，進而勸諫、影響上位者。在士大夫目的性的揀選下，伍子胥的「忠」形象被偏重、聚焦，在士大夫的創作中多見子胥之「忠」，而不見其他形象的描寫。

另一個形象變異的方向為「神格化」，然這樣的變動不僅只存在於庶民階層中。在伍子胥故事經民間傳說與信仰涉入後，形象便隨著《伍子胥變文》及唐代筆記小說的描寫而改變，伍子胥與江潮傳說產生連結，更被視為水神。自此，伍子胥不再只是歷史名臣，更成為受民間景仰、崇拜的水神之一。於此，可見對伍子胥故事的描寫是流動於士庶階層間的，位為士階層的詩人與筆記小說創作者，如李肇、李玫等人，吸收了民間傳說與信仰的養分進行創作，將伍子胥神格化形象流傳於士階層。伍子胥的形象不僅得以多元呈現，經由士庶階層互相流動、涉入，伍子胥形象發展至唐代，展現了充滿盎然生機的變化，更推動後世對伍子胥故事的演繹。

在伍子胥形象建構、疊加、變化的長期過程中，文化提供了推動演變的過程中不可或缺的助力。民間傳說與信仰、道教與佛教等宗教觀點滲入，更推動伍子胥故事與形象的變化，驅使伍子胥故事更為複雜、豐富，形象也隨之更為立體，更符合時代意識與民眾期待心理，呈現出民間活潑的生命力，亦使伍子胥故事得以不斷流傳並且創新。

士大夫書寫伍子胥故事時，在時代意識、官方權力的作用下，對於伍子胥「忠」、「孝」與「復仇」的描寫亦有所影響。在政治力量或倡或抑、時代氛圍等力量推動下，對「忠」、「孝」與「復仇」的觀點，也影響著當時士大

夫對伍子胥故事的書寫或評價。隨著歷代對「忠」、「孝」和「復仇」概念的詮釋與重視程度不同，伍子胥形象便在這樣的力量下或得到突出的機會、或被削弱，而子胥的「忠」、「孝」形象與復仇行動的詮解更因時而異。

除此之外，創作者對伍子胥形象的塑造、選擇或是評價亦受創作者身份、際遇、創作目的及文本接受對象等因素影響。創作者因個人際遇而對伍子胥遭遇產生投射心理時，其所揀選的伍子胥形象便要能為其所用，因此忠而不遇的描寫便取得了較多的戲份。歷朝以來，「士不遇」更可視為士大夫的集體焦慮。在士大夫以伍子胥入典的情況中，士大夫多聚焦於對伍子胥「忠」形象的描寫，因投射心理的作用，士大夫看待伍子胥遭遇時彷彿也看到自身遭遇。因此士大夫寫伍子胥「忠」、寫其不遇、寫其受讒之冤，表面雖藉伍子胥遭遇來創作，實際上則是寫自身對國君之「忠」、寫自身不遇、寫忠君卻受讒的冤苦淒情，士大夫由此借他人酒杯，澆自己胸中塊壘，在這樣充滿心理投射的書寫下，伍子胥「忠」形象便得到了突出的機會。

再者，因創作者所處話語場域不同，伍子胥作為材料，在「士」、「庶」階層被側重的形象亦各有所異。在「士」階層的話語場域中，創作者書伍子胥「忠」與「賢」的目的為「稱忠稱賢」，除了將自身遭遇與心境「投射」於伍子胥身上，藉以抒發慨嘆，亦有透過伍子胥忠君上諫等事蹟表明忠心或冀望國君引以為鑑者。而處於「庶」階層的話語場域中時，接受話語的對象則為平民百姓，為配合民間的傳說與信仰、百姓知識水平與心理需求，創作者所突顯的「忠」與「孝」價值便會更為符合民情，目的是為了達到宣揚教化、教育百姓等「教忠教孝」的目的。由此可見，在話語場域不同的情況下，伍子胥的形象因應目的的不同被塑造。

隨著時間的綿衍與文體的擴大，伍子胥故事逐漸複雜化，伍子胥的形象更是經歷漫長的累積與疊加。在創作目的、民間傳說與信仰、宗教觀、時代氛圍與政治力量等因素的塑造下，伍子胥故事內容逐漸複雜化，亦影響士大夫在使用伍子胥典故時的揀選。伍子胥故事歷經春秋《左傳》到唐代以來千年的塑造，由史傳系統進入民間系統，伍子胥形象於唐代後更在士大夫與庶民階層之間互相滲透、流動，不僅保留了史傳系統中對伍子胥故事的描繪，亦接受了民間系統中對伍子胥民間性與神格化形象的塑造，使得伍子胥形象的流變呈現出多彩且富含生命力的樣貌。在這樣長時間的變化下，伍子胥故事內容與形象的改變，皆蘊涵著深層的文化價值，文化助力、創作者的接力

式書寫，造就了伍子胥故事的精彩，更促使伍子胥成為被世人千古傳頌的歷史忠臣，持續在文學、戲劇等諸多領域中大放異彩。

　　唐代後，在《春秋列國志傳》、《新列國志》、《東周列國志》、《浣紗記》、《二胥記》等傳奇、戲曲文本的演繹下，伍子胥故事與其形象更呈現出不同以往的豐富樣貌，且在不同文本中對於伍子胥故事與形象的描寫及塑造亦可由心理學、社會學等角度切入進行深入探討。以上皆可作為未來可再開展、延伸的主題，然受限於時間因素且筆者研究能力仍有不足之處，尚無法針對唐後的伍子胥故事進行歸納與觀察，來日若能力所及，期望能進行更深入的探討，為伍子胥的相關研究略盡棉薄之力。

參考文獻

一、古籍文獻（以時代排序）

1. 周‧左丘明；晉‧杜預注；唐‧孔穎達疏：《春秋左傳正義》，（中華書局據阮刻本校刊）。

2. 周‧左丘明；楊伯峻注：《春秋左傳注》，北京：中華書局，1981 年。

3. 周‧莊子；清‧王先謙集解：《莊子集解》，〈雜篇‧盜跖〉，北京：中華書局，1987 年。

4. 周‧荀子；李滌生集解：《荀子集解》，臺北：臺灣學生書局，1979 年。

5. 周‧韓非子；陳奇猷撰：《韓非子集釋》，臺北：世界書局，1963 年。

6. 周‧呂不韋；陳奇猷校：《呂氏春秋校釋》，臺北：華正書局，1985 年。

7. 漢‧賈誼：《新書》，臺北：臺灣中華書局，1981 年。

8. 漢‧劉向輯：《戰國策》，臺北：里仁出版社，1982 年。

9. 漢‧劉向：《說苑》，（中華書局據明刻本校刊）。

10. 漢‧劉向輯；宋‧洪興祖撰；白化文等點校，《楚辭補注》，北京：中華書局，1983 年。

11. 漢‧司馬遷；瀧川龜太郎考證：《史記會注考證》，臺北：洪氏出版社，1977 年。

12. 漢‧司馬遷；劉宋‧裴駰集解；唐‧司馬貞索隱；唐‧張守節正義：《史記》，臺北：鼎文書局，1981 年。

13. 漢‧王充著；黃暉校：《論衡校釋》，北京：中華書局，1990 年。

14. 漢；李步嘉校釋：《越絕書》，武昌：武昌大學出版社，1992 年。

15. 漢‧趙曄：《吳越春秋》，上海：上海書局，1989 年。

16. 晉‧杜預注：《春秋經傳集解》，臺北：七略出版社，1991 年。

17. 北齊・魏收撰；西魏書清・謝啓昆撰；楊家駱主編：《魏書》，臺北：鼎文書局，1980 年。

18. 南朝宋・劉義慶著；南朝梁・劉孝標注；余嘉錫箋疏；周祖謨等整理：《世說新語箋疏》，臺北：華正書局，1984 年。

19. 劉宋・范曄撰；唐・李賢等注；晉・司馬彪補志；楊家駱主編：《後漢書》，臺北：鼎文書局，1981 年。

20. 梁・蕭統編；唐・李善注：《文選》，上海：上海古籍出版社，1986 年。

21. 唐・李肇：《唐國史補》，收於清・張海鵬輯：《學津討原》，臺北：藝文印書館，1965 年。

22. 唐・房玄齡等撰；楊家駱主編：《晉書》，臺北：鼎文書局，1980 年。

23. 唐・李延壽撰；楊家駱主編：《北史》，臺北：鼎文書局，1980 年。

24. 唐・杜光庭：《錄異記》，臺北：廣文書局，1989 年。

25. 明・凌稚隆輯校：《補標史記評林》，台北：地球出版社，1992 年。

26. 清・董增齡撰：《國語正義》，四川：巴蜀書社，1985 年。

27. 清・阮元審定；盧宣旬校：《重刊宋本十三經注疏附校勘記》，臺北：藝文印書館，1965 年。

28. 清・嚴可均：《全上古三代秦漢三國六朝文》，北京：中華書局，1958 年。

29. 清・彭定求、楊中訥等輯：《全唐詩》，臺北：明倫出版社，1971 年。

30. 清・董誥等輯：《欽定全唐文》，北京：中華書局，1983 年。

二、今人著作（以出版年排序）

（一）專書

1. 魯迅：《而已集》，上海：北新書局，1928 年。

2. 逯欽立輯校：《先秦漢魏晉南北朝詩》，北京：中華書局，1983 年。

3. 高辛勇：《形名學與敘事理論——結構主義的小說分析法》，臺北：聯經出版事業公司，1987 年。

4. 董楚平：《吳越文化新探》，浙江：浙江人民出版社，1988 年。

5. 卡爾・古斯塔夫・榮格（Carl Gustav Jung）著；馮川、蘇克譯：《心理學與文學》，臺北：九大文化股份有限公司，1990 年。

6. 林安弘：《儒家孝道思想研究》，臺北：文津出版社，1992 年。

7. 周天游：《古代復仇面面觀》，陝西：陝西人民教育出版社，1992 年。

8. 姜彬主編：《吳越民間信仰民俗——吳越地區民間信仰與民間文藝關係的考察和研究》，上海：上海文藝出版社，1992 年。

9. 林安弘：《儒家孝道思想研究》，臺北：文津出版社，1992 年。

10. 楊義：《中國歷朝小說與文化》，臺北：業強出版社，1993 年。

11. 劉進寶、劉瑞明等著；顏廷亮主編：《敦煌文學概論》，甘肅：甘肅人民出版社，1993 年。

11. 潘重規編著：《敦煌變文集新書》，臺北：文津出版社，1994 年。

12. 陳文新：《中國筆記小說史》，臺北：志一出版社，1995 年。

13. 布雷克思（Plaks Andrew H.）：《中國敘事學》，北京：北京大學出版社，1996 年。

14. 史蒂文・科恩（Steven Cohan）、琳達・夏爾斯（Linda M. Shires）著；張方譯：《講故事——對敘事虛構作品的理論分析》（Telling stories: a theoretical analysis of narrative fiction），臺北：駱駝出版社，1997 年。

15. 〔法〕米歇爾・傅柯（Michel Foucault）著；謝強、馬月譯：《知識考古學》，北京：生活・讀書・新知三聯書店，1998 年。

16. 〔法〕米歇爾・傅柯（Michel Foucault）著；劉北城、楊遠嬰譯：《規訓與懲罰：監獄的誕生》，臺北：桂冠出版社，1998 年。

17. 楊義：《中國敘事學》，嘉義：南華管理學院編譯出版中心，1998 年。

18. 簡宗梧：《鎔裁文史的經典——左傳》，臺北：黎明文化事業股份有限公司，1999 年。

19. 丁如明、李宗爲等校點：《唐五代筆記小說大觀》，上海：上海古籍出版社，2000 年。

20. 高有鵬：《中國民間文學史》，河南：河南大學出版社，2001 年。

21. 陸永峰：《敦煌變文研究》，收錄於《中國佛教學術論典》，冊 53，臺北：佛光山文教基金會，2002 年。

22. 陳平原：《中國小說敘事模式的轉變》，北京：北京大學出版社，2003 年。

23. 賀曼（Herman David）著；馬海良譯：《新敘事學》，北京：北京大學出版社，2003 年。

24. 〔法〕蒂費納・薩莫瓦約（Tiphaine Samovault）著；邵煒譯：《互文性研究》，天津：天津人民出版社，2003 年。

25. 〔荷〕米克・巴爾著；譚君強譯：《敘述學：敘事理論導論》，北京：中國社會科學出版社，2003 年。

26. 高宣揚：《布迪厄的社會理論學》，上海：同濟大學出版社，2004 年。

27. 〔法〕布迪厄（Bourdieu, P.）、〔美〕華康德（Wacquant, L. D.）著；李猛、李康譯：《實踐與反思：反思社會學導引》，北京：中央編譯出版社，2004 年。

28. 查昌國：《先秦「孝」、「友」觀念研究——兼漢宋儒學探索》，安徽：安徽大學出版社，2006 年。

29. 王長坤：《先秦儒家孝道研究》，四川：四川出版集團巴蜀書社，2007 年。

30. 胡亞敏：《敘事學》，湖北：華中師範大學出版社，2008 年。

31. 羅書華：《中國敘事之學：結構、歷史與比較的維度》，北京：中國社會科學出版社，2008 年。

32. 柳惠英：《唐代懷古詩研究》，臺北：花木蘭文化出版社，2009 年。

33. 佐藤將之：《中國古代「忠」論研究》，臺北：國立臺灣大學出版中心，2010 年。

34. 童宏民：《伍子胥故事研究：以元明清戲曲小說爲中心》，新北：花木蘭文化出版社，2011 年。

35. 吳福助：《史記解題》，臺北：國家出版社，2012 年。

36. 〔美〕西摩‧查特曼（Seymour Chatman）著；徐強譯：《故事與話語》，北京：中國人民大學出版社，2015 年。

（二）學位論文

1. 小野純子：《敦煌變文主題及其相關問題之研究——以董永變、舜子變、伍子胥變文三篇爲主》，國立政治大學中國文學研究所，碩士論文，1985 年。

2. 張瑞芬：《伍子胥變文及其故事之研究》，中國文化大學中國文學研究所，碩士論文，1985 年。

3. 童宏民：《元明清戲曲小說中之伍子胥》，國立政治大學中國文學研究所，碩士論文，1986 年。

4. 高云萍：《伍子胥故事研究》，山東師範大學中國古代文學專業，碩士論文，2004 年。

5. 陳欣怡：《「左傳」對通俗文學的影響——以「伍子胥變文」與「趙氏孤兒」戲曲爲例》，玄奘大學中國語文學系碩士在職專班，碩士論文，2007 年。

6. 張志娟：《伍子胥傳說研究》，北京大學中國語言文學系，碩士論文，2011 年。

7. 徐海：《伍子胥信仰研究》，蘭州大學中國史、歷史文獻學專業，碩士論文，2013 年。

（三）期刊論文

1. 金玉亭：〈從伍子胥變文探討悲劇英雄的心理變動過程〉，《新潮》，30 期，1975 年 6 月，頁 18 至 22。

2. 簡宗梧：〈左傳伍子胥的形象〉，《孔孟學報》，45 期，1983 年 4 月，頁 213 至 223。

3. 〔美〕大衛·強生（David Johnson）著；蔡振念譯：〈伍子胥變文及其來源〉（第一部）上，《中華文化復興月刊》，16 卷 7 期總號 184，1983 年 7 月，頁 37 至 44。

4. 〔美〕大衛·強生（David Johnson）著；蔡振念譯：〈伍子胥變文及其來源〉（第一部）中，《中華文化復興月刊》，16 卷 8 期總號 185，1983 年 8 月，頁 45 至 48。

5. 〔美〕大衛·強生（David Johnson）著；蔡振念譯：〈伍子胥變文及其來源〉（第一部）下，《中華文化復興月刊》，16 卷 9 期總號 186，1983 年 9 月，頁 45 至 51。

6. 〔美〕大衛·強生（David Johnson）著；蔡振念譯：〈伍子胥變文及其來源〉（第二部）上，《中華文化復興月刊》，17 卷 3 期總號 192，1984 年 3 月，頁 21 至 26。

7. 〔美〕大衛·強生（David Johnson）著；蔡振念譯：〈伍子胥變文及其來源〉（第二部）下，《中華文化復興月刊》，17 卷 4 期總號 193，1984 年 4 月，頁 26 至 31。

8. 翁麗雪：〈東漢刑法與復仇〉，《嘉義農專學報》，39 期，1994 年 11 月，頁 151 至 166。

9. 林思綺：〈從伍子胥故事的演變論歷史知識的通俗化〉上，《人文及社會學科教學通訊》，5 卷 5 期總號 29，1995 年 2 月，頁 172 至 185。

10. 林思綺：〈從伍子胥故事的演變論歷史知識的通俗化〉中，《人文及社會學科教學通訊》，5 卷 6 期總號 30，1995 年 4 月，頁 178 至 187。

11. 林思綺：〈從伍子胥故事的演變論歷史知識的通俗化〉下，《人文及社會學科教學通訊》，6 卷 1 期總號 31，1995 年 6 月，頁 100 至 130。

12. 歐天發：〈隱語類型研究──兼論「伍子胥變文」的藥名詩、占夢辭〉，《嘉南學報》，26 期，2000 年 11 月，頁 250 至 275。

13. 蔡雅惠：《史記悲劇人物與悲劇精神研究》，國立成功大學中國文學研究所，碩士論文，2001 年。

14. 龔敏：〈唐代伍子胥忠、孝形象研究〉，《東方人文學誌》，1 卷 2 期，2002 年 6 月，頁 91 至 108。

15. 陳永國：〈互文性〉，《外國文學》，2003 年第 1 期，2003 年 1 月，頁 75 至 81。

16. 黃亞平：〈伍子胥故事的演變──史傳系統與敦煌變文為代表的民間系統的對比〉，《敦煌研究》，總第 78 期，2003 年第 2 期，頁 93～96+112。

17. 王雅儀：〈先秦至唐伍子胥故事演變之研究〉，《雲漢學刊》，10 期，2003 年 6 月，頁 177 至 213。

18. 趙國乾：〈中國文學「士不遇」主題的文化審美闡釋〉，《雲南社會科學學

報》，2004 年第 3 期，頁 117 至 121。

19. 李隆獻：〈復仇觀的省察與詮釋——以「春秋」三傳爲重心〉，《臺大中文學報》，22 期，2005 年 6 月，頁 99～103+105～150。

20. 林素娟：〈漢代復仇議題所凸顯的君臣關係及忠孝觀念〉，《成大中文學報》，24 卷 1 期總號 48，2005 年 7 月，頁 23 至 46。

21. 羅莞翎：〈試論「伍子胥變文」儒家思想與宗教信仰〉，《有鳳初鳴年刊》，2 期，2005 年 7 月，頁 381 至 394。

22. 周兆新、李恩英：〈「吳越春秋」等三部古籍中的民間傳説〉，《學術論文集》，第 7 期，2005 年 8 月，頁 45 至 65。

23. 李志宏〈「三國志演義」作爲歷史通俗演義範式的文類意義及其話語表現〉，《臺北教育大學語文集刊》，10 期，2005 年 11 月，頁 1+3+5～35。

24. 林素娟：〈春秋戰國時期爲君父復讎所涉之忠孝議題及相關經義探究〉，《漢學研究》，24 卷 1 期總號 48，2006 年 6 月，頁 35 至 70。

25. 蔡師妙眞：〈永恆的經書與流動的價值——唐詩用「左傳」典故之觀察〉，《興大中文學報》，第 19 期，2006 年 6 月，頁 231 至 264。

26. 李世忠：〈詠史懷古辨異〉，《唐山師範學院學報》，第 28 卷第 4 期，2006 年 7 月，頁 20 至 22。

27. 朱曉海：〈讀「伍子胥列傳」〉，《文與哲》，9 期，2006 年 12 月，頁 109 至 119。

28. 龔敏：〈唐詩中的伍子胥信仰與傳説〉，《廣西民族大學學報》（哲學社會科學版），第 29 卷第 1 期，2007 年 1 月，頁 83 至 88。

29. 張曉寧：〈論「伍子胥變文」中伍子胥之形象及其塑造〉，《中正大學中國文學研究所研究生論文集刊》，9 期，2007 年 5 月，頁 27 至 51。

30. 佐藤將之：〈國家社稷存亡之道德：春秋、戰國早期「忠」和「忠信」概念之意義〉，《清華學報》，新 37 卷第 1 期，2007 年 6 月，頁 1 至 33。

31. 甄靜：〈論魏晉南朝士人忠孝觀的倒錯〉，《青海師範大學學報》（哲學社會科學版），2007 年第 6 期，總第 125 期，頁 63 至 67。

32. 蔡師妙眞：〈變焦鏡頭——「左傳」價值辯證手法〉，《興大中文學報》，第 21 期，2007 年 6 月，頁 227 至 252。

33. 張國榮：〈古代放逐作家「不遇」情結的心理表現型態〉，《廣西社會科學學報》，總第 147 期，2007 年 9 期，頁 137 至 141。

34. 李隆獻：〈兩漢復仇風氣與「公羊」復仇理論關係重探〉，《臺大中文學報》，27 期，2007 年 12 月，頁 71 至 121。

35. 李隆獻：〈隋唐時期復仇與法律互涉省察與詮釋〉，《成大中文學報》，第 20 期，2008 年 4 月，頁 79 至 110。

36. 李隆獻：〈兩漢魏晉南北朝復仇與法律互涉的省察與詮釋〉，《臺大文史哲學報》，68 期，2008 年 5 月，頁 39 至 78。

37. 吳德玲：〈「伍子胥變文」的思想義涵及人物特色〉，《長庚科技學刊》，8 期，2008 年 6 月，頁 153 至 180。

38. 陳洪、姚瑤：〈先秦子書與伍子胥故事〉，《徐州師範大學學報》（哲學社會科學版），第 34 卷第 4 期，2008 年 7 月，頁 23 至 27。

39. 魯瑞菁：〈屈原仕進、隱逸與水死情結研究——以伯夷、彭咸與伍子胥三組人物爲參照系的討論〉，《興大中文學報》，（增刊）卷 23 期，2008 年 11 月，頁 193 至 249。

40. 洪靖婷：〈「伍子胥奔吳覆楚」文學記述研究〉，《人文與社會學報》，2 卷 3 期，2008 年 12 月，頁 205 至 229。

41. 李玉珍：〈從「伍子胥變文」看劍的隱喻符號〉，《中國語文》，106 卷 6 期總號 636，2010 年 6 月，頁 66 至 78。

42. 張立新：〈逃離與眷顧——伍子胥悲劇命運的文化闡釋〉，《雲南民族大學學報》（哲學社會科學版），第 27 卷第 5 期，2010 年 9 月，頁 122 至 126。

43. 童宏民：〈古典戲曲中的伍子胥形象〉，《勤益人文社會學刊》，2 期，2010 年 12 月，頁 1 至 32。

44. 劉叢：《由正史到雜史——伍子胥復仇故事在史傳系統中的流變》，《河南科技大學學報》（社會科學版），第 29 卷第 1 期，2011 年 2 月，頁 21 至 24。

45. 李隆獻：〈先秦至唐代復仇型態的省察與詮釋〉，《文與哲》，18 期，2011 年 6 月，頁 1 至 22。

46. 陳曉琳：〈先秦時期伍子胥形象的確立與發展〉，《東京文學》，2011 年 9 月，頁 100 至 101。

47. 李隆獻：〈清代學者「春秋」與三「傳」復仇觀的省察與詮釋〉，《臺大文史哲學報》，第 77 期，2012 年 11 月，頁 1 至 41。

48. 楊明璋：〈講唱之劍——以敦煌本「伍子胥變文」爲中心的討論〉，《政大中文學報》，18 期，2012 年 12 月，頁 87 至 113。

49. 楊華、馮聞文：〈伍子胥故事的文本流變與中國古代的價值觀〉，《長江學術》，第 3 期，2013 年，頁 143 至 152。

50. 劉文強：〈論左傳中的「諫」〉，《東吳中文學報》，第 26 期，2013 年 11 月，頁 11 至 32。

51. 朱湘蓉：〈文學史中伍子胥復仇故事情節的形成——以湖北雲夢睡虎地 77 號漢墓伍子胥故事簡爲依據〉，《中原文化研究》，第 2 期，2015 年，頁 44 至 51。

（四）研討會論文

1. 蔡師妙真：〈智仁勇孝辯——「左傳」伍員復仇記裡的鏡像結構〉，玄奘
　大學，《第一屆東方人文思想國際學術研討會》，2009 年 6 月。

附　錄

附錄一：先秦時期伍子胥故事內容比較表

內容	年份	《左傳》	《國語》	《韓非子》	《呂氏春秋》
平王娶太子建妻	昭公 19 年（B.C.523）伍子胥年約 36 歲	○			
伍奢被擒	昭公 20 年（B.C.522）伍子胥年約 37 歲	○			
費無忌讒言		○			
尚、員對話		○ 主導：伍尚			
伍奢論斷		○			
子胥奔吳		○ 「員如吳」			
逃亡過程				○ 邊侯阻擋	○
許公指點投吳					○
遇江上丈人（漁父）					○ 江上丈人問其名族
遇擊綿女					
乞食吳市					
見公子光、進專諸	昭公 20 年（B.C.522）伍子胥年約 37 歲	○			○ 公子光惡其貌

內容	年份	《左傳》	《國語》	《韓非子》	《呂氏春秋》
耕於鄙		○			○
公子光與伍胥商討伐楚	昭公 31 年（B.C.511）伍子胥年約 48 歲	○「伐楚何如」、「闔閭從之，楚於是乎始病」、「以子胥謀疲楚」		○闔閭問退	
具體成就				○攻荊時計換楚將	○修法制，下賢良，選練士，習戰鬥，大勝楚於柏舉，酒戰九勝
伐楚入郢都	定公 4 年（B.C.506）伍子胥年約 42 歲	○	○載於〈楚語〉		○
親射王宮					○
鞭屍、鞭墳					○鞭墳
闔閭歿，夫差繼之	定公 14 年（B.C.496）伍子胥年約 52 歲	○			
諫不與越和	哀公元年（B.C.494）伍子胥年約 64 歲	○	○		
諫不予越糧					○「不出三年而吳亦饑，使人請食於越，越王弗與，乃攻之，夫差為禽。」

內容	年份	《左傳》	《國語》	《韓非子》	《呂氏春秋》
諫不伐齊	哀公 11 年（B.C.484）伍子胥年約 75 歲	○ 僅一次，謂存越係「心腹之疾」	○		
諫不與越友好，不應受越賂			○		
太宰嚭讒					
伍胥之死	哀公 11 年（B.C.484）伍子胥年約 75 歲	○ 吳王賜劍	○ 子胥釋劍		
死前預言		○	○		
抉目、鴟夷			○		
吳王無顏見員之說			○		
立祠胥山					
備註一：○表文本中有對情節進行敘述者 備註二：因本文以《左傳》伍子胥記事為主要架構，故僅表一列相關事件年代與子胥年歲。					

附錄二：西漢時期伍子胥故事內容比較表

內容	《新書》	《史記》	《說苑》	《戰國策》
平王娶太子建妻		○		
伍奢被擒	○	○		
費無忌讒言		○		
尚、員對話	僅伍胥有言	○ 主導：伍員		
伍奢論斷		○		
子胥奔吳	○	○ 伍員貫弓		
逃亡過程		○ 太子建被殺 宋→晉→鄭→吳		
遇江上丈人（漁父）		○ 「伍胥既渡，解其劍曰」		○
遇擊綿女				
過昭關		○ 因追兵與太子建分手、囊載、鼓腹吹篪（范睢蔡澤列傳）		○ 囊載、夜行晝伏

內容	《新書》	《史記》	《說苑》	《戰國策》
乞食於吳市		○ 「未至吳而疾，止中道，乞食」		○
見公子光、進專諸	○ 闔閭見而安之	○		
耕於鄙		○	○	
子胥拒絕闔閭為其復仇			○	
闔閭與伍胥商討伐楚		○	○ 闔閭問五將鏦頭一事	
具體成就	○	○ 伐楚、拔舒、取六與灊、與唐及蔡伐楚、「西破彊楚，北威其晉，南服越人」	○ 〈正諫〉載子胥諫吳王不應從民飲酒	
伐楚入郢都	○	○		
鞭屍、鞭墳	○ 撻平王之墓	○ 鞭平王之尸	○ 掘冢、笞墳、數其罪	
闔閭歿，夫差繼之	○	○	○	
諫不與越和	○	○	○	
諫不予越糧			○	
諫不伐齊	○	○	○	
諫不與越友好，不應受越賂		○	○	
屬其子於鮑牧		○	○	
太宰嚭讒	○	○	○	
伍胥之死	○ 何籠而自投水	○ 吳王賜劍	○ 吳王賜劍	
死前預言		○	○	

內容	《新書》	《史記》	《說苑》	《戰國策》
抉目、鴟夷	○	○	○	
吳王無顏見員之說		○	○	
立祠胥山		○	○	

附錄三：東漢時期伍子胥故事內容比較表

內容	《越絕書》	《吳越春秋》
交代伍家三代直諫事蹟		○
平王娶太子建妻	○ 於〈越絕外傳記述考〉補述	○
費無忌讒言		○ 先讒太子建、再讒伍奢
楚王問二子	○	○
楚王召二子奉進印綬		○
二子出走	○ 尚奔吳、胥奔鄭（初）	○
尚、員對話	○ 伍員主導	○ 伍員卜卦
伍奢論斷	○ 出現於尚、員對話前	○
遣使者召伍員	○ 子胥介胄彀弓，出見使者	
道遇申包胥	○	○
逃亡過程		○ 子胥行至大江，仰天行哭林澤之中，言楚王無道，殺吾父兄，願吾因於諸侯以報讎矣；貫弓、執矢去楚、見其妻、張弓布矢、對楚王預告
過昭關		○ 使詐術

內容	《越絕書》	《吳越春秋》
遇江上丈人（漁父）	○ 漁者知其非尋常人、漁父歌、漁者自刎	○ 漁父歌、蘆中待餐、暗號、於者自沉於江水之中
疾於中道 乞食溧陽		○
遇擊綿女	○ 「發簞飯，清其壺漿而食之」、女子爲掩子胥之蹤自縱瀨水而死	○ 爲守貞節而自投於瀨水
乞食吳市	○ 徒跣被髮、「市正」一角出現	○ 「吳市吏」一角出現並白吳王僚伍子胥之異狀
見公子光	○ 因市正起疑其非常人而道於闔閭、吳王昭子胥入、子胥泣訴、與王對談	○ 吳王僚召子胥、公子光聞之便私喜、吳王怪子胥其狀偉
耕於野		○ 進專諸
補述與專諸遇		○
助公子光襲僚		○
子胥輔佐闔閭		○ 荐孫武、用計使楚換將
闔閭與子胥謀事	○	○
伐楚入郢都		○
鞭屍、鞭墳	○ 笞平王墓	○ 掘墓，出其屍，鞭之三百，左足踐腹，右手抉其目
辱楚臣		○ 妻楚臣之妻
闔閭死，夫差繼之	○ 「子胥內憂」「自責內傷」	
遇漁父之子	○	○
遇擊綿女之母		○

內容	《越絕書》	《吳越春秋》
昭王召子胥入荊	○	
與越戰	○	
諫不與越和	○	○
諫不伐齊		
諫不與越友好，不應受越賂	○	○
太宰嚭讒	○	○
賜死	○	○
死前預言	○	○
吳王無顏見員		○
抉目、鴟夷		○
立祠胥山		
水仙	○	

附錄四之一：唐時期之伍子胥——唐詩之部

作者	詩題	內容
孟浩然 （689～740）	與杭州薛司戶登樟（梓）亭樓作	水樓一登眺，半出青林高。 帟幕英僚敞，芳筵下客叨。 山藏伯禹穴，城壓伍胥濤。 今日觀溟漲，垂綸學釣鰲。
孫逖 （696～761）	立秋日題安昌寺北山亭	樓觀倚長霄，登攀及霽朝。 高如石門頂，勝擬赤城標。 天路雲虹近，人寰氣象遙。 山圍伯禹廟，江落伍胥潮。 徂暑迎秋薄，涼風是日飄。 果林餘苦李，萍水覆甘蕉。 覽古嗟夷漫，凌空愛泬寥。 更聞金剎下，鐘梵晚蕭蕭。
李白 （701～762）	行路難，三首之三	有耳莫洗潁川水，有口莫食首陽蕨。 含光混世貴無名，何用孤高比雲月。 吾觀自古賢達人，功成不退皆殞身。 子胥既棄吳江上，屈原終投湘水濱。 陸機雄才豈自保，李斯稅駕苦不早。 華亭鶴唳詎可聞，上蔡蒼鷹何足道。 君不見吳中張翰稱達生，秋風忽憶江東行。 且樂生前一杯酒，何須身後千載名。

作者	詩題	內容
	遊溧陽北湖亭望瓦屋山懷古贈同旅（贈孟浩然）	朝登北湖亭，遙望瓦屋山。 天清白露下，始覺秋風還。 遊子託主人，仰觀眉睫間。 目色送飛鴻，邈然不可攀。 長吁相勸勉，何事來吳關。 聞有貞義女，振窮溧水灣。 清光了在眼，白日如披顏。 高墳五六墩，崒兀棲猛虎。 遺跡翳九泉，芳名動千古。 子胥昔乞食，此女傾壺漿。 運開展宿憤，入楚鞭平王。 凜冽天地間，聞名若懷霜。 壯夫或未達，十步九太行。 與君拂衣去，萬里同翱翔。
	江上贈竇長史	漢求季布魯朱家，楚逐伍胥去章華。 萬里南遷夜郎國，三年歸及長風沙。 聞道青雲貴公子，錦帆遊戲西江水。 人疑天上坐樓船，水淨霞明兩重綺。 相約相期何太深，棹歌搖艇月中尋。 不同珠履三千客，別欲論交一片心。
	萬憤詞投魏郎中	海水渤潏，人羆鯨鯢。 蓊胡沙而四塞，始滔天於燕齊。 何六龍之浩蕩，遷白日於秦西。 九土星分，嗷嗷悽悽。 南冠君子，呼天而啼。 戀高堂而掩泣，淚血地而成泥。 獄戶春而不草，獨幽怨而沈迷。 兄九江兮弟三峽，悲羽化之難齊。 穆陵關北愁愛子，豫章天南隔老妻。 一門骨肉散百草，遇難不復相提攜。 樹榛拔桂，囚鸞寵雞。 舜昔授禹，伯成耕犁。 德自此衰，吾將安棲。 好我者恤我，不好我者何忍臨危而相擠。 子胥鴟夷，彭越醢醢。

作者	詩題	內容
		自古豪烈，胡爲此繫。 蒼蒼之天，高乎視低。 如其聽卑，脫我牢狴。 儻辨美玉，君收白圭。
	句，三首之二	因何逢伍相，應是想秋胡。 舉袖露條脫，招我飯胡麻。
薛據 （691？～769？）	泊震澤口	日落草木陰，舟徒泊江汜。 蒼茫萬象開，合沓聞風水。 洄沿值漁翁，窈窕逢樵子。 雲開天宇靜，月明照萬里。 早雁湖上飛，晨鐘海邊起。 獨坐嗟遠游，登岸望孤洲。 零落星欲盡，朣朧氣漸收。 行藏空自秉，智識仍未周。 伍胥既仗劍，范蠡亦乘流。 歌竟鼓枻去，三江多客愁。
吳筠 （？～778）	覽古，十四首之五	吾觀采苓什，復感青蠅詩。 讒佞亂忠孝，古今同所悲。 姦邪起狡猾，骨肉相殘夷。 漢儲殞江充，晉嗣滅驪姬。 天性猶可間，君臣固其宜。 子胥烹吳鼎，文種斷越鈹。 屈原沈湘流，厥戚咸自貽。 何不若范蠡，扁舟無還期。
劉長卿 （709～780）	登吳古城歌	登古城兮思古人，感賢達兮同埃塵。 望平原兮寄遠目，歎姑蘇兮聚麋鹿。 黃池高會事未終，滄海橫流人蕩覆。 伍員殺身誰不冤，竟看墓樹如所言。 越王嘗膽安可敵，遠取石田何所益。 一朝空謝會稽人，萬古猶傷甬東客。 黍離離兮城坡坨，牛羊踐兮牧豎歌。 野無人兮秋草綠，園爲墟兮古木多。 白楊蕭蕭悲故柯，黃雀啾啾爭晚禾。 荒阡斷兮誰重過，孤舟逝兮愁若何。 天寒日暮江楓落，葉去辭風水自波。

作者	詩題	內容
李端 （743？～782？）	幽居作	山舍千年樹，江亭萬里雲。 回潮迎伍相，驟雨送湘君。
白居易 （772～846）	雜興，三首之三	吳王心日侈，服玩盡奇瑰。 身臥翠羽帳，手持紅玉杯。 冠垂明月珠，帶束通天犀。 行動自矜顧，數步一徘徊。 小人知所好，懷寶四方來。 奸邪得藉手，從此倖門開。 古稱國之寶，穀米與賢才。 今看君王眼，視之如塵灰。 伍員諫已死，浮屍去不迴。 姑蘇臺下草，麋鹿暗生麑。
	杭州春望	望海樓明照曙霞，護江堤白踏晴沙。 濤聲夜入伍員廟，柳色春藏蘇小家。 紅袖織綾誇柿蒂，青旗沽酒趁梨花。 誰開湖寺西南路，草綠裙腰一道斜。
	微之重誇州居，其落句有西州羅刹之譴，因嘲茲石，聊以寄懷	君問西州城下事，醉中疊紙爲君書。 嵌空石面標羅刹，壓搉潮頭敵子胥。 神鬼曾鞭猶不動，波濤雖打欲何如。 誰知太守心相似，抵滯堅頑兩有餘。
	憶杭州梅花因敘舊遊寄蕭協律	三年悶悶在餘杭，曾爲梅花醉幾場。 伍相廟邊繁似雪，孤山園裡麗如妝。 踏隨遊騎心長惜，折贈佳人手亦香。 嘗自初開直至落，歡因小飲便成狂。 薛劉相次埋新壟，沈謝雙飛出故鄉。 歌伴酒徒零散盡，唯殘頭白老蕭郎。
李紳 （772～846）	姑蘇臺雜句	越王巧破夫差國，來獻黃金重雕刻。 西施醉舞花豔傾，妒月嬌娥恣妖惑。 姑蘇百尺曉鋪開，樓楯盡化黃金臺。 歌清管咽歡未極，越師戈甲浮江來。 伍胥抉目看吳滅，范蠡全身霸西越。 寂寞千年盡古壚，蕭條兩地皆明月。 靈巖香徑掩禪扉，秋草荒涼遍落暉。 江浦迴看鷗鳥沒，碧峰斜見鷺鷥飛。

作者	詩題	內容
		如今白髮星星滿，卻作閒官不閒散。 野寺經過懼悔尤，公程迫蹙悲秋館。 吳鄉越國舊淹留，草樹煙霞昔遍遊。 雲木夢迴多感歎，不惟惆悵至長洲。
	欲到西陵寄王行周	猶瞻伍相青山廟，未見雙童白鶴橋。
劉商 （？～？） 約大曆時人	姑蘇懷古，送秀才下第歸江南	姑蘇臺枕吳江水，層級鱗差向天倚。 秋高露白萬林空，低望吳田三百里。 當時雄盛如何比，千仞無根立平地。 臺前夾月吹玉鸞，臺上迎涼撼金翠。 銀河倒瀉君王醉，灩酒峨冠眄西子。 宮娃酣態舞娉婷，香飆四颯青城墜。 伍員結舌長噓嚱，忠諫無因到君耳。 城烏啼盡海霞銷，深掩金屏日高睡。 王道潛隳伍員死，可嘆斗間瞻王氣。 會稽句踐擁長矛，萬馬鳴蹄掃空壘。 瓦解冰銷真可恥，凝豔妖芳安足恃。 可憐荒堞晚冥濛，麋鹿呦呦達遺址。 君懷逸氣還東吳，吟狂日日遊姑蘇。 興來下筆到奇景，瑤盤迸灑蛟人珠。 大鵬矯翼翻雲衢，嵩峰霽後凌天孤。 海潮秋打羅刹石，月魄夜當彭蠡湖。 有時凝思家虛無，霓幢彷彿遊仙都。 琳瑯暗戛玉華殿，天香靜裏金芙蕖。 君聲日下聞來久，清瞻何人敢敵手。 我逃名跡遁西林，不得灞陵傾別酒。 莫便五湖爲隱淪，年年三十昇仙人。
元稹 （779～831）	渡漢江	嶓冢去年尋漾水，襄陽今日渡江濆。 山遙遠樹才成點，浦靜沈碑欲辨文。 萬里朝宗誠可羨，百川流入渺難分。 鯢鯨歸穴東溟溢，又作波濤隨伍員。
	相憶淚	西江流水到江州，聞道分成九道流。 我滴兩行相憶淚，遣君何處遣人求。 除非入海無由住，縱使逢灘未擬休。 會向伍員潮上見，氣充頑石報心讎。

作者	詩題	內容
	樂府古題：冬白紵	吳宮夜長宮漏款，簾幕四垂燈焰暖。 西施自舞王自管，雪紵翻翻鶴翎散。 促節牽繁舞腰懶，舞腰懶。 王罷飲，蓋覆西施鳳花錦。 身作匡床臂為枕，朝珮樅玉王晏寢。 寢醒閽報門無事，子胥死後言為諱。 近王之臣諭王意，共笑越王窮惴惴。 夜夜抱冰寒不睡。
	去杭州	房杜王魏之子孫，雖及百代為清門。 駿骨鳳毛真可貴，岡頭澤底何足論。 去年江上識君面，愛君風貌情已敦。 與君言語見君性，靈府坦蕩消塵煩。 自茲心洽跡亦洽，居常並榻遊並軒。 柳陰覆岸鄭監水，李花壓樹韋公園。 每出新詩共聯綴，閒因醉舞相牽援。 時尋沙尾楓林夕，夜摘蘭叢衣露繁。 今君別我欲何去，自言遠結迢迢婚。 簡書五府已再至，波濤萬里酬一言。 為君再拜贈君語，願君靜聽君勿喧。 君名師範欲何範，君之烈祖遺範存。 永寧昔在掄鑒表，沙汰沈濁澄浚源。 君今取友由取士，得不別白清與渾。 昔公事主盡忠讜，雖及死諫誓不諼。 今君佐藩如佐主，得不陳露酬所恩。 昔公為善日不足，假寐待旦朝至尊。 今君三十朝未與，得不寸晷倍璵璠。 昔公令子尚貴主，公執舅禮婦執笄。 返拜之儀自此絕，關雎之化皎不昏。 君今遠娉奉明祀，得不齊勵親蘋蘩。 斯言皆為書佩帶，然後別袂乃可捫。 別袂可捫不可解，解袂開帆悽別魂。 魂搖江樹鳥飛沒，帆掛檣竿鳥尾翻。 翻風駕浪拍何處，直指杭州由上元。 上元蕭寺基址在，杭州潮水霜雪屯。 潮戶迎潮擊潮鼓，潮平潮退有潮痕。 得得為題羅刹石，古來非獨伍員冤。

作者	詩題	內容
賈島 （779～843）	送劉知新往襄陽	此別誠堪恨，荊襄是舊遊。 眼光懸欲落，心緒亂難收。 花木三層寺，煙波五相樓。 因君兩地去，長使夢悠悠。
殷堯藩 （780～855）	吳宮	吳王愛歌舞，夜夜醉嬋娟。 見日吹紅燭，和塵掃翠鈿。 徒令句踐霸，不信子胥賢。 莫問長洲草，荒涼無限年。
姚合 （781～？）	杭州觀潮	樓有章亭號，濤來自古今。 勢連滄海闊，色比白雲深。 怒雪驅寒氣，狂雷散大音。 浪高風更起，波急石難沈。 鳥懼多遙過，龍驚不敢吟。 坳如開玉穴，危似走瓊岑。 但褫千人魄，那知伍相心。 岸摧連古道，洲漲踏叢林。 跳沫山皆溼，當江日半陰。 天然與禹鑿，此理遣誰尋。
許渾 （788～860）	重經姑蘇懷古，二首之二	香逕繞吳宮，千帆落照中。 鸛鳴山欲雨，魚躍水多風。 城帶晚莎綠，池連秋蓼紅。 當年國門外，誰識伍員忠。
張祜 （785～849？）	哭汴州陸大夫	利劍太堅操，何妨拔一毛。 冤深陸機霧，憤積伍員濤。 直道非無驗，明時不錄勞。 誰當青史上，卒爲顯詞褒。
	送盧弘本浙東觀省	東望故山高，秋歸值小舠。 懷中陸績橘，江上伍員濤。 好去寧雞口，加餐及蟹螯。 知君思無倦，爲我續〈離騷〉。
	送魏尙書赴鎮州行營	河塞仍駸駸，恩讎報盡深。 伍員忠是節，陸績孝爲心。 坐激書生憤，行歌壯士吟。 慚非燕地客，不得受黃金。

作者	詩題	內容
李德裕 （787～850）	述夢詩四十韻	賦命誠非薄，良時幸已遭。 君當堯舜日，官接鳳皇曹。 目睇煙霄闊，心驚羽翼高。 椅梧連鶴禁，壖坦接龍韜。 我后憐詞客，吾僚並雋髦。 著書同陸賈，待詔比王褒。 重價連懸璧，英詞淬寶刀。 泉流初落澗，露滴更濡毫。 赤豹欣來獻，彤弓喜暫櫜。 非煙含瑞氣，馴雉潔霜毛。 靜室便幽獨，虛樓散鬱陶。 花光晨艷艷，松韻晚騷騷。 畫壁看飛鶴，仙圖見巨鰲。 倚簷陰藥樹，落格蔓蒲桃。 荷靜蓬池鱠，冰寒郢水醪。 荔枝來自遠，盧橘賜仍叨。 麝氣隨蘭澤，霜華入杏膏。 恩光惟覺重，攜挈未爲勞。 夕閱梨園騎，宵聞禁仗獒。 扇回交彩翟，颺起颭銀條。 龜顧垂金鈕，鸞飛曳錦袍。 御溝楊柳弱，天廄驌驦豪。 屢換青春直，閒隨上苑遨。 煙低行殿竹，風拆繞牆桃。 聚散俄成昔，悲愁益自熬。 每懷仙駕遠，更望茂陵號。 地接三茅嶺，川迎伍子濤。 花迷瓜步暗，石固蒜山牢。 蘭野凝香管，梅洲動翠篙。 泉魚驚綵妓，溪鳥避干旄。 感舊心猶絕，思歸首更搔。 無聊燃蜜炬，誰復勸金舠。 嵐氣朝生棟，城陰夜入濠。 望煙歸海嶠，送雁渡江皋。 宛馬嘶寒櫪，吳鉤在錦弢。 未能追狡兔，空覺長黃蒿。

作者	詩題	內容
		水國逾千里，風帆過萬艘。 閱川終古恨，惟見暮滔滔。
徐凝 （？～?） 約元和時人	題伍員廟	千載空祠雲海頭， 夫差亡國已千秋。 浙波只有靈濤在， 拜奠青山人不休。
陸龜蒙 （？～881）	奉酬襲美先輩吳中苦雨一百韻	微生參最靈，天與意緒拙。 人皆機巧求，百徑無一達。 家爲唐臣來，奕世唯稷卨。 只垂青白風，凜凜自貽厥。 猶殘賜書在，編簡苦斷絕。 其間忠孝字，萬古光不滅。 孱孫誠瞢昧，有志常搰搰。 敢雲嗣良弓，但欲終守節。 喧嘩不入耳，讒佞不掛舌。 仰詠堯舜言，俯遵周孔轍。 所貪既仁義，豈暇理生活。 縱有舊田園，抛來亦蕪沒。 因之成否塞，十載眞契闊。 凍骭一襜褕，饑腸少糠籺。 甘心付天壤，委分任回斡。 笠澤臥孤雲，桐江釣明月。 盈筐盛芡芰，滿釜煮鱸鱖。 酒幟風外頫，茶槍露中擷。 歌謠非大雅，捃摭爲小說。 上可補熏茎，傍堪跐芽蘖。 方當賣罶罩，盡以易紙箚。 蹤跡尙吳門，夢魂先魏闕。 尋聞天子詔，赫怒誅叛卒。 宵旰憫烝黎，謨明問征伐。 王師雖繼下，賊壘未即拔。 此時淮海波，半是生人血。 霜戈驅少壯，敗屋棄羸耋。 踐蹋比塵埃，焚燒同稿秸。 吾皇自神聖，執事皆間傑。

作者	詩題	內容
		射策亦何為，春卿遂聊輟。 伊余將貢技，未有恥可刷。 卻問漁樵津，重耕煙雨墢。 諸侯急兵食，冗剩方剷截。 不可抱詞章，巡門事干謁。 歸來闔蓬椳，壁立空豎褐。 暖手抱孤煙，披書向殘雪。 幽憂和憤懣，忽愁自驚蹶。 文兮乏寸毫，武也無尺鐵。 平生所韜蓄，到死不開豁。 念此令人悲，翕然生內熱。 加之被軙瘃，況複久藜糲。 既為霜露侵，一臥增百疾。 筋骸將束縛，腠理如箠撻。 初謂抵狂貙，又如當毒蠍。 江南多事鬼，巫覡連甌粵。 可口是妖訛，恣情專賞罰。 良醫只備位，藥肆或虛設。 而我正萎痿，安能致訶咄。 椒蘭任芳苾，精糲從羅列。 盞斝既屢傾，錢刀亦隨爇。 兼之瀆財賄，不止行盜竊。 天地如有知，微妖豈逃殺。 其時心力憒，益使氣息輟。 永夜更呻吟，空床但皮骨。 君來贊賢牧，野鶴聊簪笏。 謂我同光塵，心中有溟渤。 輪蹄相壓至，問遺無虛月。 首到春鴻濛，猶殘病根茇。 看花雖眼暈，見酒忘肺渴。 隱幾還自怡，蓬盧亦爭喝。 抽毫更唱和，劍戟相磨戛。 何大不包羅，何微不挑刮。 今來值霖雨，晝夜無暫歇。 雜若碎淵淪，高如破轇轕。 何勞黽吼岸，詎要鸛鳴垤。

作者	詩題	內容
		只意江海翻，更愁山嶽裂。 初驚蚩尤陣，虎豹爭搏齧。 又疑伍胥濤，蛟蜃相戛捹。 千家濛瀑練，忽似好披拂。 萬瓦垂玉繩，如堪取縈結。 況余居低下，本是蛙蚓窟。 邇來增號呼，得以恣唐突。 先誇屋舍好，又恃頭角凸。 厚地雖直方，身能遍穿穴。 常參莊辯裡，亦造揚玄末。 偃仰縱無機，形容且相忽。 低頭增歡詫，到口複嗢咽。 沮洳漬琴書，莓苔染巾襪。 解衣換倉粟，秕稗猶未脫。 饑鳥屢窺臨，泥僮苦舂臼市。 或聞秋稼穡，大半沈澎汃。 耕父蠹齊民，農夫思旱魃。 吾觀天之意，未必洪水割。 且要虐飛龍，又圖滋跛鱉。 三吳明太守，左右皆儒哲。 有力即扶危，懷仁過救暍。 鹿門皮夫子，氣調真俊逸。 截海上雲鷹，橫空下霜鶻。 文壇如命將，可以持玉鉞。 不獨屍羲軒，便當城老佛。 顧餘為山者，所得才簣撮。 譬如飾箭材，尚欠鏃與筈。 閑將歈兒唱，強倚帝子瑟。 幸得遠瀟湘，不然嗤賈屈。 開緘窺寶肆，璣貝光比櫛。 朗詠沖樂懸，陶匏響鏗搩。 古來愁霖賦，不是不清越。 非君頓挫才，沴氣難摧折。 馳情扣虛寂，力盡無所掇。 不足謝徽音，只令凋鬢髮。

作者	詩題	內容
	奉和襲美館娃宮懷古次韻	鏤楣消落濯春雨，蒼翠無言空斷崖。 草碧未能忘帝女，燕輕猶自識宮釵。 江山祇有愁容在，劍珮應和愧色埋。 賴在伍員騷思少，吳王才免似荊懷。
貫休 （832～912）	觀懷素草書歌	張顛顛後顛非顛，直至懷素之顛始是顛。 師不譚經不說禪，筋力唯於草書朽。 顛狂卻恐是神仙，有神助兮人莫及。 鐵石畫兮墨須入，金尊竹葉數斗餘。 半斜半傾山衲溼，醉來把筆獰如虎。 粉壁素屏不問主，亂拏亂抹無規矩。 羅刹石上坐伍子胥，蒯通八字立對漢高祖。 勢崩騰兮不可止，天機暗轉鋒鋩裡。 閃電光邊霹靂飛，古柏身中旱龍死。 駭人心兮目眓眓，頓人足兮神辟易。 乍如沙場大戰後，斷槍楓箭皆狼籍。 又似深山朽石上，古病松枝掛鐵錫。 月兔筆，天灶墨，斜鑿黃金側剉玉， 珊瑚枝長大束束。 天馬驕獰不可勒，東卻西，南又北，倒又起， 斷復續。 忽如鄂公喝住單雄信，秦王肩上搭著棗木槊。 懷素師，懷素師，若不是星辰降瑞，即必是河岳孕靈。 固宜須冷笑逸少，爭得不心醉伯英。 天台古杉一千尺，崖崩劂折何崢嶸。 或細微，仙衣半拆金線垂。 或妍媚，桃花半紅公子醉。 我恐山為墨兮磨海水，天與筆兮書大地，乃能略展狂僧意。 常恨與師不相識，一見此書空歎息。 伊昔張渭任華葉季良，數子贈歌豈虛飾，所不足者渾未曾道著其神力。 石橋被燒燒，良玉土不蝕，錐畫沙兮印印泥。 世人世人爭得測，知師雄名在世間，明月清風有何極。

作者	詩題	內容
羅隱 （833～910）	送王使君赴蘇臺	東南一望可長吁，猶憶王孫領虎符。 兩地干戈連越絕，數年麋鹿臥姑蘇。 疲甿賦重全家盡，舊族兵侵太半無。 料得伍員兼旅寓，不妨招取好揶揄。
	青山廟	市簫聲咽跡崎嶇，雪恥酬恩此丈夫。 霸主兩亡時亦異，不知魂魄更無歸。
皮日休 （838～883）	館娃宮懷古五絕， 五首之四	素襪雖遮未掩羞，越兵猶怕伍員頭。 吳王恨魄今如在，只合西施瀨上遊。
黃滔 （？～991）	寄蔣先輩	夫差宮苑悉蒼苔，攜客朝遊夜未回。 塚上題詩蘇小見，江頭酹酒伍員來。 秋風急處煙花落，明月中時水寺開。 千載三吳有高跡，虎丘山翠益崔嵬。
胡曾 （840～？）	詠史詩一百五十 首：吳江	子胥今日委東流，吳國明朝亦古丘。 大笑夫差諸將相，更無人解守蘇州。
	詠史詩一百五十 首：吳宮	草長黃池千里餘，歸來宗廟已丘墟。 出師不聽忠臣諫，徒恥窮泉見子胥。
	詠史詩一百五十 首：柏舉	野田極目草茫茫，吳楚交兵此路傍。 誰料伍員入郢後，大開陵寢撻平王。
魚玄機 （844～868？）	浣紗廟	吳越相謀計策多，浣紗神女已相和。 一雙笑靨纔回面，十萬精兵盡倒戈。 范蠡功成身隱遯，伍胥諫死國消磨。 只今諸暨長江畔，空有青山號苧蘿。
儲嗣宗 （？～？） 約大中時人	得越中書	芳草離離思，悠悠春夢餘。 池亭千里月，煙水一封書。 詩想懷康樂，文應弔子胥。 扁舟戀南越，豈獨為鱸魚。
	送顧陶校書歸錢塘	清苦月偏知，南歸瘦馬遲。 橐輕緣換酒，髮白為吟詩。 水色西陵渡，松聲伍相祠。 聖朝思直諫，不是掛冠時。
徐夤 （849～938）	龍蟄，二首之一	龍蟄蛇蟠卻待伸，和光何惜且同塵。 伍員豈是吹簫者，冀缺非同執耒人。 神劍觸星當變化，良金成器在陶鈞。 穰侯休忌關東客，張祿先生竟相秦。

作者	詩題	內容
喻坦之 （？～？） 約咸通時人	題樟亭驛樓	危檻倚山城，風帆檻外行。 日生滄海赤，潮落浙江清。 秋晚遙峰出，沙乾細草平。 西陵煙樹色，長見伍員情。
周曇 （？～？）	春秋戰國門：夫差	信聽讒言疾不除，忠臣須殺竟何如。 會稽既雪夫差死，泉下胡顏見子胥。
李中 （？～？） 五代南唐時人	姑蘇懷古，二首之二	蘇臺蹤跡在，曠望向江濱。 往事誰堪問，連空草自春。 花疑西子臉，濤想伍胥神。 吟盡情難盡，斜陽照路塵。
常雅 （？～？）	題伍相廟	蒼蒼古廟映林巒，漠漠煙霞覆古壇。 精魄不知何處在，威風猶入浙江寒。

附錄四之二：唐時期之伍子胥——唐文之部

形象或典故使用內容	作者	題名	內容
忠	李白 （701～762）	溧陽瀨水貞義女碑銘	當楚平王時，王虐忠助讒苛虐厥政。芟於尚，斬於奢，血流於朝，赤族伍氏。怨毒於人，何其深哉？子胥始東奔勾吳，月涉星遁，或七日不火，傷弓於飛。……雖員爲忠孝之士，焉能咆哮□赫施於後世耶？
	劉寬 （約廣德時人） （約763）	陳情書	陛下不垂明察，採聽流言，欲令忠直之臣，枉陷讒邪之黨。臣實不欺天地，不負神明，夙夜三思，……陛下若以此誅臣，何異伍子胥存吳，卒浮尸於江上；大夫種霸越，終賜劍於稽山。
	任公叔 （大曆時人） （約778）	登姑蘇台賦	東吳王孫，有一其容。因少爲唱曰：中心不必兮，子胥何爲？懷直道而驟諫，遭重昏之見危。將漁父以抗節，且垂釣於江湄。高台既傾，夕露沾衣。感萆國之不及，冀來人之與歸者也。
	李觀 （766～794）	大夫種銘 （並序）	姑蘇之仇，敵國既亡，大夫何哉。不知其去，只知其來。子胥至忠，不信於吳。鴟夷知幾，浩然乘桴。君胡役役，謀國遺軀。或曰不然，吉凶相賓。不有覆車，孰懲爲臣。不有泛舟，孰爲濟人。道無全功，用有屈伸。冥然陳力，得於開卷。神能感我，仿佛如面。往者之悔，來者之憲。志於元石，將懋將唁。

形象或典故使用內容	作者	題名	內容
	邵說 （？～？） 約760後	代郭令公請雪裴僕射表	臣某言：臣聞忠邪不可以並立，善惡不可能同群。吳任宰嚭伍胥鴟夷，楚任靳尚而屈原放逐。遠惟前事，孰不痛心？
	李德裕 （787～850）	荀悅哀王商論	餘又聞之，國之衰也，忠賢先去，故管仲知隰朋不久而齊國亂，範燮令祝宗祈死而晉主憂，伍胥戮而夫差亡，汲黯出而劉安悖。徒嘆新者之奪，孰救樂昌禍？昔秦繆以三良為殉，君子曰：「秦繆之不為盟主也宜哉。……」
	盧肇 （818～882）	海潮賦（有序）	陽侯玩威於鬼工，伍胥洩怒乎忠力。是以納人於聾昧，遺羞乎後代。
	皮日休 （834?～883）	反招魂（並序）	餘昔為伍胥之魂兮，胥而餘逝些。未聞胥貪位以惜生兮，執屬鏤而不滯些。君兮歸來，故都慎不可留些。餘昔為宏演之魂兮，演自殘而餘行些。未聞演惜命以不死兮，俾其義而益明些。君兮歸來，故都慎不可留些。帝命餘以輔君兮，亦以君之忠介自。
	于邵 （713?～793?）	與常相公書	悲趙武之視蔭，感伍員之逆施，拳拳之心，欲罷不忍。伏願體道垂統，加餐保和，乘風□之感會，行宰相之能事。
	蔣防 （792～？）	汨羅廟記	噫！日月明而忠賢生，日月翳而忠賢斃。……故萇宏闢，伍員梟，範蠡魯連去，徐衍負石，三閭懷沙。良可痛哉！然三閭者，以大忠而揭大文，沉吟楚澤，哀鬱自贊，爰興褒貶，六《經》同風。至宋玉景差，皆弟子也，況吾黨哉！
	黃滔 （840?～911）	公孫甲松	「臣敢以陳之。昔妲己之假，奪比干之真。靳尚之假，奪屈原之真。宰庵假，奪伍員之真。是三者，皆以至真之誠，卒不能制其假。矧不逮者乎？」武帝悄然改容。翼日，雪司馬史於既刑，台戾太子於不反。
	唐太宗李世民 （598～649）	金鏡	伍胥竭力為國，終罹賜劍之禍：乃是君之過也，非臣之罪也。
孝	元稹 （779～831）	起復田布魏博節度等使制	雖及匹夫，而猶寢苦枕干，以期必報。是以子胥不徇伍奢之死，卒能發既藏之墓，鞭不義之尸，取貴《春秋》，垂名萬古。而況於身登將壇，父死人手，家仇國恥，並在一門。

形象或典故使用內容	作者	題名	內容
	獨孤及 （726～777）	策秀才問三道	夫魏顆違命，申生受賜，伍尚赴郢，伍胥如吳，四者孰孝？比干死之，微去子之，太公投竿，伯夷採薇，四者孰義？石戶竄於海上，伯陽隱於柱晴，範蠡逸埒對劍三者孰潔？今欲考其本末，度長以絜大；較其去就，合異以爲同。渴聞貫之之道，辯之之說。
忠、孝	盧元輔 （774?～830）	胥山祠銘 （並序）	有周行人伍公字子胥，陪吳之職，得死直言。國人求忠者之尸，禱水星之舍，將瞰鷗革，遂臨浙江。千五百年，廟貌不改。漢史遷曰胥山，今雲青山者繆也。籲！善父爲孝，《記》曰「父仇不與共戴天」；諫君爲忠，《經》曰「諸侯有諫臣不失國。」……武王鉞紂，子胥鞭平。爲人爲父，十死一生。矯矯伍員，執弓挾矢。仗其寶劍，以謁吳子。稽首楚罪，皆中紂理。蒸報子妻，殲□直士。赫赫王閭，實聽奇謨。錫之金鼓，以號以誅。黃旗大舉，右廣皆朱。斁墓非赭，瞻昭乃鳥。後王嗣立，執書以泣。顛越言潤，宰獠骷。步光欲飛，姑蘇待執。吾則切諫，抉眼不入。投於河上，自統波濤。
	李善夷 （約大中時人） 約 808~862	重修伍員廟	伍相公員也，廟在澧江之渚。自爲寇之擾，爲兵火所焚，爲野火所燎，爲風雨所壞，爲江浪所侵。……楚之諸子，觀兵滅國，無代無之。子胥周之臣也，君在上，不欺天者忠也，複父仇者孝也。忠孝既備，安得無馨香之祀乎？
	馮用之 （玄宗時人） 712~756	權論	鬻拳諫楚了以兵刃，悖則悖矣，而盡忠之節著於《春秋》。夫事有先奪而後與，先順而後取。太甲不治，伊尹放之，俟其改過，而反其政。公子光謀亂，伍胥避之，乃進專諸，以成其志，然後盡事君之節，雪殺父之冤，不其偉歟！
智	王勃 （649?～676）	江寧吳少府宅餞宴序	蔣山南望，長江北流。伍胥用而三吳盛，孫權困而九州裂。遺墟舊壤，數萬里之皇城；虎踞龍盤，三百年之帝國。關連石塞，地寶金陵。霸氣盡而江山空。皇風清而市朝改。昔時地險，實爲建業之雄都；今日太平，即是江寧之小邑。

形象或典故使用內容	作者	題名	內容
	李華 （715～778）	常州刺史廳壁記	詔書寵異，進品正議大夫，優賢報功，於時為盛。自吳通上國，越盟諸夏，秦裂捃陣，智如伍員，才若鴟夷，以及我國家賢良，臨州者甚眾，未有齷齪憂，引大江，漕有餘之波，漑不足之川。
賢	徐夤 （849～938?）	勾踐進西施賦	伍員之賢，東吳之德，伯庵佞，東吳之賊。德之盛兮越可憂，賊之興兮吳可殛。臣以夙夜而計，機謀偶得。欲狂敵國之君，須中傾城之色。待其聲色內伐，君臣外惑，自然紂妲已以亡宗，晉驪姬而亂國。
漁父典	宋言 （約大中、咸通年間人） 約859	漁父辭劍賦	彼子胥兮亡命江湄，賴漁父兮停橈在茲。既橫流而濟矣，因解劍以酬之。厚意殷勤，何惜千金之器；高情特達，竟陳三讓之辭。稽其去國無途，迷津獨立。前臨積水之阻，後有追兵之急。躕躇而鶴髮相哀，顧盼而漁舟可入。憂心盡展，憑刳木以何虞；渡口雖遙，挂輕帆而已及。繇是拂拭青萍，披陳素誠。
江潮傳說	孫逖 （696～761）	送裴參軍充大稅使序	澤國山水，天資助人，炎方草樹，歲寒未入。居者愛客，行者徇公，拜神禹之清祠，泛伍員之濤水。車馬疊跡，傾越人於外郊，樓船接艫，溢吳歌於寒浦。贈君以不拜，戒君以登陟，攬涕河道，賦詩詠日。
	康子季 （開元年間人） 713～741	對孝女抱父尸出判	海水有期，三秋必壯；江濤可望，八月須迎。孫戲既曰篙工，是稱舟子，自言習水，不慮驚風。豈知白馬俄奔，空邀伍相；青鳧坐覆，忽識馮夷？應同罔象之神，頗異呂梁之子。
	盧恕 （大中年間人） 847～870	楚州新修吳太宰伍相神廟記	楚州淮霄閭宰伍相廟，置在吳時。臨邗溝當伐越時，為饋運所開，太宰經畫。及因讒而沒，其神憑大波，雄憤無所洩，蓄為猛飆駭眾。吳人恐之，故相與立祠邗溝上。歷代皆崇其祠，椎牛釃酒，小民有至破產者。比齊清河王勵刺此州，申教部民，不宜荒瀆非神之意，其風稍革。國朝龍朔中，為狂人郭行真所焚。乾封初准敕重建。

形象或典故使用內容	作者	題名	內容
以史為典	牛僧儒 （779～848）	善惡無餘論	若以勸善懲惡為意，則當懲報複於身，猶慮其不信，況欲遠懲於身後，而取人之信者乎？又不然矣，昔夫差信伍員，初善也，任宰嚭終惡也，初善霸天下，終惡滅全吳，前慶後殃者，皆身也；太甲放桐宮，初惡也，任伊尹，終善也，初惡受拘囚，終善複天下，前殃後慶，亦身也。吳之嗣可以前慶後殃，殷之嗣可以前殃後慶乎？
	羅隱 （833～910）	吳宮遺事	一之日視之以伍員，未三四級，且奏曰：「王之民飢矣，王之兵疲矣，王之國危矣。」夫差不悅，俾庖源焉。畢九層而不奏，且倡曰：「四國畏王，百姓歌王，彼員者欺王。」員曰：「彼徒欲其身之巫高，固不暇為王之視也，亦不為百姓謀也。豈臣之欺乎？」
	黃滔 （840～911）	館娃宮賦	吳王乃波伍相，輦西施，珠翠族來，居玉堂而□洞。笙簧擁出，登綺席以逶迤。觸物窮奢，含情愈惑。
神格化	李華 （715～778？）	靈濤贊	世稱伍員，忿憾而為。肇開混元，寧莫常斯。惟天陰騭，日用不知。是述是贊，嗚呼慎詞！
	白居易 （772～846）	祝皋亭神文	居易忝奉詔條，愧無政術，既逢愆序，不敢寧居，一昨禱伍相神，祈城隍祠，靈雖有應，雨未沾足，是用擇日一作撰詞祇事，改請於神。
用典說理	白居易 （772～846）	進士策問五道	召忽死子糾，管仲相小白，棠君赴楚召，子胥為吳行人，何者為是？析疑體要，思有所聞。
	鄭薰 （大和時人）828	內侍省監楚國公仇士良神道碑	佐佑帝室，手提禁師。士伍胥附，皇心勿疑。持滿先戒，居高不危。懸車告謝，彭薛肩隨。
	賈餗 （大和時人）827～835	蜘蛛賦	韓非所以飲恨，伍子所以捐軀。痛凝脂兮若爾，祝一面而得乎？
	司馬承禎 （647～735）	坐忘論	夫信者道之根，敬者德之蒂，根深則道可長，蒂固則德可茂。然則璧耀連城之彩，卞和致刖；言開保國之效，伍子從誅。斯乃形

形象或典故使用內容	作者	題名	內容
			器著而心緒迷，理事萌而情思忽，況至道超於色味，真性隔於可欲，而能聞希微以懸信，聽罔象而不惑者哉！如人有聞坐忘之法，信是修道之要，敬仰尊重，決定無疑者，加之勤行，得道必矣！
貶子胥	劉蛻 （大中時人） 850	論江陵耆老書	太原王生嘗移耆老書，以江陵故楚也，子胥親逐其君臣，夷其墳墓，且楚人之所宜怨也，而江陵反為之廟，世享其仇，謂耆老而忘其君父也。……吾以為其廟申包胥之廟也，包胥有複楚之功。